生激撮！

田中経一

幻冬舎文庫

生激撮！

目次

《会社概要》

社名　株式会社 新東京テレビジョン
本社　東京都渋谷区神宮前五―三十二―××
代表　代表取締役社長 伊達政正（だてまさただ）
系列会社　BS新東京、新東京ビデオ、新東京出版、新東京ミュージック、新東京アート、新東京ビジュアル
系列局　近畿テレビ、東海中央放送、北九州テレビなど全十八局
海外支局　ニューヨーク、ロンドン、ソウル
資本金　八十二億一千万円
売上高　八百十二億二千九百八十五万円
開局　一九六四年四月一日
従業員数　六百八十五名
マスコットキャラクター　「新（あらた）くん」眉毛の太い少年キャラクター

《新東京テレビのフロアーMAP》

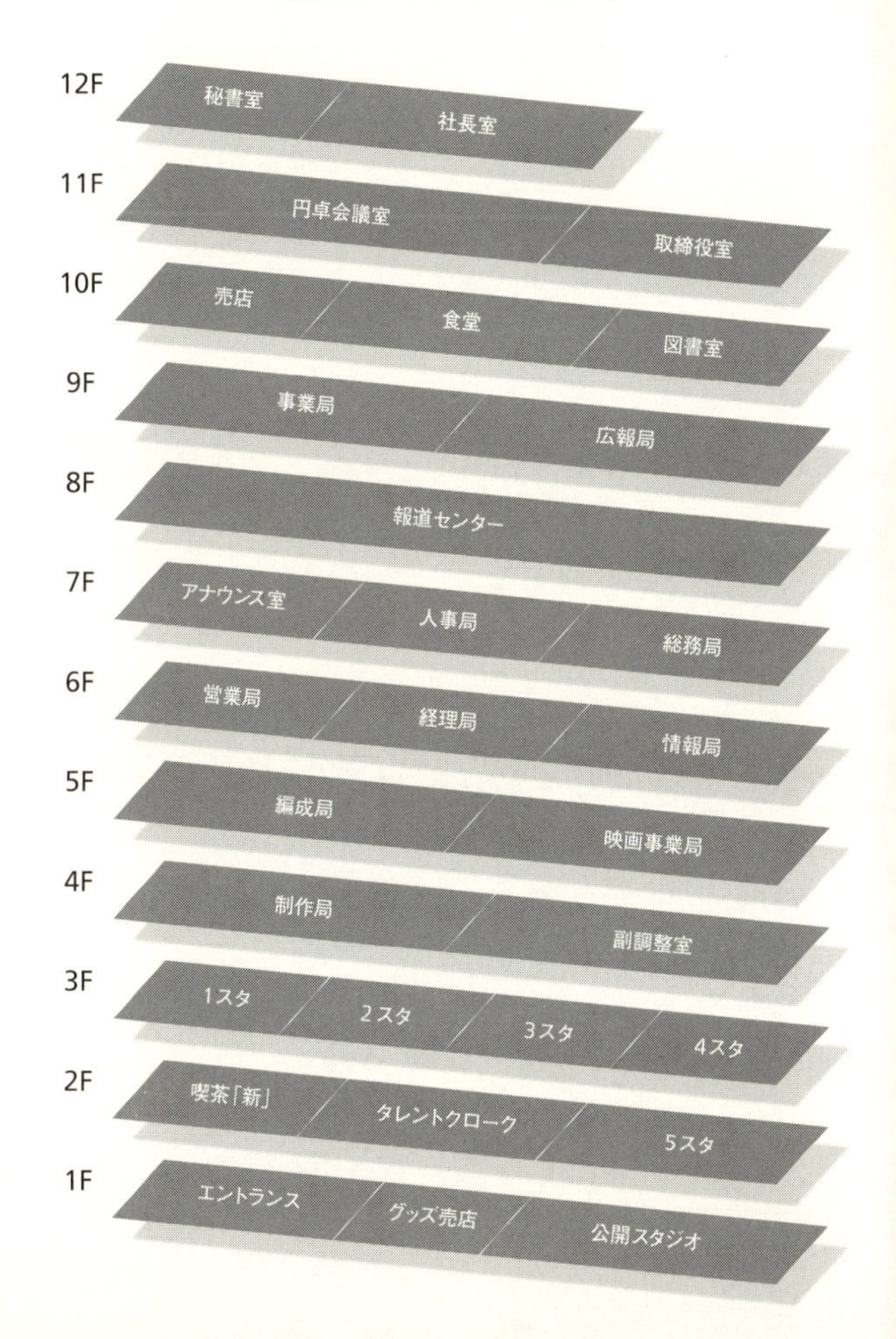

《新東京テレビ 木曜日の番組表》

午前

5:30	朝ニュース	ベストモーニング
8:00	情報	ニッポンぶらり再発見
10:00	時代劇	㊕着流し同心
11:00	ドラマ	㊕コンビニ刑事
12:00	情報	ほっと！ランチ

午後

1:00	ショッピング	HAKAKU!
4:55	夕ニュース	ベストイブニング
7:00	バラエティ	それ、自分で届けてみませんか？
8:00	バラエティ	生激撮！その瞬間を見逃すな
9:00	ドラマ	怪しいのがお好き
10:00	バラエティ	激突！フォロワー大戦
10:55	ミニ情報	レプリカ飯
11:00	ショッピング	夜だってHAKAKU!
11:30	スポーツニュース	スポデラ

深夜

0:00	夜ニュース	ピックUP
0:30	ドラマ	原宿ナース
1:00	バラエティ	恋愛コマンダーX
2:30	ショッピング	まとめてHAKAKU!

（株）新東京テレビジョン
制作局・制作部プロデューサー
五味　剛
渋谷区神宮前5－32－××

二〇一七年　四月十三日（木）

「番組スタートまで五分前！」

第4スタジオ副調整室に、タイムキーパーの声が響き渡った。

時刻は夜七時五十五分。通称サブと呼ばれる副調整室には、壁際にモニターがずらりと並び収録機材がひしめき合うように置かれている。中央にディレクターとタイムキーパーが座り、その右側にスイッチャー（映像をスイッチングする技術者）とVE（ビデオエンジニア）、左側に音声、その後ろに音響効果と、総勢十五名が陣取っている。

プロデューサー兼総合演出の五味剛は、他のスタッフが全て椅子に座っている中、一人だけ立ってVEに怒鳴り声を上げていた。

「なんで今になってカメラがトラブっちゃうわけ？　危ないと思ったら、バックアップ一台持っていけばいいことだよね」

「申し訳ないです」

VEのチーフがぺこぺこと頭を下げる。

「生放送ってのはさ、戦さみたいなもんなわけよ。刀錆びちゃってたら戦さになんてならないじゃん」

中継先のカメラが、放送直前に故障していることが発覚したのだ。

五味は黒い革のジャケットの下はTシャツ、オールドウォッシュのジーンズを穿いている。髪は耳に被さるくらいの長さで、四十四歳の年齢よりも少し若く見える。

五味はVEに文句を言いながら、ずっと右手の小指を耳に突っ込んでごそごそと動かしていた。

「残りのカメラでどうにかやりくりしますよ」

五味に向かって冷静に語り掛けたのは、ディレクターズチェアに腰かける上杉省吾だった。

「番組スタートまで三分前！」

「各所、最終チェックよろしくです」

上杉がフロアー全体に声をかける。五味は、上杉の目の前にあるマイクに顔を近づけた。

「中継車！　問題起きてないか？」

「その声は五味さんですね。順調ですよ。もう全員現場に板付いて（所定の位置に付いて）います」

マイクは中継車と繫がっている。返ってきたのは中継担当ディレクターの長沼の声だった。

「長沼、俺が渡した誕生日プレゼント、山本ちゃんに渡してくれたか？」

「彼女が現場に入ってきたときすぐに渡しました。すごく喜んでいましたよ」

「おお、サンキュー」

山本とは、現場の中継レポーターの山本沙也加のことだった。

「五味さん、たまに優しいですよね」

「まあテレビ屋は、サービス業みたいなものだからね。これしきさらっとやりますよ」

上杉に向かって、五味はニヤニヤ笑いながら答えた。

「本番、三十秒前！」

タイムキーパーの声で、サブにいる十五名のスタッフの視線が、壁際に並ぶテレビ画面のセンターにある大きなメインモニターに注がれた。

モニターには番組直前のCMが流れ、映像の上にリーダーと呼ばれる数字が、18、17、16とカウントダウンを続けている。

「十五秒前、十秒前、八、七、六、五秒前、四、三、二、一」

「キュー」

八時ちょうど、上杉の合図でメインモニターの絵が中継画面に切り替わった。

カメラが捉えていたのはバッテリーライトに浮かび上がる、妖しく咲き誇った満開の八重桜だった。カメラはそのまま左下の方向にパーン（画角を横移動させるカメラワーク）し、夜の街頭に立つ女性レポーター・山本のバストアップの絵で止まった。

「こんばんは。私、山本沙也加がいるのは目黒区の住宅街です」

ハンドマイクを握る山本の声は、近隣の住民に配慮してか心持ち低めのトーンだった。

「はい、名前スーパー」

上杉が伝えると、隣に座るタイムキーパーが、事務的に画面のレポーターの胸元に「潜入レポーター・山本沙也加」という文字を載せる。

山本はコメントを続けた。

「今日の『生激撮！』は、警察が内偵捜査に実に半年を費やした、大きなガサ入れの模様をお届けします。

今晩の容疑は一体……その内容はまだお話しできませんが、ここから百メートルほど離れた場所には、すでに捜査員が三十名ほど待機しています。

マンションの一室に潜伏しているであろう、複数の容疑者確保のための家宅捜索。皆さんにはその逮捕劇の一部始終を時間の許す限り、お伝えしようと思っています」

山本の視線が、カメラの横にいるフロアーディレクターの方に一瞬流れた。

そして、ディレクターの合図を確認すると、

「いよいよ、その時を迎えたようです。私も現場に向かいます。皆さんもその瞬間をお見逃しないように！」

山本は走り出した。カメラも彼女を追う。

「はい、タイトルと音楽」

上杉の合図で、山本の後ろ姿に、『生激撮！　その瞬間を見逃すな』という荒々しい書体の番組タイトルが勢いよく載った。

五味は放送が始まってからも立ち続け、

「山本ちゃん、今日は絶好調だね。ちょっと抑え目にしゃべるのがちょうどいいんだよな」

メインモニターを眺めながら、まるで視聴者のように解説を加えた。

半年前に始まった『生激撮！　その瞬間を見逃すな』は、毎週木曜日の夜八時から一時間

放送されている。

新東京テレビの制作局に在籍している五味が長い間温めてきた企画で、全国の警察に協力を仰ぎ、ガサ入れシーンを生放送で観せるというものだった。テレビではこれまでも、警察のガサ入れは度々放送してきたが、それを生放送にしたところが企画の柱になっている。

放送を始めると、『生激撮！』は五味の想像以上の反響を呼び、平均視聴率は十五パーセントを超えて、今では新東京テレビで最も視聴率を稼ぎ出す看板番組になっている。


メインタイトルが消えると画面は、マンション周辺にたむろする刑事たちに切り替わった。顔にはモザイクがかかっている。第4スタジオのサブには、人の顔を認識すると瞬時にモザイクがかかるシステムが導入されていた。

そのマンションは学芸大学駅周辺の住宅街に存在した。しかし、ガサ入れ先の容疑者が番組を観ている可能性もある。現場が特定できないようにカメラは狭いアングルでのみ撮影を続けた。中継現場では刑事たちが白手袋を装着し、すでに突入の準備が出来上がっている。

「八時五分、突入開始」

ガサ入れの班長らしき男の声で、一斉に刑事たちがマンションの非常階段を駆け上がっていく。レポーターの山本とカメラマンもそのあとを追った。

刑事たちは、二階廊下のほぼ真ん中にある扉の前を取り囲み、その一人が管理人から受け取った鍵を鍵穴に差し込む。ドアが少し開くと同時に、向こうから閉めさせないように刑事が隙間に足をねじ込んだ。次の瞬間、ドアが大きく開け放たれる。

「警察だ」

班長の声と共に、刑事たちは次々と部屋の中になだれ込んだ。カメラマンももみくちゃにされながら、ドアの中へと滑り込んでいく。

玄関の向こうには十二畳ほどのリビングが広がり、ソファにはＴシャツ、半ズボン姿の男が一人座っていた。刑事たちの肩越しに、カメラが男にズームインする。その顔にはモザイクがかかっているが、突然の捜索に動揺していることは想像できた。

班長が、捜索内容を書き記した令状（捜索差押許可状）を男に見せた。

「覚せい剤所持・密売の容疑で家宅捜索を行う」

その言葉を受けて、サブの上杉が落ち着いた声で指示を出した。

「捜索内容のスーパー入れて」

メインモニターの下位置に「覚せい剤密売犯　緊急逮捕の瞬間！」の文字が現れた。五味は口を大きく膨らませながら、モニターを睨み続けている。

一人目の容疑者を確保すると、刑事たちはリビングの奥にあるドアを開け次の部屋に入っていく。

隣の部屋は作業場のような状況だった。壁際にはデスクが二つ。その上にはネット販売用に使うのか、パソコンが二台置かれている。真ん中のテーブルの上には、小さなビニール袋や現金、飲み物の空き缶が散乱し、その周囲に黒の上下を着た男とスウェット姿の女が一人ずつ座っていた。

その映像を見た瞬間、サブで五味が大きな声を上げた。

「二人、逃げろ！」

それは容疑者たちに向けて発した言葉だった。もちろん、五味の声が現場に聞こえるはずもなかったが、座っていた男はおもむろに立ち上がり、窓の方に走り出した。

窓を開け放つと、そこから飛び降りようとしている。二人の刑事が男の腕にしがみついた。

「待て、こらー」

制止する刑事の手を振りほどき、男は二階の窓から外へと飛び降りた。

「よーしよし！　今日は、撮れ高がいいぞ」

五味が手をパンパンと叩きながら、上杉に指示する。

「外のカメラにスイッチして」

メインモニターの絵が、マンションの外側で待ち構えていたカメラの映像に切り替わる。

ロングの絵だったが飛び降りた男を映し出した。男は着地した瞬間、わずかによろめいたが、すぐに体勢を立て直し裸足のまま走り出す。外には三人の刑事が待機していた。

「待たんか、こらー」

刑事たちが三方から迫ったが、男はその間をかいくぐり全速力で暗闇へと消えていく。

一方、部屋の中でもハプニングが起きていた。大人しく座っていた女が、窓とは別の方向に走り出したのだ。

「女がトイレに行ったぞ」

部屋の中に刑事の声が響いた。

こうした覚せい剤のガサ入れでは、証拠をいかに押さえるかが重要な鍵となる。犯人が証拠隠滅のために、覚せい剤を水洗トイレに流そうとすることは頻繁にあり、刑事たちにはその行動はお見通しだった。

女は、トイレの前で待ち構えていた刑事に取り押さえられた。

「トイレくらい、行かせてよ」

「あとでゆっくり行かせるから、今は待て」

羽交い締めにされた女は、向けられた中継カメラを睨み付け、叫び声を上げた。

「なに撮ってんねん、このボケー、オメコ、オメコ、オメコ！」

「わかった、わかった。少しいい子にしてろ」

刑事は女を無理やり座らせた。

逮捕劇の興味は、マンション外へ逃亡した男に絞られた。サブの五味は叫び続けている。

「外に逃げた奴が主犯だ。できるだけ逃げろ、走れ！」

窓から逃げた男は、マンションと道を挟んだ駐車場に走り込む。それを追うカメラの映像は激しく揺れ続けていたが、間違いなく視聴者を釘付けにするものだった。

男は、そこに駐めてあった黒いベンツのドアを乱暴に開けた。車内に滑り込みドアを閉めようとするが、二人の刑事が腕を突っ込んでそれを阻止した。もう一人の刑事は車のボンネットに駆け上がると、フロントガラスに身体を横たえ、運転席からの視界を遮ろうとしている。

その様子を見て、五味が「エンジンをかけろ」とまた叫んだ。

直後、画面の中のベンツがエンジン音を立てた。車は三人の刑事を巻き込みながら急発進する。

カメラが駐車場の入り口の方を向いた。カメラマンがどうにかピントを合わせると、前方からパトカーが凄まじい勢いで飛び込んできた。

ドーン！　ベンツはパトカーと衝突し、その動きを止めた。ドアに腕を差し込んだままの刑事たちが、息を吹き返す。

「出てこい、こらー」

ドアがこじ開けられ、中から男が引っ張り出される。パトカーから警官が降りてきて、そこに加わった。

カメラマンも、その混乱に紛れ込んでいったが、刑事にカメラが突き上げられたのだろう、映像は宙を彷徨っている。ようやく画角の中に容疑者を捉えたときには、もうその腕には手錠がかけられていた。犯人はマンションの部屋の方に引きずられるように連れていかれる。

「いい絵だったなあ」

いつの間にか上着を脱いでTシャツ姿になっていた五味が、満足そうに呟いた。

逮捕劇は終わったが、マンションの部屋の中では、刑事たちが覚せい剤を捜し続けていた。

レポーターの山本が部屋の片隅で実況を再開した。

「マンションの一室では、捜査陣によって覚せい剤捜しが続けられています。これまでに女性の容疑者が隠し持っていた微量の覚せい剤と、ポンプとかキーと呼ばれる注射器は多数見つかっていますが、密売のための覚せい剤はいまだ発見されていません」

捜索は難航した。

「時間内にブツは出てきますかね？」

上杉が腕時計を見ながら言った。気にしていたのは、一時間の放送の間に大量の覚せい剤が発見されるかどうかだ。

「俺は、女が抱えているぬいぐるみに一万賭けるぞ。カメラマンに、絵から女を絶対に外すなって言っておけよ」

五味がメインモニターの中の「女」を指さしながら言った。

三人の容疑者は、リビングの奥の部屋に肩を並べて大人しく座り込み、女は、確かにぬいぐるみをトイレに向かったその時以外はずっと抱き続けていた。

しかし、上杉が危惧した通り、「ブツ」は見つからぬまま、この日の放送時間はタイムアップを迎えた。


終わっても、現場では捜索が続いていた。

五味は念のために、そのシーンを撮影・録画させた。

こんなところから思わぬ掘り出し物が見つかることもある。その映像もサブに送られ続けていた。

すると、五味の読みは的中し、女の持っていたパンダのぬいぐるみの腹の中から、ビニール袋に詰め込まれた白い粉が大量に見つかった。その瞬間、上杉は「あと十分早かったら」

と悔しそうにうなった。
さらに、主犯が逃走に使おうとしたベンツのダッシュボードからも、十グラムずつに小分けされた、パケと呼ばれる覚せい剤が出てきた。
そこで、五味は不思議なものを目にした。
それは覚せい剤と共にダッシュボードに隠されていた、一枚のB5のレポート用紙だった。
そこには、
タナカ・中目黒
ジョウノウチ・都立大
カワゴエ・祐天寺
ムカイヤマ・学芸大
などと二十名ほどの名前と地名が書かれている。五味は密売の顧客名簿なのだろうと思ったが、その中に気になる名前を見つけ出した。
イタバシ・自由が丘
「板橋……あいつの家、確か自由が丘の一戸建てだったよな」
五味は心の中で呟いた。板橋とは板橋庄司（しょうじ）のことだ。
新東京テレビに五味と同期で入社し、初めは制作部のADとして同じ釜の飯を食べた仲だ。

しかし、それ以降は道をたがえ、板橋は編成部長の地位を射止め、今では遠い存在になっている。五味の記憶では、板橋が自由が丘に家を建てたのは、十年ほど前。そのことは同期の間でも話題になった。


夜十時過ぎ。

サブはすっかり片づけられ、残ったのは五味と上杉の二人だけだった。上杉はデリバリーのコーヒーを、ポットから紙コップに五味の分も注ぎ入れながら言った。

「今日の放送は、ほとんど五味さんの読み通りにいきましたね」

「半年も番組を続けてりゃ、これくらいはわかるよ。まあ中盤のお姉ちゃんの暴言は余計だったけどね」

「五味さんの声を、副音声で流したいくらいでしたよ」

上杉が笑いながら話した。

「テレビ屋ってのは、本当に下種な商売だと思うよ。画面の前のお客さんは、他人の不幸とか悲劇的なハプニングが大好物だからね。

ほら、有名人の謝罪会見とか離婚会見なんか大好きだろ。その好みに合わせると、どうしてもああいう展開を期待しちゃうんだよな」

「俺たち、絶対にいい死に方しませんよね」

「そりゃそうだよ。もしいい死に方するディレクターなんていたら、そいつは真面目にテレビを作ってこなかったってことになるね」

「言い切りますねえ」

「結局さ、平和に暮らす市民がちょっと見下しながら、気味の悪いものを覗き見する、それくらいでテレビはちょうどいいんだよ」


五味が新東京テレビに入社したのは、もう二十年以上も前のことだ。

新宿職安通り沿いにある蕎麦屋の次男坊として生まれた五味は、小さい頃は、テレビばかり観ていた。特にコント番組が好きで、学校に行くと友達の前で前の日の放送を再現してみせるのが日課だった。

入った大学は三流。しかし、それでもテレビ局に入社できたのは、親類に新東京テレビの重役を知り合いに持つ者がいたからだった。

新東京テレビの新入社員は、昔からその半数以上がコネ入社だ。父親がスポンサー筋の社長や芸能人、政治家からスポーツ選手まで、まるで戦国時代の人質のように、その子供を会社の中に取り込んできた。それに比べれば、五味の伝手は弱々しいもので、いまだによく入社できたものだと五味自身が思っている。

　会社に入るとすぐに制作部に配属された。それ以来、制作部に居座り続け、携わった番組は、トーク、歌、クイズ、ワイドショー、手品、料理、旅、占い、ドキュメンタリー、子供番組と多岐にわたる。特に得意としていたのは、ドッキリ系の番組だった。

　テレビの世界にも、『ギャラクシー賞』や『国際エミー賞』など、様々な栄誉は存在する。しかし、五味の番組はそれにノミネートされたためしはないし、五味自身そうした賞に興味がない。ただ視聴者が楽しめるかどうか、驚けるかどうか、それだけがモチベーションのテレビ屋だった。

　上杉は五味が最も信頼するディレクターで、もう十年近くも組んで仕事をしている。端整な顔立ちの上杉は、五味とは違い服装にも気を遣う男で、この日はどくろマークのあしらわれたパーカーを身に着けていた。

「来週のガサ入れ先は、もう決まったんですか？」

　ファイロファックスのスケジュールのページを捲りながら、上杉が尋ねた。

「本番前に山岡さんから連絡があったよ。ちょっと凄いことになるかもしれないな」

「へえー、そんなでかいネタですか」

「連続少女暴行殺人事件、知ってるだろ？」

「もちろんですよ。小学生の女の子ばっかり殺されているやつでしょ。もう五、六名やられてるんじゃないですか。髪の長い女の子が狙われてましたよね。アメリカみたいなシリアルキラー（連続殺人犯）が日本にも出現するようになったんだなって思いましたもん」

上杉は、次の五味の言葉を予感しながらテンションを上げている。

「どうやら、その犯人が特定できたみたいなんだよ。その棲家をガサ入れする」

「それは凄い！　本当にうちが生でやらせてもらえるんですか？　山岡さん、腕あるなあ」

上杉は高鳴る胸を抑えながら、これからリサーチすべきことや放送までの段取りを、手帳に几帳面な文字で書き込んでいく。

世間を騒がせたその事件は去年から始まっていた。犠牲者は、栃木、埼玉、東京などの小学生が六名。すでに大きな社会問題にもなり、その逮捕シーンを生中継などしたらとんでもない反響を呼ぶことは間違いない。

そのネタを仕込んできたのが、山岡修平だった。

山岡は、元警視庁の警部で今は私立探偵の事務所を開いている。五味が『警察密着24時』という番組を担当した頃に出会った男で、『生激撮！』が始まると警察との交渉役として呼び寄せた。

五味は、山岡には月々破格の報酬を支払っている。使い道の詳細までは知らされていなかったが、警察への「餌付け」に流れているのは間違いない。今回のように世間を騒がせた事件の逮捕劇を、他局を押しのけて生放送できるのだから、決して無駄にはなっていないと五味は思っていた。

「まだいるのか？　そろそろばれる（解散する）ぞ」

五味が革のジャケットを手に立ち上がった。

「レスポンス資料をまとめたら出ます。あっ、一つだけ気になったことがあったんだ」

上杉が少し真剣な顔つきで、五味を見上げた。

「放送終了後……ダッシュボードから気味の悪いレポート用紙が出てきましたよね」

「上杉も気づいちゃったか」

「まさか、編成部長の板橋さんのことだったりするんですかね」

上杉が言っているのは、主犯が逃走に使おうとしたベンツのダッシュボードから出てきた覚せい剤密売の顧客名簿らしいリストのことだった。

そこに書かれていた「イタバシ・自由が丘」の文字。

「まあ、自由が丘にも板橋さんはいっぱい住んでいるだろう」

五味は、お茶を濁しながらサブから出ていった。

（株）新東京テレビジョン
編成局・編成部部長
板橋庄司
渋谷区神宮前5−32−××

四月十四日（金）

「ちっ！」

編成部の自分のデスクで、板橋庄司は渋い表情で舌打ちした。

その手元には、Ａ４の紙に刷られた視聴率表があった。朝の九時前に、ビデオリサーチから各局に向け、前日の視聴率の速報が配信される。板橋は出社すると、まずそれに目を通す。

この日、気分を曇らせたのは、「生激撮！　その瞬間を見逃すな　19・8％」の文字。これまでの最高視聴率を記録していた。

板橋はそれをしばらく見つめたのち、ゆっくりと立ち上がり、ネクタイの結び目をきゅっと手で押し上げた。

朝十時。社屋十一階にある円卓会議室。

そこには、毎週金曜日に開かれる定例部会のために編成部員が全員集っていた。

「四月改編で始まった新番組はゴールデン、プライム、それぞれ四つずつでしたが、いずれも順調なスタートを切り、今の段階での話ですが今回の改編は成功だったと言えると思います」

板橋がそう切り出すと、編成部員たちから大きな拍手が巻き起こった。

編成部は、五味たちがいる制作部が人間の手足だとするなら、頭脳に相当する。二十四時間×七日という限られたタイムテーブルに、効率よく自社の番組を配置するのがその仕事だ。同じ番組でも、前後の流れや裏番組の視聴者層などによって、うまくいくこともあれば大失敗することもある。

そんなテレビ局にとっての生命線ともいえる部署のトップに、いま板橋は立っていた。

会議室の奥の壁一面は、鷹(たか)と虎が睨み合う仰々しい絵が飾られている。

まるで老舗(しにせ)旅館にでもありそうな絵柄だが、それは初代の社長の好みによるもので、社屋の中でも一番大きな円卓会議室に今も存在し続けている。

板橋は、その鷹と虎を背景に一人だけ立ち、編成部員たちの視線は全てその方向に注がれている。

「合併した他局に比べ、我が局は制作予算も半分ほどしかありません。それでも裏番組と対等に渡り合っていることは、ひとえに制作陣の努力の賜物と思っています」

以前、東京の地上波テレビ局としては民放が五局と国営放送があった。

日本にテレビが誕生して以来、その形を守ってきたテレビ業界に激震が走ったのは昨年のことだった。

この業界の生命線はスポンサー料なのだが、その売り上げはここ数年、右肩下がりに減り続けている。それに耐えかねた民放各局は水面下で生き残りの道を探った。

そして一年前、民放テレビ局は合併へと大きく舵（かじ）を切ったのだ。金融など他の業種では一般的な業界再編だが、テレビの世界では初めてのことだった。

合併を行ったのは五社中四社。二社ずつ合わさり、東京の民放は三局に減った。その中で、唯一新東京テレビだけが開局時のままの姿で経営を続けている。

「しかし、いま新たな問題が巻き起こっています」

板橋は、編成部員たちの注意を喚起するために間を取った。

「皆さん、噂には聞いたことがあると思いますが、国内第二位の携帯会社『マックスフォン』が、我が社を傘下に収めようと触手を伸ばしている——去年の暮れから新聞や雑誌を賑わしてきたこの話……これは単なる噂話ではありません」

会議室が一瞬どよめいた。

「『マックスフォン』はすでに総務省にも働きかけ、この新東京テレビが経営破綻するのを待ち望んでいるのです」

『マックスフォン』は、携帯の価格破壊を進めることで、その利用者数を急激に伸ばしてきた。ここにいる編成部員たちも、ほぼ半数が『マックスフォン』の携帯を使っている。

『マックスフォン』は以前から、メディアの買収にも積極的で、海外の映画配給会社などもその傘下に収めてきた。さらに、携帯で視聴する番組コンテンツの開発にも努めてきたが、決め手となるソフトを作れず、視聴者数も頭打ちの状態だった。そんな『マックスフォン』が、ついにテレビ局の買収に乗り出すと、昨年の末から囁かれ始めていたのだ。

板橋は、伊達社長から秘密裏に命を受けてその対策に当たり、今年になってからずっと神経をすり減らし続けている。

「どうやったら『マックスフォン』から、新東京テレビを守り抜くことができるのか。発想はいたってシンプルです。休む間もなく、新しい企画を打ち出し続けること。

しかし、我々を取り巻く環境は厳しいものがあります。これまでテレビ業界は、国から守られた鎖国のような状態でした。しかし、そこにネットと携帯という黒船が現れた。いま、その多様化するメディアに企業の広告費は分散しています。代理店はテレビだけでは売り物にならないので、広告主にテレビとネット動画のセット販売を勧める有様です。

広告料にもはや未来はないと思った方がいい。それにすがることこそ、『マックスフォン』の思う壺です。我が社がいま一番やらなくてはいけないこと、それは新しいビジネスモデルを開発することなのです」

板橋の言葉を、若手編成マンは一字一句聞き漏らさぬようにパソコンに打ち込んでいる。板橋の声以外は、そのキーボードを叩く音しか会議室には聞こえなかった。

板橋が編成部長になったのは、今から三年前のことだ。

当時、新東京テレビは苦戦する視聴率に加え、経費のかかる番組が多く、経営は危機的状況にあった。そこで板橋は大鉈（おおなた）を振るった。

部長の職に就いて、真っ先に手を付けたのは、ゴールデンタイム、プライムタイムで低迷を続けていた番組を終わらせることだった。

それらの番組はどれも、力のある芸能事務所のタレントが司会を務め、高額なギャラを払い続けていた。一度決めたギャラはなかなか落とすことができない。予算の削減は、単純に番組の質が落ちることを意味していた。一度更地にして新番組を立ち上げないことには改善は図れないと思った板橋は、あらゆる方面からの圧力を押しのけ、そうした番組を終わらせていった。

翌年はドラマの再放送を流していた午後一時から五時の時間帯を全て、ネット通販会社と組んでテレビショッピングにした。まるでＣＳ放送のようだと揶揄(やゆ)されたが、それにも耳を貸さなかった。

さらに、カーレースやスキージャンプ、カーリングなど世界的なスポーツイベントの放映権も次々に手放していった。それらの権利は往々にしてヨーロッパの貴族たちが持っていて、高額な放映権料を要求してくる。局のイメージアップには繋がったが、その広告費は放映権料に見合うものでは決してなかった。

どの交渉現場でも、相手は興奮気味に食ってかかってきたが、板橋は常に冷静だった。大概の相手は板橋の隙のない論理の構築の前に屈服した。普通の人間ならストレスのたまる交渉現場が、板橋にとってはまるで詰将棋でもやっている感覚で楽しくてならなかった。相手が攻撃の手を見つけられず、言葉に詰まる「投了」の瞬間を見るのも快感だった。

周囲はそんな板橋のことを「公家」のようだと表現した。常に穏やかな表情を保っているが、心の底では何を考えているかわからない、そんな意味だ。

　そして、板橋の改革は少しずつ実を結び、新東京テレビの経営状態は持ち直しつつあった。お蔭（かげ）で板橋は、社内では専ら社長に次ぐナンバー2といわれるようにまでなっている。

　しかし、改革はまだ終わったわけではない。今日は、次の闘いに乗り出す、まさにその日だった。


　板橋はオールバックの髪型に黒い縁の眼鏡をかけている。家ではレンズだけの縁なしを使っているが、職場ではあえて細かくてきついキャラクターを演出するために、黒縁にかけ替えている。

　板橋は、その眼鏡の奥から全員の視線が全て自分に集まるのを確認して話を再開した。

「私は、この秋の改編で次の一手に踏み切ることにしました」

　社長と営業局長以外、まだ公言していない内容だった。

「朝の帯番組、『ベストモーニング』に手を付けようと思っています」

　その発言に会議室は静まり返った。パソコンを打ち続けていた若手編成マンの手も止まった。

　無理もないことだった。『ベストモーニング』は、平日の早朝五時半から八時までの情報番組で、もう二十年も続く新東京テレビの朝の顔とも呼べるものだったからだ。

「『ベストモーニング』は、司会者の高額なギャラ、中継車代とロケの費用、さらに早朝のスタッフのタクシー代もかさんでいる。その割に広告費は微々たるものです。

我が社の看板番組として愛着のある人も多いとは思います。これは、私にとっても苦渋の決断でした。が、生き残るための選択と理解していただきたいと思います」

俯（うつむ）いたままの者もいる。ここにいる全員に衝撃を与える発言だった。

「皆さんの頭の中は、看板番組を閉じて一体何を始めるのか、という疑問でいっぱいでしょう。

私が提案したいのは、平日の朝の時間帯が企業に広告として売れないのなら、一般の視聴者に買っていただく、ということです。

朝の時間帯は、もちろん幅広い視聴者に観ていただいていますが、そのトップシェアはなんと言っても六十五歳以上のF４、M４（Fは女性、Mは男性を指す）とも呼ばれる年配の方たちです。

この視聴者層は、銀行にたっぷりと預金を貯め込んでいる。では、何にだったらそのお金を使ってもいいのか。キーワードはお孫さんです。年配の視聴者は、愛する孫のためなら預金を切り崩すことを厭（いと）わない。そこでその方たちに放送時間を買っていただこうと思ったのです」

　これまでとは全く違う番組の形態に、編成マンたちは当惑している。

「そこで考えた企画が、月曜から金曜の朝の帯番組『マゴマゴキング』です。

　この番組には提供スポンサーは付けません。コマーシャルとして流すのは全てスポットCMだけです。そして内容は、一分の放送に付き一人ずつお孫さんのイメージビデオを流していく。もちろん、それはお金を出していただいたお年寄りのお孫さんの可愛らしい映像です。

　料金は一分五十万。放送時間が五十分なら、二千五百万の収入を得られる。

　この企画は、すでに社長と営業局長の了解を得ています。営業局には、このためのプロジェクトチームを立ち上げてもらい、全国のお年寄りに一斉にプロモーションをかけてもらう予定です。もしこれが成功すれば、深夜とか土日の昼帯など、営業の成績を残せないでいる枠は、どんどん切り売りしていくことができるようになる。

　このビジネスモデルは、テレビ局がマンションのオーナーになり、持っている部屋を小口の企業や視聴者に自由に貸し出していくという、新しいコンセプトなのです」

　説明が一通り終わると、会議室はざわつき始めた。

　口々に「社長は会社をどうしようと思っているのか」とか「広告を売るのが仕事の営業がよく了解したな」とか囁き合っている。そして、その会話の中で最も多く使われたのは「報道部」という言葉だった。

「これでまた報道部との向き合い方が難しくなる」

テレビ局の中で最も経費のかかる番組はドラマとニュースだった。板橋はその両方に経費削減のメスを入れてきたが、ニュースを預かる報道部に対する態度は尋常ではなかった。

編成部員たちが一番記憶に残っているのは、去年の衆院選で選挙特番をなくしたときのことだった。編成と報道の主要メンバーによる長時間にわたる会議の末、各局が派手なセットに論客を大勢集めて開票速報を報じる中、新東京テレビだけはアニメを流し、速報は画面の中で「L字」の片隅に追いやられた。

衆院選の特番がなくなったのは、報道部にとって屈辱的なことだった。

そして、今回終了に追い込もうとしている『ベストモーニング』は、報道部が大切にしている番組で大きな予算も付いている。これで報道部との間に新たな火種が生まれることになる。

しかし、編成部員たちの反応は、板橋にとっては予想通りのものだったし、報道部とのやり取りにも自信があった。

「皆さん、この話をさぞかし驚いて聞かれたことでしょう。しかし、『マックスフォン』に対抗するためには、まだまだこんなことじゃ足りないと思っています。

次々と新機軸を発表し、新東京テレビが元気なところを見せつける必要がある。さあ全社を挙げて、この難局を乗り切ろうではありませんか。

ご協力のほどよろしくお願いいたします」

板橋は改編案の発表を終えた。そして席に着こうとしたが、もう一度立ち上がり一言付け加えた。

「ここからは業務連絡です。『生激撮！　その瞬間を見逃すな』の担当、立って」

三十代前半の編成マン、木村務が立ち上がった。

『生激撮！』は昨日、これまでの最高視聴率を叩き出していた。それは全局の一週間の視聴率でもベスト5に入る数字だった。誰もが、板橋が木村を称賛するのだと思った。

「昨日の番組の中盤、容疑者が放送禁止用語を繰り返したな。途中から音声を絞るなどやれることはなかったのか？　そもそも、そうした事態に備えて、ディレイ放送するとか、アナウンサーが謝罪できるような受け皿を準備しておくとか考えられないものなのか」

「は……はい」

木村は下を向いた。

「元々『生激撮！』は、提供スポンサーが一つも付いていない番組だ。

営業部は秋の改編に向けて、木曜の夜八時にＪＲの一社提供番組を置こうとしている。しかし、これ以上の不祥事が続くとそこまでももたなくなるぞ。

現場ともよく話し合って、改善のレジュメを今日中に提出するように。

特にプロデューサーの五味には厳しく伝えてくれ。五味は、例の事件の後は少し大人しかったが、また天狗になり始めている。編成担当のお前が手綱をしっかり握っていないと、再び問題を起こしかねないぞ」

この日の編成部会は、ここで終了した。様々な波紋が予測できる板橋の発言。円卓会議室を出るとき、板橋はすでに、その後の展開を頭の中で描き始め、うっすらと笑みをこぼしていた。

(株)新東京テレビジョン
取締役
藤堂静雄
渋谷区神宮前5－32－××

同日　午後一時十五分

藤堂（とうどう）静雄は、十一階にある取締役室で大声を上げた。

「無礼にもほどがある」

部屋の外にも聞こえるような大声だった。

「その話、お前は知っていたのか？」

ゴルフ焼けした顔をさらに紅潮させた藤堂が詰め寄ったのは、応接テーブルの向こうに座る報道部長の小野勇気だった。

「いや、僕もさっき知ったばかりです。午前中の編成部会に出ていた同期から教えられて驚きました」

「報道部長のお前にまで伝わっていないって、どういうことだ。俺かお前に、事前に情報を入れて根回しするのが当たり前だろ。こんなことはあり得ない。前代未聞だ」

藤堂は元報道局長で、今は新東京テレビの取締役になっている。ダークスーツに身を包みながら、足元は黒いスリッパに履き替えている。それに対し小野は首から社員証を下げ、ワイシャツの袖をまくり、いかにも現場でニュースと闘っているという風情だった。

小野が、自分が知り得た情報を藤堂に話し始めた。

「部会は、板橋部長の独壇場だったようです。議題の中心は、秋の改編に関してで、『ベストモーニング』に代え、全く新しい収益形態の番組を始めると発表したそうです」

『ベストモーニング』の終了は、報道部にとって死活問題だった。小野は、新番組の『マゴマゴキング』の内容も説明した。

「その時の編成部員たちの反応はどうだったんだ？」

「みんな呆気に取られていたようです。事前に知っていたのは、社長と営業局長だけだったとか」

「板橋は全てのタイムテーブルを、自分の思いのままにしようとしているんだな」

藤堂は吐き捨てるように言った。

小野に対して激昂してみせた藤堂だったが、実は編成部会よりも先に、『ベストモーニング』の打ち切りに関する情報は摑んでいた。もちろん、それは板橋から聞いたわけではないので、根回しがなかったことに変わりはない。

「『ベストモーニング』は、うちの局の宝のような番組ですよ。二十年続いた今だって、視聴率はまだ他局とちゃんと張り合っている。それを打ち切るなんて……。

最近の編成の報道部への仕打ちはひどすぎます。予算だってあり得ないほど減らされて、これじゃ、まともなニュースなんて伝えられません」

「お前の言うことはもっともだ。板橋は昔から報道を軽んじている。公の場で、夕方の五時から各局仲良く同じニュースを流さなくていいのにと言ってはばからない男だからな。

しかし、ニュースってのはテレビ局の背骨みたいなもんで、それがあるからバラエティとかでいくら馬鹿をやっても許される。そのあたりが、板橋はわかっちゃいない」

「ネット局から揺さぶりをかけますか？　今なら、この話をご破算にすることもできるんじゃないでしょうか？」

新東京テレビは全国に系列局を十八局持っていた。『ベストモーニング』はその全てで放送され、ドラマやバラエティはともかく、報道番組ともなると系列局の声にキー局の新東京テレビも耳を傾ける必要がある。これまでも、編成から無理な改編を押し付けられた場合、報道部は小野の言う「揺さぶり」を系列局にかけ、巻き返しを図ってきた。

「まあ、それが常套手段だろうな」

藤堂は、怒りの表情から一転、にやりと笑ってこう続けた。

「しかしな、板橋の話をそのまま鵜呑みにしちゃダメだ。あいつは小賢しい策士だからな」

「どういうことでしょう？」

「俺の読みだと、今回は縮小ってところで手を打ってくるだろうな」

「縮小ですか？」

「うむ。たぶん新番組を五時半から六時半に置いて、そのあとは『ベストモーニング』を続ける腹だろう」

「じゃあ、打ち切りではないと」

「今回はその程度で収めて、半年ほど経ったところで全てなくそうとしているんじゃないか。大坂冬の陣で城の堀を埋めて、夏の陣で滅亡に追い込む感じだな。板橋のやりそうなことは、だいたいわかる。まるで家康気取りだ」

藤堂は、腹の探り合いなら誰にも負けない自信がある。そうした心理戦を身に付けたのは、雑誌の編集者時代のことだった。

藤堂が新東京テレビに入ったのは今から三十年前。中途入社だった。

大学時代は柔道部に所属していたため、今でもがっしりとした体型をしている。柔道を始めたのは小学校の時だった。テレビのオリンピック中継で、日本の選手が活躍しているのを観たのがきっかけだった。大学を出ると出版社に入社し『週刊ニッポン』という雑誌の編集に携わった。その五年後に今の新東京テレビに入る。これまでの経験を買われ報道に配属されると、以来、報道畑一筋にやってきた。

藤堂の情報源は、全て出版社時代に築き上げたネットワークからのものだった。テレビ局では手に入らない裏の情報を駆使し、他局では真似のできないニュースを流し続けた。

そんな功績から、三十五歳という若さで報道部長に抜擢(ばってき)された。

その時代に作り上げたのが、月曜から金曜の朝の帯番組『ベストモーニング』だった。司会者に、古巣の週刊誌の名物編集長と当時大人気だったお笑いタレントを起用すると、そのミスマッチが受けた。

『ベストモーニング』は、平均視聴率が四パーセント台だった枠を、たった半年で二桁にまで押し上げたのだ。この成功は、新東京テレビの伝説にもなっている。その後、藤堂は報道局長、そして取締役ととんとん拍子に出世していった。

いま目の前にいる小野は、藤堂が自ら指名して報道部長にした、腹心中の腹心だ。

「『ベストモーニング』存続に関しては、俺にも策がないわけじゃない。しかし、今回は板橋のやりたいようにさせようと思っている」

「はあ……」

「まあ、いいタイミングで返し技を狙ってやるさ」

小野は不服そうだったが、藤堂に全てを預ける形を取った。

「編成部会で、板橋は他にも何か話していたか？」

「『生激撮！』のことも、批判していたそうです」

「板橋は、演出の五味とは犬猿の仲だからな。終わらせるとでも言っていたか？」

「秋には、ＪＲの一社提供枠にするつもりだとか」

「よく目先の小銭を拾いたがる部長さんだな。知っているか？『生激撮！』は、いま海外でも放映されているんだぞ。しかも、生放送だ」

「それは珍しいことですね」

「俺が国際部に言って、売りに行かせたんだ。これからの日本のテレビ番組は海外で通用するものを作らにゃいかんと思っている。制作技術は世界のトップレベルなんだから、観る人間が少なくなっているこの国から出ていく必要がある。

あの部長さんは、そんなことも気付かずに倹約令ばかりを出しているんだ」

藤堂は、応接セットのソファから立ち上がって大きな窓に身体を向けた。

「まあ、そんなことばかり言っているから、俺も五味のように板橋にとっては煙たい存在になっているわけだがな」

社屋の十一階にある取締役室からは明治神宮の森が一望できた。

「この景色も、近いうちに見納めになるかもしれんな」

今年五十八歳になる藤堂は、新東京テレビの取締役であると同時に、系列の『新東京出版』と制作会社『新東京ビジュアル』の執行役員も務めている。

すでに、新東京テレビの社長へのラインは自分から板橋へと移り、『新東京出版』の社長へと飛ばされるのは時間の問題だと覚悟していた。

「会議では、『マックスフォン』の話題も出ていたようです」

小野は、重い空気をかき消すように話を切り替えた。

「板橋部長は会議の冒頭で、『マックスフォン』はすでに総務省にも働きかけていると言ったみたいです」

「まあ、昔は新聞社の下にテレビ局がぶら下がっていた。それが携帯会社に変わるだけのことだ」

「じゃあ、この会社は『マックスフォン』に呑み込まれるってことですか？」

「時代の流れには逆らいづらいだろうな。もし、そうなったら、上層部は総取っかえだ。俺も含めてな。その他にも社員をリストラしろと言われたら、逆らうこともできない」

藤堂は他人事のような口ぶりで話した。そして、小野の前に座り直すと、腕組みした状態の右手で顎のあたりをいじりながら続けた。

「山場は株主総会の手前だろうな。五月末から六月頭」

「それって、もう来月の話じゃないですか」

「社長は、いま政界に金をばらまいているようだな。俺の知り合いの政治家たちは、おたくの社長は最近気前がいいって口を揃えて言っていたよ」

「この会社は、それで乗り切れるんですか？」

「そもそも『マックスフォン』の野望は、携帯の業界一位なんてものにはない。今風に言えば、巨大なコングロマリットを目指している」

「コングロマリットですか……」

コングロマリットとは、多種の業種を集めた複合企業のことだ。欧米では八〇年代から九〇年代にかけて、多くのメディアがコングロマリットを目指した。

「日本のテレビ局でも、コングロマリットを狙って、ホールディングス化する会社もあったが、所詮、テレビにネットと出版をくっつけたくらいだろ。『マックスフォン』のイメージはな、インターネット、ショッピング、エンタテインメント、果ては医療から介護まで睨んだとんでもないスケールのもんだ。これから買収なんて一年に何度もやっていく。うちの会社なんてその通過点みたいなもんだろうな」

話を聞いて、小野は肩を落とした。

「そんな相手だ、社長も最後は民放連頼みだよ。経営が健全かどうかっていうシンプルな判断になるだろうな。株主総会でもそれを全面的にアピールする必要がある」

「だから『マゴマゴキング』なんて、妙な新番組が必要になっているんですね」

「板橋も馬鹿じゃない。一分間に五十万も出す年寄りがどれほどいるか、わかっているはずだ。その番組で、株主総会さえ乗り切ればいいと思っている。板橋も必死だ。プレッシャーに潰されそうになっている」

藤堂はさらに声のトーンを落として続けた。

「こんな噂を聞いたことはあるか？」

小野は身を乗り出して聞き耳を立てた。

「板橋は、最近、薬に手を出しているみたいだぞ」

「薬？」

「覚せい剤だよ」

「本当ですか？」

「芸能事務所の知り合いから聞いたんだが、まあないことはない話だな」

「そんなことが表に出たら大変じゃないですか」

力の入る小野に、藤堂はにやりと笑い返した。そして、立ち上がると再び窓外を見つめた。

「うちの今年の新入社員は何人だった？」

「三人です」

「ずいぶん減ったもんだ。これじゃまるで制作会社みたいだ。しかし、たった三人の中に板橋の娘が入っている」

「ええ、入社式で見かけました」

「しかもアナウンサー枠での採用だ。いまこの会社の中で板橋に逆らえる者は誰もいない。それは社長も一緒だ。だがな、その権勢もすでにほころびかけている」

小野は、これ以上立ち入ってはいけないと判断したのか、口を挟まなかった。

「俺のところに集まってくる様々な情報がそう教えてくれている。まあ、せいぜい今のうちに我が世の春を満喫するがいいさ」

そう言うと藤堂は、明治神宮の森に身体を向けながら、腰をぐっとそらせた。

（株）新東京テレビジョン
アナウンス室アナウンサー
板橋　凜
渋谷区神宮前5－32－××

同日　午前十時

十一階の円卓会議室で編成部会が始まった頃、七階の総務部の会議室では新人研修が始まろうとしていた。

二〇一七年の新入社員は三名。全盛期は毎年二十名ほどの新入社員を採用していたことからも、会社の経営状況の厳しさが窺（うかが）い知れる。

その三名の中に、女子アナウンサーとして採用された、板橋凜（りん）がいた。

新入社員は地味な入社式以降、総務部に預けられ三週間の研修期間に入っていた。

この日の研修は、『生激撮！　その瞬間を見逃すな』のプロデューサーの話を一時間聞くことからスタートする。これまで局長クラスの人々の話を聞いてきたが、制作現場の人間は初めてだった。

板橋凜の家は自由が丘にある。その自宅で昨夜、研修で話題を振られたら困ると思い『生激撮！』の放送を初めて観た。正直、テレビはあまり観ない。家にいても、携帯かパソコンの前に居続ける。唯一興味のあるＴＶドラマもパソコン上で再生するのが習慣だった。

昨日の『生激撮！』の放送は、覚せい剤を密売する容疑者のアジトをガサ入れするという内容だった。最初は全く興味が湧かなかったが、観ているうちにその臨場感溢(あふ)れる映像に引き込まれていった。自分が入社した会社に、こんなに面白い番組があるのかと少しだけ嬉しくなった。

夜十一時、父の庄司が帰宅した。父は新東京テレビの編成部長の職に就いている。

凜が「明日、五味剛さんていう人の話を聞くの」と告げると、父はこう返した。

「新入社員の教育係には、あまり適さないけどな」

「どういうこと？」

「あいつは父さんと同期入社なんだが、番組で事件を起こしてしばらく干されていたんだよ」

「事件て？」

「ヤラセだよ。四年前に大騒ぎになっただろ」

その事件に関して耳にしたことはあったが、詳細までは知らなかった。

「どんな番組だったの？」

「しょうもない番組さ」

「でも、今は人気番組のプロデューサーなんでしょ？」

「あの番組も、局としては有難迷惑（ありがためいわく）な番組なんだ」

「どういうこと？」

父は、ネクタイを外しながら、少し面倒臭そうな顔をした。

「明日、大事な会議があるんだ。これから資料をまとめなきゃいけないから、その話はまた今度な」

そう言うと、そそくさと自分の部屋に入ってしまった。

翌日、会社に行って周囲に色々と話を聞いても、五味の評判は父が言うようにあまり良くなかった。ヤラセで干されていた頃のあだ名は「粗大五味」だったという。

新入社員の三人は、小さな会議室で五味の登場を待った。

どんな人物なのか、凜は興味があった。

そこに五味は眠そうな顔をして現れた。黒い革のジャケットを羽織り無精髭を生やした男からは、人気番組のプロデューサーというオーラは全く感じられない。ただはっきりしていたのは、日頃スーツをパリッと着こなしている父とは、全く別の人種だということだけだった。

五味は足を組んで怠そうに椅子にもたれかかり、紙コップに入ったコーヒーを啜りながら片方の手で耳をほじっている。長い沈黙の後、五味はようやくしゃべり始めた。

「君たちは、この会社に入って何がしたいのかなあ？」

五味の質問に、大学時代はアメフト部に所属し、今も髪を短く刈り揃えた色黒の新入社員が背筋を伸ばして答えた。

「事業部でイベントなどをやってみたいです」

「そっちは？」

もう一人の丸い眼鏡をかけた、いかにもオタク系の華奢な男子が答える。

「コンテンツ部で、携帯の番組開発を担当したいです」

その答えに五味はさらにやる気をなくしたように見えた。五味の視線が三人目の凜に向けられた。左目には目やにが付いている。

「君は、アナウンサー志望で受かったんだよね」

「はい、父のコネで受かりました」

「コネ」という言葉をあからさまに使う凜に、五味は少し驚いた顔をした。

入社以来、凜は自分から「コネ入社」という言葉を使い続けてきた。心の底ではみんな、父親である編成部長のコネで入社できたと思っている。色々な場面で、周囲の目がそう語っているような気がすると、つい自分の口からその言葉が出てきた。

しかし凜は、自分の中では新東京テレビに入ってあげたと思っている。

高校時代をアメリカのオレゴン州で過ごし、英会話には自信がある。帰国後、都内の偏差値の高い私立大学に進んだ。

外見にも自信があった。大学の学園祭でミスキャンパスに選ばれたこともある。そんな凜の子供の頃からの夢は、父親の仕事も影響してか女優になることだった。

大学三年の時に芸能界入りしたいと告げた娘に対し、父親は「女子アナも芸能人みたいなものだから」と言い、さっさとコネ入社の段取りを進めた。

就活が始まった頃、大学の友人にテレビ局の会社説明会に行くと伝えると、「なんで？」と言われた。十年ほど前まではテレビ業界は人気業種だったらしいが、今ではすっかりその魅力を失っている。

それでも女子アナウンサーだけは、世間からは芸能人のように思われ、テレビ業界の中で唯一人気のある職種だった。


「三人は、テレビは観る？」

五味の質問に、男子二人は「はい」と答えたが、凜だけは声を出さなかった。

「今どき観てなくてもしょうがないよな。会社に入りたての君たちに言うのはちょっと気が引けるけど、テレビは斜陽産業だ。ちょうど昔の日本の映画界に似ている。テレビが生まれるとみんな映画館から去り、パソコンや携帯を手にすると、今度はテレビの前からいなくなる。今じゃ、まともに観てくれるのはスポーツイベントくらいで、普段はお年寄りの暇つぶしの相手くらいってとこかな。それは仕方のないことだもんな。でも新聞に至ってはもっと哀れだ。みんな新東京新聞なんて取ってないだろ？」

新東京新聞は新東京テレビの親会社だったが、三人とも下を向いた。

「これ聞いたら、社主もショックだろうな」

皮肉っぽく笑う五味に、「あのー」と体育会系の男子がためらいがちに尋ねた。

「新東京テレビが『マックスフォン』の傘下に入るという噂を聞いたことがあるんですが、

あれは本当なんでしょうか？」

オタク系の男子が「そんな質問する？」といった表情をしている。

「ないことはないんじゃないか」

五味は、会社にとっての重大事項に、新入社員たちの前であっさりと答えた。

「本当ですか？」

二人の男子が動揺しているのがわかる。

「ただ、そういうことは視聴者には関係のないことだろ？　どこの資本の会社が番組を作ろうが、観ている人は画面に映っているものが面白いかどうかだけしか関心がない。

まあ、会社が変わってこれ以上制作予算を切り詰められたら、俺たちは面白いものは何も作れなくなるけどな」

ここまで五味の話を聞いて、凛はこの研修は時間の無駄だなと思い始めていた。初めにあった好奇心はすでに失望に変わっていた。中年プロデューサーの愚痴を聞かされるのはうんざりだったし、会社の将来よりも自分のやりたいことだけに興味を持つ五味は、社会人になりたての凛にさえ小さな男に見える。

しかし、五味はお構いなしに続けた。

「番組を作りたいっていう人はいないみたいだから、こっから先の話は辛い時間帯になっちゃうかもしれないね。無理して聞かなくっても別にいいよ。総務部長から、新入社員に現場の話ができるのは今回お前しかいないから、番組の話をしろって言われてここに来ただけだからね。勝手にしゃべって帰るからさ」

凜は下を向きながらだったが、五味に聞こえるように短めのため息をついてみた。見上げると、五味はそれを目の端で感じながら、ニヤニヤ笑っている。

「テレビ番組の最初の放送って、どんなだったかわかるかい？」

三人は揃って黙ったままだった。

「それはアメリカの番組で、ある部屋の俯瞰映像だった。部屋にいるスーツ姿の男たちが、煙草を吹かしながらずっと雑談を続けている。ただそれだけの映像だった」

「それは番組なんですか？」

体育会系の男子が聞いた。

「まあ試験放送的な意味合いもあるだろうが、ここにはテレビの本質があるんだよ。さてと、ここでみんなに少し頭を使ってもらおうかな。十二月三十一日の大晦日、紅白歌合戦の裏で数字が取れる番組を考えてみてよ。何でもいい。思いつきレベルで構わないよ」

男子の二人は、自分の発想を五味に伝えた。それはバラエティの大御所ばかりを集めた政治番組だったり、変わったところでは皇室による歌合戦だったり。凜は考えるそぶりをしながら、その様子を眺めていた。

「俺はね、もっと簡単に、そして低予算で考えてみたんだよ。使う映像はワンカットのみ。何の絵だと思う？」

三人は首を傾げた。

「空港で羽を休める旅客機の映像だよ。そして、そのサイドテロップにこんな文字を載せる。『事態が進展しましたらお伝えします』。これって、どういう意味かわかる？」

「乗っ取り事件てことですか？」

オタク系の男子が答えた。

「実際に乗っ取り事件は起きなくていい。ただ、旅客機を映してテロップを載せるだけ」

男子の二人は、ポカンとした顔をしている。

「実はね、これがテレビの本質なんだよ。テレビは、何かが起こりそうだという期待感のある状況をただ映し出せばいい。

スーツ姿の男たちが煙草を吹かす俯瞰の映像だって、きっとこのあと揉め事が起こるに違いないとか、視聴者が勝手に妄想し始めたらこっちのもんなんだ。

そういう意味では、俺がやっている『生激撮！』なんて、その典型的な番組だ。いつ容疑者が出てくるのか、本当に捕まるのか、証拠は見つかるのか、視聴者がテレビの前で待てる要素はいくらでもある。極端なことを言えば、犯人が捕まらなくたっていい。このあと、捕まる可能性があると思えれば、それで十分なんだ。だから、『生激撮！』はいま人気がある」

凛は、五味の話にそれなりに興味をそそられたが、最後まで聞いて「なんだ、落ちは自慢話か」とがっかりした。

新入社員の前でふんぞり返り、偉そうに話している五味を少し困らせてみようかと凛は思った。

「五味さん、一つ聞いてもいいですか？」

「何でも、どうぞ」

「テレビの世界で、ずっと問題になっているヤラセについてなんですが……」

凛は、五味の反応を見ながら話し続けた。

「ヤラセは、やっぱり必要なものなんですか？」

五味は無表情のまま何かを考えている。横に座る男子たちがどぎまぎしているのを凛は感じた。この研修の前に、五味の過去について凛は二人に説明していた。

「お嬢さん、突っかかってきていいね。俺は、そういうの結構好きだよ」

凛がヤラセの話題を持ち出したのは、父親の受け売りだと五味は気が付いたようだった。

五味はニヤニヤ笑いながら話し始めた。

「俺はさ、四年前に番組でヤラセをやって、問題を起こしたことがある。干されて暇だったときに、いろんな辞書でヤラセについて調べてみた。

使われ出したのは一九八〇年代前半とあった。ヤラセはテレビの世界の業界用語で、テレビ以外では『ねつ造』になる」

五味は、時折紙コップのコーヒーに口を付けながら淡々と語った。

「じゃあ実際に番組を作るときに、どういう行為がヤラセだかわかるかい？」

「過剰演出とかそういうものですか？」

オタク系男子が答えた。五味はその男子の方を向いて話し始めた。

「まあそうだね、正確に言うとヤラセってのは、演出家や放送作家が、イメージ通りに事実を変えていくことだよね。じゃあ、ドキュメンタリー番組でヤラセはあると思う？」

「それは、あり得ると思います」

「そう、ドキュメンタリー番組でもヤラセはできる。じゃあドキュメンタリーのロケ現場で一切、ヤラセをやらなかったとしたら、どうだろ？」

「そうなると、もう無理ですよね」

「普通そう思うよな。でもさ、例えば連続暴行魔のインタビューを一時間撮ったとしよう。犯人はその八割で下品でわいせつなことばかりを話し続けた。しかし、残りの二割は好感の持てる内容だった。

そして編集では、その残り二割だけを繋いで、人柄のいい好青年に仕立て上げたらどう？」

オタク系は、なるほどといった表情をしている。

「ロケ現場でやらなくても、編集やナレーションでもいくらでもヤラセはできる。真剣に考えると、その線引きって結構難しいんだよ。

まあ、ややこしいから、ここからは収録現場での過剰演出をヤラセとしよう。日本のテレビだと、ドキュメンタリーは別としてバラエティ番組の中では、昔はヤラセはなかった。

ヤラセが始まったのは、テープやバッテリーが小さくなりハンディカメラが軽くなってからのことだ。カメラが軽くなるとそれは街なかに飛び出し、ドキュメンタリーと融合した。

所謂、ドキュバラとかリアリティショーみたいなもんだな。そこで事実をイメージ通り、面白可笑しく演出したあたりからヤラセが登場した」

新入社員の研修内容は、凛の一言でいつの間にかヤラセ解説一色になっていた。五味は紙コップのコーヒーを飲もうとしたが、すでに空になっていた。

ここで凛は再び質問した。

「五味さんは、『生激撮！』の中ではヤラセはやってないんですか？」

また同期の二人がざわついているのが感じられた。しかし、五味は凜の目を見ながら真摯に答えた。

「やらない。あの番組は本物の映像が凄すぎて、ヤラセなんてやったら一発でバレる」

「じゃあ、他の番組だったらどうですか？」

「やる。間違いなくやるね」

五味はきっぱりと言った。

「しかし、ヤラセ事件が多発してテレビの信用が落ちたのも事実ですよね」

オタク系の男子が、前のめりになって発言した。

「それは間違いないね。テレビに幻滅した視聴者はネットに逃げていった。それはさ、俺が思うに、視聴者との信頼関係を崩すほどのヤラセをやってしまったことに原因がある。まあ、テレビがひどいことをやってきたのは確かだな」

「例えば、どんなことですか？」

オタク系が好奇心たっぷりに尋ねた。

「ダイエット番組とかで、ホニャララ体操を続けるだけでひと月に五キロ痩せたとかあるだろ。あんな番組にキャスティングされたタレントは大変だよ」

「どうしてですか？」

「ほとんど断食状態で頑張らなきゃ、視聴者がびっくりするような減量なんて不可能なんだよ。体操はまあ付け足し程度ってことだよね」

「まあ、薄々は感じていましたけど」

オタク系の反応に、五味は笑った。

「クイズ番組でよく正解率の高い出演者がいるだろ。もちろん全てじゃないが制作サイドから答えやヒントを教えてもらっている場合もある」

「そんなことしていいんですか？」

「そのまま答えを教える者と、この範囲からクイズが出ますよと範囲だけ教える者がいる。番組には、天才的なキャラクターとおバカなキャラクターの両方がいた方が面白いし、ドラマチックな展開が考えられるからね。

あと、クイズ番組に大物ゲストを引っ張り出したときには、恥をかかせるわけにはいかないって、マネジャーがプロデューサーに正解を聞きに来ることはよくあるな。

実際に俺がクイズ番組をやっていたときに、同じようなことがあってさ。それは収録当日のことだったんだけど、答えを教えてくれなきゃスタジオに行かないって言い出したんだ。もちろん俺はお断りしたんだが、その大物ゲストは本当に来なくて、収録がすっ飛んだことがあったよ」

「裏側は凄いですね」

　オタク系が目を丸くした。

「制作サイドだけじゃなくて、ヤラセワールドにタレントもマネジャーもどっぷり浸かっているということだね。ドッキリの番組なんか　ロケの前半でタレントにはバレていることなんて日常茶飯事だよ」

「本当ですか？」

「それまで使ったこともない控室に突然入れられたり、隠しカメラが目に入ったり、仕込みがずさんだとタレントは『これは、ドッキリ番組だ』ってわかっちゃう。でも、そのあと凄いのが、みんな気付かなかったふりをして、見事にドッキリに引っかかってくれるんだよ」

「そこまで行くと、もうコントですよね」

「よく見る熱湯風呂だって、本当に熱いお湯なんて用意したら、芸人にキレられるよ。お湯の熱さに耐えられるかはどうでもよくて、芸人にとって一番大事なのは最後に面白いことを言えるかどうかだからね」

「心しておきます」

　苦笑するオタク系の反応を見ると、五味は少しだけ背筋を伸ばした。

「結局ね、大事なのは視聴者を裏切ってはいないか、真実を知らされたとき不愉快になるかならないか、ということなんだ。熱湯風呂の温度が低くても怒らないだろうけど、自分もやってみたホニャララ体操が嘘だったら腹も立てるだろう。俺はそこで線引きして、そのルールに抵触するヤラセだけには手を出さないんだよ」

凜は、軽いいたずらのつもりでこの話題を持ち出したが、五味の中には、ヤラセについての明確な決まり事があった。凜は聞きながら呆気にとられた。

「僕は五味さんのように演出のプロではないので、視聴者感覚で発言させてもらいます。ヤラセの問題が知れ渡ってから、視聴者はみんなテレビに疑い深くなったと思うんです。全くやらないに越したことはないいんじゃないかなって。ヤラセなしでは、番組を作ることは絶対にできないものなんでしょうか？」

今度は体育会系が、しっかりとした口調で質問した。

凜はその様子に少し驚いていた。これまでの研修で適当に相槌(あいづち)を打っていた男子が、今は五味の話に引き込まれている。冷め切った会議室が熱を帯びていた。

「あまりいい例が思いつかないが、サッカーの試合で相手選手のシャツを引っ張るのを観たことあるよな。あれはどう思う？」

「その程度は許されるんじゃないですか」

体育会系の男子が答えた。

だよ。

「じゃあ、相手が怪我をするようなスライディングをしたらどうだろう？」

「それは間違いなくレッドカードですよね」

「だよな。それで一発退場だ。俺たち『テレビ屋』のヤラセに対する認識はそんなもんなんだよ。

視聴者は決して馬鹿じゃない。俺たちのやることくらい全てお見通しだ。

ヤラセに使う言葉じゃないと思うが、番組を作るときに紳士的かどうか。俺はそこが重要じゃないかと思っている」

紳士的にヤラセをやる。今まで聞いたことのない言葉だった。凛には具体的なことまでは想像できなかったが、五味が新入社員相手に手を抜かずにしゃべり続けていることだけは理解できた。

凛は、テレビについて父親とこれほど真剣に話したことは一度もない。自分のこと、番組のこと、全てを本音で語る五味は、今まで接したことのない人種だった。しかも、五味は自分の職業を『テレビ屋』と呼ぶ。父からはその言葉を聞いたことがない。

五味は見るからに胡散臭く、それでいてモノづくりへのポテンシャルは高い。

きっとこれが本物の『テレビ屋』の匂いなんだろう、凛はそう感じた。

凛は今でこそテレビをあまり観ないが、留学前の中学生の頃は大のテレビっ子だった。お笑いからドラマ、歌番組など、様々な番組に夢中になっていた。恐らくはそうした番組も、五味のような『テレビ屋』が世に送り出したものに違いない。

　この日の五味の持ち時間はほぼヤラセの話題で終始し、ここで終わりになった。


「そこそこ面白かったな」

五味のいなくなった会議室で、体育会系の男子がそう言った。

「今までの局長たちの話よりは退屈しなかったね」

オタク系が、両手を上げて背筋を伸ばしながら続ける。

「でも、あれはあれで問題なんじゃないの？」

「確かにね。あの人はヤラセは必要悪と思っているけど、コンプライアンス的にはあり得ないよ。たぶん時代とは、もう合ってないんじゃないのかな」

「話が全部古臭い匂いがしたもんね。みんなが『粗大五味』って言っているのがなんとなくわかる。板橋さん、どう思った？」

体育会系が、凜に話を振ってきた。

「でも、番組は視聴率を取っているんでしょ？」

体育会系が驚いた顔をする。

「板橋さんがフォローするとは思わなかった」

凜も、自分の言葉にハッとした。研修の前半、五味を寄せ付けず、男子二人をその世界に引っ張り込んだのは凜自身だった。

男子二人は、その後も五味の感覚では自分たち世代を引き付ける番組は作れないとか、もし人事で五味の下に配属され、古い『テレビ屋』の体質に染められたらたまったもんじゃないなどと話し続けている。

凜は、ヤラセの是非については興味がなかった。

ただ、五味剛というキャラクターに引き込まれた。きっと、五味の周囲には良くも悪くもテレビの本質が存在するんだろうなと思った。

凜の父は、同期であるにもかかわらず、ことさら五味を遠ざけている。男子二人の、古いテレビの体質を五味はそのまま引きずり続けているという見方も的外れではないだろう。

しかし、そんな世界を少しでいいから覗いてみたい。凜の中に不思議な欲求が膨らんでいた。

四月二十日（木）

　五味剛は、いつもより早い午後五時に、第4スタジオの副調整室（サブ）へと入っていった。

　この日の『生激撮！　その瞬間を見逃すな』の生放送まで、まだ三時間ある。薄暗いサブには技術の人間もまばらだった。

「五味さんにお客さんが来ていますよ」

　すでにディレクターズチェアに腰かけている上杉が、部屋の片隅を指さしながら言った。

　その方向を見ると、若手編成マンの木村務が直立不動で立っていた。スーツを着込んだ木村は、ラフな格好ばかりのサブでは浮いて見える。

「お疲れさまでございます」

　ぺこりとお辞儀をする木村を見て、五味が言った。

「お目付け役がいらっしゃったんだね」

「板橋部長がちゃんと放送に立ち会えってうるさくて。生放送なんすから、あれくらい大目に見ればいいんですけど」

「あれ」とは、先週の放送中、容疑者の女がカメラに向かって放送禁止用語を連発したことだった。

五味は、テーブルに積んであった弁当の一つを木村に手渡した。

「今日の放送はでかいネタだからさ、弁当も『今半』にしてみたんだよ」

「凄いですね。最近は弁当すら出なくなりましたもんね」

昔なら収録のあるスタジオには、スタッフ全員の弁当が必ず用意されたものだが、制作費を切り詰める昨今はなかなかそれが見られなくなっている。

木村は、『今半』のすき焼弁当に箸を付けながら言った。

「今日のネタはびっくりですよね。こんな大きな事件の逮捕劇を生中継するなんて、日本のテレビ史上で初めてのことじゃないですか？」

大きな事件とは、昨年から栃木、埼玉、東京などの各県で起きている「連続少女暴行殺人事件」のことだった。被害者は小学生の少女ばかり六名、髪の長い女の子だけが狙われた。猟奇的な事件は、同じような年頃の子供を持つ親たちを恐怖に陥れ、関東の街では髪の長い少女をあまり見かけなくなるという現象まで起きていた。

さらに、その事件が注目を浴びたのには訳があった。少女たちの親が、芸能人やスポーツ選手など有名人だったのだ。このことは、単に性的欲求を満たすための犯行ではなく、世間から注目を浴びたいという犯人の自己顕示欲の強さも表している。

それだけでも警察関係者を苛立たせるには十分な要素だったが、拍車をかけたのが遺体の遺棄場所だった。それは人の立ち入らぬ山林などではなく、いずれも見つかるのに多くの時間を必要としない、日常的に人々が利用する場所だった。

警察は、栃木県警、埼玉県警、警視庁の合同捜査本部を設置した。これまで動員した捜査員は数千人にも及び、警察のプライドをかけた捜査になっていた。そして、警察の意地がついに実を結び、容疑者の居場所の特定に至ったのだ。

「間違いなく先週の視聴率を超えますよ。ひょっとすると三十パーセント近くいくんじゃないですか」

上杉が二人の方を向きながら言った。

「そんな数字（視聴率）取ったら、金一封間違いなしですね」

木村も弁当を食べながらはしゃいだ。

「まあ注目は集めるだろうな。しかしだよ、水を差すようで悪いが、俺はね、端（はな）から視聴率なんて信じていないんだ」

五味の言葉に、木村が突っかかってきた。

「それってビデオリサーチ批判ですか？」

「そうだよ。木村は調査対象の家の数、知ってんだろ？」

「少ないってことはわかるんですけど、それはちょっと」

「お前、それでも編成マンなのか？　いま関東でたった六百世帯だよ」

「ちょっと、メモってもいいですか？」

木村は手帳を取り出して数字を書き始めた。

「あと四百足して、千世帯にしたら一、二パーセントの誤差が出るらしい。そんなもんに一喜一憂してどうすんだよ。

しかも今の視聴率は世帯視聴率で、家の中にテレビが一台しかないっていう大昔の発想のままだ。年末とかに三冠王だ、四冠王だという言葉を使うだろ。あれも全部、世帯視聴率のことだからね。

それにさ、そもそも視聴率は、どの番組がよく観られているかというデータじゃないって知っていたかい？」

「どういうことですか？」

「いま番組をリアルタイムで観る視聴者がどれほどいると思う？　操作が苦手なお年寄り以外は、みんな忙しくて録画だろ。そのデータも取ればいいんだが、録画だとCMを飛ばして観ちゃうから、そのデータはスポンサーには見せたくない。だから、視聴率はリアルタイム以外は排除することになる。

CMをこんなに多くの人に観てもらいましたよってスポンサーに報告する、テレビ局の貢献度を示す数字なんだよ」

「なるほどー」

木村はため息をつきながら頷いた。

「五味さんの考えはわかりましたが、テレビ業界のほとんどが視聴率の妄想に取りつかれているんなら、それでいいんですよ。

『生激撮！』は、視聴率のお化け番組ってことで間違ってない。僕はこの高い数字を持って、秋の改編を乗り切りたいんですから」

木村は五味に近づいて声を小さくして続けた。

「五味さん、聞いてます？　板橋部長は、秋の改編で『生激撮！』の後枠に、ＪＲの一社提供番組を考えているって」

五味の箸を持つ手がピタリと止まった。

「……なんとなくね」

この情報を、編成部の末端の木村まで知っているということに、五味は驚いていた。

「もう営業も動いています。僕は納得いかないんですよ。確かに提供スポンサーがつかなくて稼ぎが少ない番組かもしれません。だけど、新東京テレビで一番の視聴率なんですよ。

五味さんはそれを信用しないかもしれないですけど、多くの視聴者が観ていることに変わりはない。なんで、そんな番組を終わらせなきゃいけないんですか？」

　すると、五味はニヤッと笑った。

「簡単だよ。板橋が俺を嫌っているからさ」

「それだけでですか？」

「それだけでだよ」

　木村は目を丸くした。

「そんなんで番組を終わらせてもいいもんなんですか？　信じられない」

「ほかの理由なんて、いくらでもこじつけられるからね」

「五味さんと部長は同期入社なんですよね」

「そうさ。でも、この建物の中で板橋部長が一番顔を合わせたくないのが、俺なのさ」

「ひょっとして、あの事件がまだ尾を引いているんですか？」

「そのあたりは、今度飲みに行ったときにでも話してやるよ」

「いや、いま知りたいです。僕はこの番組の編成担当なんですから、何でも教えてくださいよ」

「わかった、わかった。余計なこと言っちゃったな」

　五味は笑いながら、空になった弁当箱をごみ箱に放り投げた。

生放送の一時間前。

五味はテーブルに現場の地図を広げた。木村と上杉も地図を覗き込む。

「中継場所は栃木の山の中なんですよね」

「湯西川(ゆにしがわ)温泉の近くの集落だ」

地図には、容疑者の家が存在する集落のところに赤丸が書き込まれてあった。

「集落には家が二十軒ほどしかない。街灯もほとんどなくてかなり暗い。だから、今回のために暗視カメラを大量に発注したんだ」

「今日の放送では中継車も特注したんですよ」

上杉が自慢げに言った。

「五味さんが目立つ中継車はダメだって言うから、二トントラックの荷台に中継システム組んで、滅茶苦茶大掛かりなことになっちゃいましたよ」

「現場で目立つなって警察から言われたんだよ。まあ仕方ないことだ。今回の容疑者確保には、警察の威信がかかっている。

その代わり、警察から今日だけは容疑者の顔にモザイクをかけないでいいという許可をもらった。ばっちり犯人の顔を拝めるぞ」

五味が嬉しそうに語った。

歴史的な大捕物を前に、サブは次第に異様な空気に包まれていった。

「放送開始まで五分前！」

いつものように、タイムキーパーの声が響き渡る。

「中継車、聞こえますか？」

上杉が自分の前にあるマイクで、仮設の中継車にいるディレクターの長沼に声をかけた。

「よく聞こえます」

「問題は起きてませんか？」

「予定通りです。先ほど中継車に山岡さんが訪ねてきました」

上杉の後ろで、腕を組んで立っていた五味がマイクに近づいた。

「山岡さんは、まだ近くにいるのか？」

「十分くらい前に来られて、カメラの配置だけ聞くと現場に向かわれました」

「そう……」

「あと山岡さんから、捜査員がワッパ（手錠）をかけるまでは、カメラを絶対に動かすなと厳しく言われました」

元警視庁警部で、今は私立探偵事務所を持つ山岡修平は、『生激撮！』のキーマンとも呼べるポジションにいる。全国の県警から次々とガサ入れ先を探してくるだけでなく、この半年の放送の間、毎回欠かさず現場に立ち会い、警察からのクレーム処理にも当たっている。

夜八時。

『生激撮！　その瞬間を見逃すな』というタイトルから番組は始まった。そしてメインモニターは中継車の中を映し出す。

「こんばんは、レポーターの山本沙也加です。今日は番組始まって以来の大きな事件の逮捕劇をお伝えしようと思っています。

撮影の仕方もいつもとは異なります。警察の動きに十分に配慮しながら、生放送で皆さんに逮捕の瞬間をお伝えしようと思っています」

画面は、地上の暗視カメラ映像に切り替わった。集落のやぶの中に潜むそのカメラがゆっくりとズームを始めた。

カメラは一軒の古い木造の家を捉えた。放送上は家の外景にもモザイクを入れるように警察から指示を受けている。サブにだけは、鮮明な家のディテイルが届けられていた。その家は雨戸を固く閉ざし、中に人の存在を感じることはできなかった。

「本当に、この中に連続少女暴行殺人犯がいるんですかね？」

上杉が呟く。

「いてもらわなきゃ困る」

五味はいつもの癖で、小指を耳に突っ込みながら言った。

「おっ、動いたぞ」

カメラは家のタイトショットからズームアウトすると、五人ほどの刑事が接近していく姿を画角に収めた。すでに家の周囲は三百六十度捜査員が張り付き、容疑者が逃げ出す隙間は埋め尽くされているはずだ。

いつもならレポーターとカメラマンが、ガサ入れする刑事たちにぴったりと寄り添うのだが、今回はそれが許されなかった。突入の瞬間は、容疑者に感づかれないように、遠く離れた場所から撮影するしかない。

許可が出ているのは、確保後の容疑者の接近した映像と、家宅捜索に立ち会うことだけ。ガサ入れに同行できなかったレポーターの山本は中継車の中でその瞬間まで、映像に合わせて実況を続けた。

「いよいよ突入です。家の中に容疑者は存在するのか。そして確保は成功するのでしょうか？」

刑事たちが家の玄関の前まで来た。一人がチャイムを押す。家の中からピンポーンという音が聞こえた。刑事たちの上着の内側には、ピンマイクが仕込んである。

マイクは玄関が開く音も拾った。カメラのアングルからは、その姿を確認することはできないが、すでに家の住人が刑事たちと対峙しているものと思われる。

「山田博人か？」

刑事が尋ねた。山田博人とは容疑者の名前なのか。番組スタッフには名前までは知らされていない。

「はい、そうですが……」

五味がスタジオの左端に卓を組む、音声スタッフに声を上げる。

「聞こえねーぞ。犯人の声の音、もっと上げろ」

容疑者の声は弱々しく、確かにそれは聞きづらいものだった。

「我々は栃木県警の者だが、署まで同行してもらいたい」

「何の容疑ですか？」

「連続少女暴行、並びに殺人の容疑だ」

その言葉に動揺したのだろう、男は言葉に詰まっている。

「僕は……そんな大それたことはしていません」

「現場に残された体液と、我々が手に入れた君の毛髪のＤＮＡは一致した」

「…………」

「全ては署で聞こう」

「親が、両親が、戻ってくるのを待ってもらっていいですか？」

「君は独り暮らしだよね。両親がここに住んでいないことはわかっている」

しばらく緊張感のある沈黙が続いた。五味は音声卓にある大きなスピーカーの前に陣取り耳を近づけている。そこから容疑者の小さなため意が聞こえた。

「間もなく出てくるぞ。カメラを肩にしょっとけ」

五味が上杉に指示を出した。刑事のマイクは続けて、容疑者が土間に下りてくるようなノイズを拾った。

「これは着るか？」

刑事が、顔を隠すためのフード付きの服を勧めているようだ。そして、ついにその瞬間がやってきた。

暗視カメラが、家から出てきた容疑者・山田博人の姿を捉えた。

サブにいるスタッフ全員が色めき立った。五味はサブ全体に聞こえる大きな声を上げた。

「カメラ動け！　照明も当てろ！　モザイクはオフ！」

容疑者を取り囲む刑事の一人が、周囲に待機する捜査員に「山田博人、確保！」と大きな声で告げた。

「テロップ！」

上杉の声で、画面に「連続少女暴行殺人犯　緊急逮捕！」の文字が躍った。

家の周囲を固めていた捜査員と共に、暗視カメラではない別のハンディカメラが容疑者の元へ突進した。バッテリーライトを持った照明担当もその後を追う。

カメラマンは捜査員を押しのけて強引に被写体に近づき、その姿を捉えた。容疑者は刑事たちとほぼ同じ身の丈で小太り。ズボンはスウェット、足元はサンダル履きだった。白い布で隠された手元には、すでに手錠がかけられている。

しかし肝心の表情が、刑事が渡した黒いフード付きパーカーで見えない。

また、五味が吠えた。

「ローアングルだ！　ローから行け！」

カメラマンはローアングルにカメラを持ち替え、容疑者に接近していった。ついに、その顔が見えた。『生激撮！』の放送で初めて、容疑者の顔がモザイクなしで映し出された瞬間だった。

男は縁なしの眼鏡をかけ、やや下膨れの輪郭をしている。照明の明かりに眩しそうにしている表情は大人しく、とても世間を震え上がらせた殺人鬼には見えなかった。

絵に合わせ、山本が声を張る。

「連続少女暴行殺人の容疑者がついに捕まりました。いま入ってきた情報によると、名前は山田博人。三十四歳、食品工場勤務。身を隠していたのは、栃木県湯西川温泉近くの、家が二十軒ほどの小さな集落にある一軒家でした。

そこで山田博人は、独り暮らしを続けていた模様です」

玄関先から警察車両のワンボックスカーまで、カメラマンは後ろ歩きで撮影を続けた。容疑者の山田が車に乗せられる。ここで五味が中継車に指示を出した。

「実況はもういいぞ。山本ちゃんを犯人の家に向かわせて」

今日の中継のもう一つの目玉は、容疑者の家の中を撮影することだった。

カメラマンとフロアーディレクターは、レポーターの山本沙也加よりも先に玄関先に到着していた。

カメラが家の中に入っていくと、そこには中央に炬燵が置かれた居間があった。テーブルの上には、食べかけの弁当やカップラーメンの容器、缶ビールなどが片づけられないままになっている。周囲には箪笥やテレビ、ガスストーブなどがあり、いかにも田舎の民家といった風情だった。実況レポートも刑事たちの会話もない映像だったが、それは十分に見ごたえのあるものだ。

さらにカメラマンは刑事の大半が入り込み捜索をしている、居間の奥にある部屋を目指した。そこには容疑者のもう一つの顔があった。床はフローリングで、壁に取り付けられたブルーのネオン管が怪しい光を灯している。

居間とは一変し、その部屋は綺麗に整理されていた。一番奥にはデスクがあり、その上に大小二台のパソコンが並べて置かれている。一台は大きなもので、ディスプレイの上には小さいフィギュアがずらりと並んでいた。

現場にようやく山本が到着し、レポートを再開した。

「容疑者のデスクの横にある壁には、新聞記事が切り抜かれて貼られています。全てが事件に関する記事のようです。自分のやってきたことをまるで讃えるかのように新聞記事が並んでいます」

「あっ……」

壁に貼られた新聞は一種類だけではなかった。犯行の度にわざわざ全紙購入したのだろう。

山本が声を詰まらせた。

「新聞記事の横に張り付けられているミサンガのようなものが六本。一本の長さは八センチほどでしょうか、編み込んであるのは髪の毛にも見えます。

もしかすると……この毛髪は被害者のものかもしれません。被害者の女の子たちはみな髪の毛の長い少女ばかりでした」

そして次の瞬間……問題が発生した。

「この写真が見えますか？　皆さんはモザイクのかかったものしかご覧になれないでしょうが、これまでの犠牲者とは別の少女です。容疑者がこれからターゲットにしようとしていたのか、新たな少女の写真が新聞記事の横に貼られています」

コメントに合わせて、カメラが壁に貼られた一枚の写真にズームインする。登下校の際に撮影されたものだろう、少女はランドセルを背負い私立小学校の制服と思われるものを着ている。頭には帽子を被り、綺麗な顔立ちをしていた。

その時、上杉が大声を上げた。

「まずい、写すな！」

上杉が叫び続ける。

「カメラ、パーンだ！　パーンしろ！」

上杉がうろたえたのも仕方がなかった。この日の放送は、容疑者の顔を見せるためにモザイクがかかっていなかった。モザイクシステムは写真に撮られた人の顔も認識することができる。しかし、そのシステムはオフにされたままで、鮮明な映像の少女の顔が放送されてしまったのだ。レポーターの山本には、そのことが伝わっていなかった。

「写真の少女は小学校高学年でしょうか。今日の逮捕劇がなかったら、さらなる被害者が出ていたかもしれません」

山本は話し続けたが、映像は容疑者宅の外景に切り替わっていた。


放送後のサブは、静まり返っていた。

「完全に僕のミスです。途中からモザイクシステムに切り替えていればよかった」

上杉はうな垂れながら言った。五味は腕組みしたまま黙り続けている。

「これは半端なくまずいですよ。誘拐の候補者がそのまま放送されちゃったんですから。未成年というだけでも問題なのに、親がこの局を訴えてきますよ、絶対」

編成の木村が騒ぎ立てた。もし、その家族が今日の放送を観ていたら、精神面に受けたショックは計り知れない。

「写真の親から連絡入っていないか、レスポンスに行ってきます」

そう言うと、木村はサブから走って出ていった。視聴者のクレームなどに対応するレスポンス室は八階にある。

「ユーチューブも、早く消さなきゃまずいですよね」

上杉の言葉に、五味は頷くだけだった。

同日　午前九時

「板橋です。入ります」

編成部長の板橋庄司は、新東京テレビの社屋最上階、十二階にある社長室の扉を開けた。

それは、『生激撮！　その瞬間を見逃すな』が放送中にトラブルを引き起こす、十二時間ほど前のことだった。

毎週木曜のこの時間は、社長の伊達政正と定例のブレックファスト会議が組み込まれていた。社長室は落ち着いた木目調に統一されている。その片隅に設けられたガラス張りの会議室のテーブルの上には、紅茶と共にサンドイッチやフライドポテトといった軽食がすでに用意されている。板橋は、そのテーブルを挟んで伊達の反対側に腰かけた。

「お嬢さんは、頑張っているかい？」

「色々とお心遣いありがとうございます。まだ戸惑うことばかりのようです」

凜の就職の際、伊達も心を砕いてくれた経緯がある。

伊達は、板橋にとってあらゆる意味で目標とする男だ。社長という地位はもちろんのことだが、伊達は板橋にとって理想とする紳士だった。

伊達の父親は、大手広告代理店の社長を務めていた。紳士の土壌は生まれながらにして存在した。還暦を過ぎた今も、その洗練されたスタイルは変わらない。髪には綺麗に櫛が入り、もみあげだけに白髪を蓄え、大柄な身体を上質なワイシャツで包み、今日はオレンジ色の太めのサスペンダーを着けている。その全てが、身だしなみも出世の重要な要素だと板橋に語り掛けているような気がする。

伊達は、同じ東大出身ということもあって、板橋を可愛がってくれた。そして、自分が社長になるタイミングで、板橋を編成部長に指名した。それ以来社内では、会社の事実上のナンバー2は板橋ということになっている。

伊達は、局と繋がりの深い企業のトップとの会食には、必ず板橋を同行させた。周囲に板橋の顔を売ることと、自分のそばで帝王学を学ばせたいという意図がそこにはあった。

伊達は、まだわずかに湯気を立てる紅茶に少しだけ口を付けると、板橋の方を見ずに呟いた。

「最近、少し気になる噂を耳にしたぞ」

板橋には、すぐにその「噂」の中身がわかった。板橋自身も三日前に知り得た「噂」が、もうこの社長室にまで届いていることに少し驚いた。

伊達がどのくらい、「噂」を真に受けているのか探るために、その眼の奥を見たかったが、なかなか視線を合わせてくれない。

仕方なく、板橋は返した。

「覚せい剤のことですよね。それは誰から？」

「うちの室長からだ」

伊達の言葉に感情は入っていなかった。まだ公平な立場を取っているという意味なのだろう。ただ、伊達がスキャンダルにはうるさい男だということは板橋も心得ている。

板橋に、その「噂」が業界に広まりつつあることを教えてくれたのは、情報通で知られる大手芸能事務所の専務だった。内容は「新東京テレビの編成部長は年末から覚せい剤に溺れている」「最近痩せ始めたのはそのためだ」「先週の『生激撮！』で逮捕された密売組織から購入していたらしい」等々。

聞いた瞬間、板橋は舌打ちした。細かなディテイルに、板橋への悪意が十分読み取れた。

伊達は言い訳も嫌う。板橋は自己分析をするような形で、弁明を始めた。

「敵が多いので、昔からとんでもない噂をよく流されてきました。僕自身は慣れっこですが、社長にまでご迷惑が及ぶとなると、周囲との付き合い方を考え直さなくてはいけませんね。しかし……根拠はありませんが、今回のことは『マックスフォン』の話と関係しているのかもしれません」

「そんなことだろうと思ったが、大事な時だ。身辺は絶えず綺麗にしておくことだな。まあ人のことは言えん。俺も敵だらけだからな」

本人からの説明で安心したのか、伊達はサンドイッチをゆっくりと食べ始めた。

それ以上、話が続かないと判断すると、板橋はこの日の報告を始めた。

「今日の午後、藤堂取締役と『ベストモーニング』の件を打ち合わせてきます」

「そうか。藤堂と会ったとき、一つ詰めてきてもらいたいことがあるんだ」

「どんなことでしょう？」

「『マックスフォン』とのルートを作っておきたい。その役目を藤堂に担わせたい」

「藤堂さんに……ですか？」

「そうだ。藤堂は大学時代柔道部に所属していた。その同期に『マックスフォン』の専務もいたらしい」

社長の伊達と板橋二人だけのブレックファスト会議が定例化したのは、去年の暮れ、携帯会社『マックスフォン』が新東京テレビの買収に乗り出したという噂が流れたときからだった。

そして今年に入ると、買収話は現実味を帯びてきた。ここのところ、伊達は、『マックスフォン』に対抗するために、政界や民放各社の社長との連携に努めている。

伊達の狙いは、さらにそこに『マックスフォン』との円満解決への道筋も作っておきたいということだった。この会社の中で『マックスフォン』の情報を一番握っているのは、取締役の藤堂だと伊達は思っていた。

しかし、その考えに板橋は反論した。

「最近、藤堂さんの縄張りである報道部に編成はかなり冷たく接してきました。全ては経費削減のための処置でしたが、今回も藤堂さんが生みの親でもある『ベストモーニング』を終了に追い込もうとしています。簡単に我々に協力するとは思えません」

本当は、藤堂が協力しないであろう一番の理由は、伊達によって出世のラインから外されたことにある。板橋はあえてそこには触れなかった。

しかし、板橋の意見に対する伊達の回答はいたってシンプルだった。

「それをどうにかするのが、編成部長の君の仕事だろ」


午後二時。

板橋は、十一階にある取締役室のドアをノックして中に入っていった。

藤堂は、板橋に背を向けるように窓外の景色を眺めていた。大学時代は柔道部の主将だったという藤堂の背中は、今もがっしりとしている。

「ここからの景色は、相変わらず見事ですね」

板橋は、小脇に抱えていたファイルを応接セットのテーブルに置きながら言った。窓から一望できる四月下旬の明治神宮の森は新緑が青々としている。

「だろ。これが窓際族の特権というものだ」

藤堂は振り向きながら応えた。きつい言葉だったが、板橋は意に介さないという感じにソファに腰かけた。

「今日は、藤堂さんに色々とお願い事があって来ました」

「老兵も、まだ使い道があるのかい？」

「老兵だなんて、まだ藤堂さんは十分エネルギッシュですよ」

板橋が笑いながら言うと、藤堂は板橋の黒い眼鏡の奥を覗き込んだ。

「不思議だよな。以前から思っていたんだが、笑っていても君の眼は絶対に笑っていないいんだよな」

「よく公家みたいだって言われます。まあ、京都出身なんでそれもいいかなと思っていますが」

「ほおー、君は京都出身だったのか。わかったぞ、京大と東大の両方に受かった口だな」

「まあ、そうです」

板橋はいつもこうやって藤堂のペースにはまっていく。結果、板橋が思い描いたような会話が進んだためしはない。元々藤堂は板橋が苦手とする人種で、自分以上に裏で何を考えているかわからない男だった。

「本題に入っても宜しいでしょうか」

「おお、どうぞどうぞ」

「すでにお聞き及びとは思うのですが『ベストモーニング』についてなんです」

「ああ、そのことか。先週の編成会議の後で、報道部長の小野が血相を変えてここにやってきたな」

板橋はその会議の席上で、藤堂が報道にいた時代に作り出した『ベストモーニング』の枠に、新たな帯番組『マゴマゴキング』を置くと発表した。『マゴマゴキング』は、年配の視聴者に放送時間を切り売りし、自分の孫のイメージビデオを流し続けさせるというものだった。

板橋の読みでは、小野は藤堂に『ベストモーニング』が打ち切りになると伝えたに違いない。そして、その報告を受けて藤堂は怒り狂ったことだろう。

しかし、板橋は初めから『ベストモーニング』を終わらすつもりはなかった。放送時間の一部だけを新番組にしようと考えていた。つまり、最悪の情報を小野に伝えさせ、それよりもましな条件を自分が提案することで、交渉を円滑に進めるという計算を立てていた。

「ひょっとしたら、藤堂さんが誤解をされているんじゃないかと思って、今日ここに来たのです」

「誤解？　どういうことかな」

「『ベストモーニング』は、我が局の宝のような番組です。しかし、新東京テレビの経営状態が危機に陥っていることも事実です。そこで、放送時間の半分ほどを、お金を生み出す番組に提供していただけないかと思ったんです」

「半分でいいのか？」

「ええ、正確には五時半から六時半を新番組、視聴率の高い残りの一時間半はそのまま継続です」

板橋はいいリアクションを期待していたが、藤堂の表情は曇ったままだった。ひょっとすると板橋の提案は想定内だったのかもしれない。

「なんだか大坂城を攻略されているような気分だな。今回は冬の陣てとこかな？　そして、来年は夏の陣で番組が終了の時を迎えるという算段ではないだろうな？」

「面白い喩(たと)えですね。でも、今回は夏の陣は想定していませんよ。藤堂さんには理解してもらえると思うんですが、本音は、六月の株主総会を乗り越えたい一心なんです」

「なるほど、『マゴマゴキング』とやらを、株主総会の目玉企画にしようというのだな。

しかし、テレビ局は二割ほどはニュースを流さなくてはいかんという、お上からのお達しがある。それはどうする？」

「それも既存のニュース番組に振り分けようと思っています」

「足りなかったら深夜か」

「わずかには」

藤堂は一応納得したようだった。それにしても藤堂は手ごわい。全てにおいて先回りされる。社内で最も相手にしづらい人間だと、板橋は改めて思った。

板橋は少し暗い気持ちになってきたが、もう一つ大きな頼み事が残っている。

「話は変わるんですが、藤堂さんの大学時代の柔道部のお仲間に、『マックスフォン』の専務がいらっしゃるとか。お名前は川原さんでしたか……」

藤堂はにやりと笑った。

「よく調べたな。俺は主将で、図体(ずうたい)のでかい川原は先鋒(せんぽう)をやっていた。大学時代は結構面倒をみてやったんだが、今じゃあいつの方がはるかに偉くなっている」

「ご存じの通り、『マックスフォン』はこの会社を呑み込もうとしています。そこで、藤堂さんにその交渉を担ってほしいのです」

「なるほど、今日のメインディッシュはそれか……」

板橋は藤堂の口ぶりから、そんなことに手を貸すはずがないという意志を感じ取った。それは予想通りの反応だった。

「川原さんは、『マックスフォン』の専務ですよね」

「そうだが」

「川原さんと同等の立場でないと交渉は進みません。藤堂さんにはまず、新東京テレビの専務になっていただくべきだと思っています」

この提案に、藤堂はじろりと鋭い視線を送った。しかし、それは一瞬のことですぐに口元を緩めた。

「それは伊達さんの考えか？」

「もちろんです」

板橋にはこの件に関して、社長の伊達に相談する時間はなかった。しかし、土産の一つも持たずに藤堂との交渉に臨むわけにはいかない。

藤堂に力を持たせることは会社にとって不利益を生む、それが伊達の考えだったが、今は外敵から会社を守るために挙党態勢を作り上げることを優先させるべきだ。説得できる自信はあった。

「興味深い提案だな。論功行賞というやつはあるが、先に偉くさせといて仕事が後とはな」

藤堂は、まんざらでもないといった表情をした。

「ご了承頂けますか？」

「やるだけのことはやってみよう」

板橋は、その言葉で重い荷を下ろしたような気分がした。問題は残したが、取りあえずの務めは果たした。板橋が部屋を後にしようとしたとき、藤堂が声をかけた。

「今後の会社の運命は、君にかかっている。体調を気にかけた方がいい」

「ありがとうございます」

心にもないことをと思いながら返したが、続きがあった。

「最近、ずいぶん痩せたんじゃないか？」

板橋は、すぐにあの「噂」のことだと思った。社長まで耳にしているからには、藤堂が知っていても不思議ではない。

「妻に太ったと言われてからダイエットを始めまして。妙な噂が立たないようにほどほどにしておきます」

そう言うと板橋は、精根尽きた気分で取締役室を後にした。

夜七時から、他局の編成部長との会食が入っていた。

場所は、板橋が予約した麻布十番にある流行のイタリアンレストランだった。板橋は、なるべく他局の編成部の人間と交流を持つようにしていた。編成部同士、肝心なことを教え合うはずもなかったが、それでも役に立つ情報を手に入れることができる。

板橋が編成部に籍を置いたのは、今から九年前のことだった。

板橋は東大を出て新東京テレビに入社した。子供の頃から、勉強ばかりしてきたが、テレビっ子でもあった。特に好きだったのは、刑事もののドラマだった。テレビ局を就職先に選んだのは、その名残だ。

初めは制作部のＡＤとして、五味剛とバラエティ番組などに携わっていたが、その後、営業、コンテンツ、事業と渡り歩き、三十五歳からは編成に居続けている。いずれの部署も、自らが希望し異動を続けてきた。

全てはこの会社の社長に昇りつめるためのプロセスだった。しかし、いま『マックスフォン』という外圧の前に、編成部長になって初めての危機を迎えている。板橋は今年に入ってから、その心労からすでに体重を七キロも落としていた。

『生激撮！』の放送が始まる八時頃からは、ワインも回り始め、板橋は他局の編成部長相手に饒舌（じょうぜつ）になっていた。

九時手前にポケットの携帯がブルブルと震えた。最初は無視していたが、何度も着信が続いた。

板橋はトイレに立ったついでに携帯を覗き見た。着信履歴には、木村務、板橋直子、木村務、板橋直子、板橋直子、木村務、板橋直子、という名前が並んでいる。直子は板橋の妻の名前だった。気持ちがざわついたまま留守電を聞いた。

一件目は木村の声だった。木村は、『生激撮！』の放送立ち会いを命じた若手編成マンだ。木村は慌てた様子で、放送中にモザイクなしの少女の写真が露出してしまったと留守電に残していた。

二件目は妻のヒステリックな声だった。内容は大至急、家に帰ってきてほしいというものだった。

板橋は仕方なく、食事の相手に妻が体調を崩したと嘘をつきレストランを後にした。

自由が丘の家に帰ってみると、娘の凜もついさっき戻ったところだという。

板橋の妻は、二人をリビングのソファに座らせた。普段、板橋は家に帰るとまず眼鏡をかけ替える習慣があった。黒い縁の眼鏡を縁なしにかけ替えるのだ。それは戦闘モードをオフにするスイッチみたいなものだったが、この日に限っては、妻はそんな余裕を与えなかった。

妻は、この日の『生激撮！　その瞬間を見逃すな』の録画を再生し、観てほしいところまで早送りした。

画面に映し出されたシーンは、容疑者の家の居間の奥の部屋からレポーターが実況するところだった。カメラはデスクの横の壁に貼られた新聞記事にズームインした。それに合わせレポートが始まった。

「容疑者のデスクの横にある壁には、新聞記事が切り抜かれて貼られています」

さらに記事の横に張り付けられている六本のミサンガが映し出される。

「一本の長さは八センチほどでしょうか、編み込んであるのは髪の毛にも見えます。もしかすると……この毛髪は被害者のものかもしれません。被害者の女の子たちはみな髪の毛の長い少女ばかりでした」

そして、カメラがそこから左にパーンしていく。

「この写真が見えますか？　皆さんはモザイクのかかったものしかご覧になれないでしょうが、これまでの犠牲者とは別の少女です。容疑者がこれからターゲットにしようとしていたのか、新たな少女の写真が新聞記事の横に貼られています」

コメントに合わせて、カメラが壁に貼られた一枚の写真にズームインする。

その瞬間、板橋の妻がポーズのボタンを押した。

止まった画面を見て、板橋も凜も唖然とした。妻が震える声で言った。

「連続少女暴行殺人犯の家の中に、唯(ゆい)の写真があったのよ」

唯は、娘の名前だった。板橋には三人の子供がいる。長女の凜、高校二年の長男の司(つかさ)、小学校六年の次女・唯。

唯の写真は、登下校時に隠し撮りされたものだった。ランドセルを背負い、私立小学校の制服を身に着け、帽子を被っている。

「どうして、うちの唯が狙われなきゃいけないの」

妻のこんなうろたえ方は、板橋も初めて目にするものだった。凜が冷静なトーンで母親に聞いた。

「放送を唯は観たの？」

妻は首を振った。それはせめてもの救いだった。凜は、母親の方を見ながら、板橋にも伝わるように続けた。

「今までも芸能人とかスポーツ選手とか有名人の子供が襲われていたから、テレビ局の編成部長も狙われたのかもね」

しかし、妻は板橋に食ってかかった。

「だったら、あなたの仕事のせいよ。あなたのせいで唯は、唯は……」

「お母さん、落ち着いて。犯人は捕まったんだから、もう大丈夫よ」

凜が、母親の背中を摩りながら宥めている。

「何が大丈夫なもんですか。あと数日逮捕が遅れていたら唯は殺されていたのよ」

「ちょっとお母さん静かに。唯が起きてきちゃうじゃない。お父さん、テレビを消して」

テレビをオフにしリモコンをテーブルに置くと、板橋はソファに座ったまま話の流れを整理し始めた。妻の気持ちを察することはできたが、連続暴行殺人犯の家にあった次女の写真には違和感を覚えた。

どうして犯人は自分の娘を狙ったのか。編成部員の木村の話では、容疑者の家は栃木県にあった。確かにこれまで都内からも犠牲者は出ている。しかし、それは芸能人の子供だった。なぜ、犯人はテレビ局の編成部長という中途半端な肩書の男の娘を東京まで物色に来たのか。もちろん、容疑者の山田博人という男と自分を繋ぐ線などあるはずがない。では新東京テレビに恨みでも持っていたのか。しかし、容疑者の興味は世間から注目を浴びることにあったはずだ。全てに納得がいかなかった。

しかも、いつもならモザイクがかかり問題にもならないはずが、娘の写真だけはそのままの状態で放送された。

板橋は一つの結論に達した。

それは少し飛躍しているような気もしたが、可能性としては十分考えられる。いや、理屈としてはこの考えの方がはるかにぴったりとくる。

板橋は、妻と凜に向かってぽつりと言った。

「その写真、壁に貼ったのは犯人じゃないかもしれない」

「どういうこと？　お父さん」

板橋は、これまで家族に見せたことのない恐ろしい形相でこう言った。

「五味が……貼らせたのかもしれない」

「五味って、演出の五味さんのこと？」

凜が驚いた顔で尋ねた。

「五味さんというのは誰なの？」

「『生激撮！』のプロデューサー兼総合演出の人」

凜が母親に解説した。板橋は二人に向かって続けた。

「不可能なことじゃないと思う。これはあまりに偶然すぎる」

妻はその話に興味を持たなかったが、凜は質問を続けた。

「どうして、五味さんがそんなことをしなきゃいけないの？」

板橋は小さな声で答えた。

「父さんのことを……今も恨んでいるからさ」

「恨む？」

ソファの横に浅く座った凜に、板橋は説明を続けた。

「前に、五味がヤラセで干されたことがあると言っただろ。その時の調査委員長が父さんだったんだよ」

板橋の脳裏にあの日の五味の表情が浮かんでいた。五味は奥歯を噛み締め、眼を真っ赤にして板橋を睨み付けていた。

世間を騒がせた新東京テレビのヤラセ事件は、四年前の年末に起きた。視聴者によるクレームが発端だった。すぐさま編成部は調査委員会を立ち上げることになった。

板橋は、その委員長に名乗りを上げた。愛社精神もあったが、制作現場でどういう理由でヤラセが起きてしまうのか興味があった。自分が編成部長になったときのため、コンプライアンスの一つとして学習しておきたかった。

「調査を進めると、五味を含め複数のディレクターがヤラセをやっていたとわかった。しかし父さんは、ヤラセは五味だけの仕業だと上層部に報告した」

「どうして、そんなことをしたの？」

「五味には、スケープゴートになってもらったんだ。社内の多くの者がヤラセをやっていたとなると大変な騒ぎになる。五味一人に罪を被ってもらったんだ」

それは、総合演出が五味だったというのが一番の理由だったが、板橋が断罪したのには別の心情が存在した。

調査を進めるうえで、他のディレクターたちはヤラセに対する謝罪の言葉を口にした。彼らは「軽い気持ちで」とか「ついうっかり」などとヤラセに至った動機を説明した。

しかし、五味だけは全く違う言葉を板橋の前で語った。五味は信念を持ってヤラセをしたという。ヤラセにはやっていいものとやってはいけないものがある。今回の番組はやっていいものに含まれると。

全てのヤラセは罪だと思う板橋とは考え方が違った。それはコンプライアンスを何より大切にする編成部と、現場を預かる制作部の違いでもあった。

板橋は、罪を犯したディレクターに「今後二度とヤラセはしないと誓え」という踏み絵を用意した。全ての者がそれを踏む中、五味だけは拒否した。

そして最後までこう言い続けた。

「テレビ屋である以上、俺は今後もヤラセをやり続ける」

板橋は調査の最終日、五味を編成部に呼び出した。同期の二人が、編成部の小部屋で会社の正義と悪という形で対峙した。板橋が通達した処分は、三か月の制作活動の禁止と半年の減給。

その日、五味は一言も語らず板橋を睨み続けた。

翌年、板橋はその功績が認められ、編成部長に昇格した。一方の五味は、しばらくの間制作から外され、現場に戻っても平のディレクターという役職のない肩書を続けている。

凛が尋ねた。

「それをまだ恨みに思っているってこと？」

「間違いない」

凛はまだ納得のいかない顔をしているが、板橋の中では確信に近づいていた。

「逆に、犯人が唯をターゲットにする理由が見つかるかい？　テレビ局の編成部長という肩書は中途半端すぎやしないかい？　新東京テレビに恨みを抱いていたということも考えづらい。

それに唯は……今までの犠牲者に比べれば、それほど髪が長い方じゃない」

この秋、『生激撮！』の枠をＪＲの一社提供番組に置き換えるという噂も、五味に伝わっている可能性が高い。板橋は頭の中で状況証拠を集め続けた。

すると別の記憶も、今の発想に結び付いてきた。それは社内に出回っている、板橋が覚せい剤に溺れているという噂だった。当初は、買収を画策する『マックスフォン』サイドによるリークと決め付けていたが、五味によってばら撒かれた可能性も否定できない。噂の中のシナリオでは、覚せい剤を自分に売りつけたのは、『生激撮！』の放送中に逮捕された密売犯ということだった。

　いずれにしても、しばらく自分に対する五味の嫌がらせは続くかもしれないと思った。

　板橋は、凜を説得しながら、自分の考えをまとめ続けた。

「しかも、五味はヤラセのプロだ。あいつにとっては、中継の最中にあの場所に写真を貼るくらいのことは簡単な仕事だと思う。

　いや、それ以前に唯が犯人のターゲットにされていたという話自体、ねつ造なんだ。社内の至るところで、つまらない話をでっち上げやがって」

　そして、今回の発端を作った『生激撮！　その瞬間を見逃すな』を、今後どうしていくかに、考えは及んでいった。

四月二十一日(金)

板橋凛は、アナウンス室のデスクにぽつんと座っていた。

新入社員の凛のデスクにはまだ物がほとんど置かれていない。目の前には、アナウンス室に届けられた新聞が一紙あるだけだった。一面には、「連続少女暴行殺人犯逮捕」の見出しが躍っている。山田博人確保の瞬間の写真は、『生激撮!』の画像が使用され、生放送の中で逮捕されたと説明されていた。ざっと記事に目を通した凛は、頬杖を突きながらぼそりと呟いた。

「ゆうべは……地獄だった」

朝の八時、社屋の七階にあるアナウンス室は静まり返っている。

新東京テレビのアナウンス室には、現在四十二名が在籍している。他局が七十名以上はいるのに比べ、その数はだいぶ少ない。凛のデスクは、そのアナウンス室の末席にあった。

新人は交替で朝七時には出社し、全てのデスクの上を拭き、コーヒーメーカーをセッティングしなくてはいけない。もちろん今年の新人は凛しかいなかったので、毎日その時間に出社していた。それらの仕事を済ませば、朝の帯番組『ベストモーニング』での先輩アナウンサーの仕事ぶりを視聴することと、電話番くらいしかやることはなかった。

ここから巣立ち、フリーアナウンサーとして活躍している者も数多くいる。その一方で、スポーツ選手や芸能人、大手企業の社長などの玉の輿に乗って話題になった女子アナも多い。

ここに来て、アナウンス室長に真っ先に言われたのは、パパラッチには気を付けろということだった。室長はそれに頭を痛めているようだったが、全体的に暗いニュースばかりのこの会社で、アナウンス室は唯一華やかな話題を内外に提供する部署だった。

凜はそんな空間の中で、自宅から持ち込んだハーブティーを前に、昨夜の出来事を思い返していた。

昨日は、夕方の五時から中目黒で大学の友人と久しぶりの食事を楽しんでいた。友人は、この春からテレビの制作会社に入社していて、お互いの情報を交換しながら愚痴を言い合った。しかし九時少し前に、母から急ぎ帰宅するようにと連絡が入る。家に戻ったとき、母は興奮状態だった。父も間もなく帰宅した。

二人が揃ったところで観せられたのは『生激撮！』の衝撃的な録画だった。

観終わった後は家族会議が開かれた。初めのうちはどうして妹は犯人に狙われたのかというテーマだったが、途中から妹の写真を貼ったのは、番組を演出する五味剛の仕業だと父が言い出した。

話し合いは一時間ほどで終わったが、凜はそのあと母と、妹に防犯ブザーはどれを持たせた方がいいとか、通学のコースはもっと人通りの多い道にするべきだとかやり取りを続けた。

母は依然、妹は犯人に狙われたと思っていた。父はというと、珍しく自室には入らず、リビングで独りワインを飲み続けていた。

ようやく母から解放された凜はシャワーを浴びて、妹の唯が眠るベッドに潜り込んだ。この夜は唯の横で寝て守っていてあげたい、そんな気分だった。

しかし、凜はなかなか寝付けなかった。色々な思いが頭の中を駆け巡る。

写真を貼ったのは、自分へ恨みを持つ五味の仕業だという父の言葉を思い返した。ヤラセの常習者である五味なら、犯人の家の壁に写真を貼ることくらいお手のものだとも言っていた。

もし五味が本当にそれを実行していたとしたら、父だけでなく、関係のない妹までも「犠牲」にした罪は重い。唯の寝顔を見つめながら、凜の身体は熱くなった。

明日、父は五味に対し何らかのアクションを起こすだろう。凜は自分でも何かやれることはないかと、ベッドの中で考え続けた。


午前九時を回ると、アナウンス室は、朝の生放送を終えた先輩や、出社してくる者で賑やかな雰囲気になっていった。そしてみな口々に昨夜の『生激撮!』の視聴率の話をしている。

ビデオリサーチは、朝の九時前に前日の番組の視聴率を各局に配信する。昨日の『生激撮！』の数字は二十八・八パーセントと驚異的なものだった。

しかし、その視聴率や迫力のある映像について語られることはあっても、あの写真についてロにする者はいなかった。写真の少女が凛の妹だと知るはずもないので、それは当然のことだった。

新聞記事はわずかだったが、「山田博人容疑者は犠牲者のほかにも、女子小学生を物色中だった」と触れていた。取り調べでの証言や追加情報も記載され、父親は元県会議員で地元の名士、山田は少年時代にいじめに遭い、就職後も職を転々としていたとある。犯行の動機に関しては「ネット上で話題になりたかった」と書かれていた。

妹の唯は、そのために「犠牲」になりかけていたのか。それとも父の言う通り、五味による嫌がらせのために「犠牲」になったのか。いずれにしても、考えを巡らせている間は、凛は不快な気分から逃れられない。

午前中はボイストレーニングがあった。凛はそれが終わったら、ある行動を起こす決意を固めていた。その決意は突飛なものだった。正直、自分の思い描くことが簡単に認められるとも思えない。しかし、ほかに方策は見つからなかった。

相手にぶつけてみるしかない。きっと突破できる……自分に言い聞かせて凛はデスクから立ち上がった。

昼の十二時。凜は局を出た。

その頃になると、写真の少女が編成の板橋部長の娘だったという噂が社内に広まり始めていた。どこからその情報が発信されたのか気になった凜は、移動する地下鉄の中で母親にメールをして確かめた。

母からは、妹の唯が通う私立小学校のママ友には、新東京テレビや関連する芸能人の奥さんたちも多くいるから、そのあたりから漏れたのだろうと返信があった。

凜が向かった先は、赤坂にある編集スタジオだった。

都内でも最大規模のこのスタジオには、編集室が四十以上もあり、新東京テレビだけではなく各局が相乗り状態で、三百六十五日二十四時間休むことなく編集を続けていた。

凜が編集室というところを訪れるのは、これが初めてだった。編集室では収録した素材を放送尺に縮めたり、テロップを載せたり、ナレーション撮りや音楽付けが行われる。

廊下を進むとテープを抱えた、寝不足なのだろう顔から生気の抜けたＡＤとすれ違う。ベージュで統一された上着とパンツルックにハイヒールを履いた凜は、明らかにこの場所で浮いていた。

凜が立ち止まったのは、二階にある26編集室だった。扉が開いていていて中から声が聞こえる。

「今は、こんな隠しカメラがあるんだな」

「凄いでしょ。『ＣＮ－９６０ＭＸ』っていうんですけど、世界最小で三百万画素ですからね」

「遠目からでも、しっかりディテイルがわかるな」

それは五味の興奮した声だった。

凜は部屋に入る前に一度深呼吸した。思いつめた表情をしているような気がした。アナウンス室の研修で習った、笑顔の作り方を試してから中に入っていった。

「おはようございます」

「板橋さん？」

凜の声に、真っ先に気付いたのは五味だった。

五味は編集室のメインモニターから一番離れたソファに、ディレクターの上杉と共に座っていた。部屋の中では『生激撮！』のＰＲスポットの編集が行われている。

これまで凜と五味が接したのは、新人研修の一度だけ。そんな凜がどうしてこんなところにまで来たのか、五味は初め不思議そうな表情をした。しかし、すぐに察したのか立ち上がって入り口の方に出てきてくれた。

「ここがよくわかったね」

「少しいいでしょうか？」

編集室の外には簡単な応接セットがある。五味は壁際に置かれた販売機から、お茶のペットボトルを二本購入すると、その応接セットのテーブルに置いた。

「昨夜の『生激撮！』で、君の妹さんの写真を放送してしまったみたいだね」

五味は、その話を自分から切り出した。

すでにその情報は社内に広まりつつあったので、五味が知っていても不思議はない。

「放送を観て驚いた？」

「私は、昨日は外で食事をしていたので生では観られませんでしたが、帰宅してから録画で観ました」

「そう。お父さんも観ていた？」

その質問に凜はドキッとした。

「ええ、父も録画で観て、大変なショックを受けていました」

五味は表情を変えずに聞いている。

「少し伺いたいことがあるんですが……」

何事にも物おじしない性格の凜だが、さすがに言葉をためらった。

「山田博人は、本当に妹を狙っていたんでしょうか？」

「どうだろな……」

「あの犯人は、今までも有名人の子供を手にかけてきました。性的な欲求だけでなく、自己顕示欲も併せ持っていたようですね。テレビ局の編成部長の娘を次のターゲットに選ぶというのもそういうことなんでしょうか？」

凜は、五味の反応を注意深く観察し続けたが、特段の変化は見られなかった。

「父からは何か言ってきましたか？」

「何もないけど……編成部長の立場からも、父親の立場からも番組をすぐに終わらせたいと思っているんじゃないかな。

昨夜の『生激撮！』に関しては、ＢＰＯ（放送倫理・番組向上機構）もコンプライアンスはどうなってんのかって言ってきそうだしね」

話しているうちに凜は、前回会った研修の時よりも、五味はだいぶ元気がないように感じた。言葉からも表情からも。やはり、何か後ろめたいものがあるのかもしれない。

しかし五味本人と話したとて、真実がはっきりするとは初めから思ってはいなかった。

凜は、事前に決めていた言葉を発した。

「私は、番組を終わらせてはいけないと思っています」

「なんで終わらせない方がいいと思うの？」

「それは、視聴率がいいからです」

凛の本音は他のところにあったが、今はそれを明かすことはできない。当たり障りのない理由をこじつけた。

「二十八・八パーセントも観ている人がいる番組を、そんな理由で終わらせたら、またテレビ局はＢＰＯにばかり気を遣い弱腰になっているって、ネット上で叩かれることになると思います」

「ふーん」

五味はペットボトルのお茶を飲みながら考えている。凛の真意を探っているようにも見える。

「でもコンプライアンス以外にも、編成部が視聴率のいい番組を終わらせる理由はいくらでもあるんだよ」

「他に何があるんですか？」

「例えばだよ、『生激撮！』は提供スポンサーが一社も付いていない。会社として儲からない番組だから打ち切る……とかね」

「だから、五味さんは番組が終わってもしょうがないと思っているんですか？」

「板橋は、いや君のお父さんは、これも口実の一つにするだろうと思って言っただけさ」

「そんなテレビ局の都合でばっかり、番組が始まったり終わったりしていたら、視聴者はどんどんテレビから離れていっちゃうんじゃないですか？　本当のことを言うと、『生激撮！』を初めて観たのは、五味さんの研修の前日のことでした。最初は興味がなかったんですけど、観ている間に引き込まれました。そして、自分の入った会社にこんなに面白い番組があるのかってすごく嬉しかったんです。こんな気持ちで番組を観ているのは決して私だけじゃない。それを視聴率も証明している。だから絶対に終わらせちゃいけないんです」

凜があまりにまくしたてるので、五味は苦笑いした。

「私、今日は一つお願いがあってここまで来たんです」

「お願い？」

ここからは、凜が昨夜、妹の唯のベッドの中で決心したことだった。凜は、心の中でこれからしゃべる言葉を再度確認してから口に出した。

「五味さん、取り引きしませんか？」

「取り引き？」

「私の父は、近いうちに『生激撮！』を終わらせたいと言ってくるでしょう。きっと五味さんが言うようなことを口実にして。

でも、私は番組を終わらせたくない。そこで……私を人質に取ってみませんか？」

五味は、凛が口にした「取り引き」「人質」という言葉に、ついてこられていないようだった。眉間に皺を寄せて凛の次の言葉を待っている。

「私を、番組のレポーターの一人に使ってください」

「レポーターに？」

「もちろん入社したばかりの私に技術がないことはわかっています。

そこはディレクターの上杉さんにしっかり教育してもらいます。私が番組にいれば、父もなかなか口を出せなくなるはずです」

「君は上杉を知っているのかい？」

「編集室にもいらっしゃった方ですよね。五味さんが最も信頼するディレクターさん。事前に調べてきました」

五味は、やれやれといった表情をした。

「一つ聞いていいかな、君をそこまでの行動に駆り立てているものって一体何なのかな？」

「『生激撮！』は、新東京テレビの看板番組です」

「それはわかっている」

「もう一つは……今回、父が番組を終わらそうとしているのは、個人的な思いからです。娘の写真が放送されたからです。でも、そんなことは許されないと思っています」

「なるほど……」

「父に横槍を入れさせず、番組を継続させるには、これが一番いい方法だと信じています。お願いします」

五味はしばらく考えていた。凜を使うことのメリット、デメリットを天秤にかけているのかもしれない。もし五味が父に恨みを抱いているのなら、凜に利用価値を見出すかもしれない。

凜はじっとその答えを待った。五味がようやく返答した。

「わかったよ」

「ありがとうございます」

「研修はもうすぐ終わるんだよね。アナウンス室長とも話してみるよ」

凜の希望は聞き入れられた。

「簡単には中継に出すことはできないと思うが、上杉と話し合いながら進めるよ」

凜は、心の中でにやりと笑った。凜の本音は、番組を終わらせたくないというところにはない。そんなことはどうでもよかった。

レポーターに名乗りを上げた理由は、中継現場に乗り込みたいということだけだった。

父は、妹の写真を現場に貼らせたのは五味だと言った。本当に五味によるヤラセだったのか。もしそうなら全ては現場で行われたはずだ。

それを自分の目と耳で確かめたい。レポーターとして働きながら、五味の息がかかるスタッフが怪しい動きをしていないか見張り続ける。親しくなれば、それとなく現場のディレクターから聞き出すことができるかもしれない。また同じような事件が起きれば、現場で証拠を握ることも不可能ではない。

自分で白黒つける。一枚の写真が作り出した家族の不協和音を、自分の力で鎮めたい。それが、凜が行きついた結論だった。

編集スタジオの建物から外に出た凜は、大きく息を吐いた。スナイパーが照準器の中に獲物を捕らえたような、そんな気分がした。

しかし、緊張がほぐれ、冷静になってみると違う本音も見えてくる。

レポーターに志願した目的は、本当に「証拠探し」のため、家族のためだけだったのだろうか。凜は自分の中に、別の好奇心が大きく膨らんでいることに気づいた。

初めて五味に会ったときに感じたテレビ屋の不思議な匂い。それに凜の中にある本能が自然に引き寄せられたようにも感じられた。

赤坂の街を歩きながら、頭の中で正解を求めたが、堂々巡りを繰り返すばかりだった。

「まあ、どっちでもいいか」

凜はそう呟くと、地下鉄への階段を足早に下っていった。

同日　午前九時

板橋凜が訪れてきたこの日、五味剛は朝から慌ただしい一日を送っていた。

「番組始末書」

九時に出社すると、パソコンにその文字を打ち込んだ。昨晩の少女の写真に関する始末書だった。

五味は、これまで社員の中で一番多く始末書を書いてきた。もちろん四年前にヤラセで問題を起こしたときも。その始末書の内容は、今も新東京テレビの伝説の一つになっている。どうしてヤラセをするに至ったのかという理由に、五味は「ロマンを追い求めた結果」と書いた。もちろん制作局長に大目玉をくらったが、その噂は瞬く間に会社中に広まった。

それからも何枚も始末書を書いてきた。特に『生激撮！』の放送が始まってからは毎週のようにその作業を続けている。

五味はこの日の文面を途中まで打つと、パソコンでネットニュースを見た。そこには連続少女暴行殺人犯の逮捕に関したニュースは載っていたが、まだ写真については触れられていなかった。

続いて、ニュースよりも情報の拡散が速いネットを確認すると、「『生激撮！』で映った写真の少女は、新東京テレビの編成部長・板橋庄司の次女」という書き込みを見つけた。ネット社会には、すでにその事実が着実に広まっている。

十一時過ぎに、上杉が籠もっている編集室に顔を出した。そこに思わぬ来客が訪れた。新人の女子アナウンサーの板橋凜だった。その顔を見た瞬間、五味は戸惑った。訪問の目的は妹の写真についての情報集めなのだろうが、凜の表情はかなり思いつめたものだった。

自分を疑っているのかもしれない。そんな思いがよぎると、五味の気持ちはざわついた。しかし、凜は意外なことを言い始めた。

「私を、番組のレポーターの一人に使ってください」

入社して一か月ほどの新人アナウンサーを現場で使うことなど、前例がなかった。凜の話には説得力があったが、簡単に了解するわけにもいかない。

五味は躊躇（ちゅうちょ）したが、最後には凜の申し出を引き受けた。

その一番の理由は凜の目だった。力強い目だった。この意志の強い目でカメラに語り掛けたら、どんなに凄いレポートになるだろう。恐らくそれは、しゃべりの技術不足を補ってあまりあるものになると思えた。テレビ屋の魂が、凜の魅力に吸い寄せられている感じがした。

凜は「取り引き」という言葉を使ったが、最後に結論まで導いたのは五味の直感だけだった。

いつ凜をデビューさせるかは決めていない。しばらくは教育係としてディレクターの上杉を宛がい、タイミングを見て現場に出そうと思った。

午後一時半頃、五味は編集室を出てタクシーに乗り込んだ。

昨夜、放送が終わった後、ある人物から連絡が入り二時に会う約束をしていた。それは突然のアポイントだった。五味には、相手の真意が全く予想できなかったが、端から断れる相手ではない。

約束したのは、原宿にある会社からほど近い場所だった。ゴールデンウィークを間近に控えた原宿の街は、どこか浮かれているような気がした。買い物にやってくる若者たちの服装も、穏やかな気候に合わせ薄着になっている。

五味は、そんな街行く人々をタクシーの窓からぼんやりと眺めながら思った。

彼らのうち、どのくらいが家に帰るとテレビのスイッチを入れるのだろう。恐らくは、家の中でも携帯を触り続けているのではないか。

実は、五味自身もテレビを観なくなっていた。どのテレビ局も似たようなタレントが出演し、どこかで観たことのあるような内容の番組を繰り返し放送し続け、好奇心が萎えていく。

しかし、それは仕方のないことでもある。スポンサー収入が減少し、低予算の中では作るものも限られてくる。営業からプレッシャーをかけられた制作現場は冒険もしなくなる。安定した企画と見慣れたタレントにシフトするのも十分理解できる。

そんな気分の中で考え出した企画が『生激撮！　その瞬間を見逃すな』。携帯のゲームとネットの動画に持っていかれた視聴者を取り戻すには、これくらいの荒々しい番組が必要だった。

もちろん、編成部長の板橋が気に掛けるコンプライアンス面での障害は十分予想していた。しかしそれでも、これぐらい性根を据えた番組を作らないとインパクトがないと思っていた。


午後二時。五味は、表参道にあるスポーツジムに到着した。

そこは多くの政治家や芸能人を会員に持つことで知られる高級なジムだった。五味は会員ではないのでビジターとしてチェックインする。スポーツジム自体、訪れるのは十数年ぶりだ。

ロッカールームで裸になると、浴室に向かった。中に入ると、すぐのところにあるサウナの扉を開ける。

「おお、こんなところまですまんね」

腰のところにタオルを載せ、すでに汗をいくぶんかいていたのは、取締役の藤堂静雄だった。

　真っ白い肌にだらしなく贅肉の付いた自分とは違い、藤堂ははるかに年上なのにその身体は絞られている。子供の頃にオリンピックで日本人選手が活躍するのをテレビで観て、柔道を始めたと聞いたことがあった。柔道で鍛えた筋肉は、年齢的な衰えは見せているものの、いまだ保たれ、肌も日サロか何かで焼いているのだろう、こんがりとした色合いだった。

　しかし、なぜ打合せの場所がここなのか、五味には見当がつかなかった。

「不思議だろ。たまにはこんな場所での打合せも面白いと思ってね。まあ裸の付き合いってやつだ」

　藤堂にそう言われても五味にはピンとこなかった。ただ、午後二時のスポーツジムは閑散としていて、このサウナでの打合せ中に人が入ってくる可能性はないということは理解できる。

　五味は、藤堂の横に「失礼します」と言って座った。

「昨日の放送観たよ。凄い数字（視聴率）を叩き出したもんだな」

「ありがとうございます」

「放送の最後の方で、板橋の娘が映っていたらしいな」

「あれは僕のミスです。とても基本的な」

殊勝な態度をとる五味を見て、藤堂は笑い出した。

「違うぞ。俺は褒めているんだよ。板橋は俺たちの共通の敵だ。その娘の写真が凶悪犯の家の中に貼ってあったんだぞ。これを笑わずにいられるか」

五味はリアクションに困った。藤堂は人の心を読むことに長けている。特に弱みや下心への嗅覚は鋭い。五味は話題が変わるのを待つしかなかった。

藤堂は少し真面目な顔になって続けた。

「しかし、板橋はこれをきっかけに番組を終わらそうと動き始めるかもしれないな」

五味は黙って頷いた。

「だがな、今回のことが原因で番組を終わらせるというのは、板橋の個人的な感情からだ」

藤堂は、板橋凜と同じことを言っている。

「昨日の二十八・八パーセントという数字は盾となる。五味君は続けたいだろ？」

「はい」

「実は、さっき社長とも電話で話した。番組は継続だ」

自分の知らないところや社内で、様々な政治的なやり取りが進んでいることに初めて五味は気付かされた。

「お心遣い、ありがとうございます」

「あんな数字まで取り、国民の話題にもなっている番組をやめたら、視聴者はテレビそのものから離れていく。これはごくごくまっとうな判断だと思う」

五味と藤堂の関係は、十五年ほど続いていた。その中で、藤堂の印象として深く記憶に刻まれていることが二つある。

藤堂と初めて会ったのは、『世界の医療最前線』という二時間特番を報道部と制作部が合同で制作したときだった。五味は制作部のディレクターの一人として、その現場に駆り出された。当時の藤堂は、すでに『ベストモーニング』を立ち上げ、局内で飛ぶ鳥を落とす勢いだった。

その番組で、五味はフランスの医療チームを密着取材した。しかし、五味は最新医療に全く興味がなかったので、そのチームの中に綺麗な女医を見つけると、医療現場の取材はそこそこに、女医の私生活を追い続けた。編集されたものには、その女医の恋の話や意味のないシャワーシーンなども入っていた。

生真面目な報道のディレクターたちの評判は散々だったが、その中で藤堂だけは五味のVTRを面白がった。週刊誌の編集者あがりの藤堂は、日頃から報道の記者たちに「人間のどろどろした部分を撮ってこい」と言い続け、五味の作品はそのツボにはまったらしい。藤堂のことは「胡散臭いオヤジ」と思っていたが、自分の作品を気に入ってくれたことは素直に嬉しかった。

そして、その特番の仕上げ作業の時、五味は藤堂の意外な一面を目にした。

編集作業が終わると、最後にナレーション撮りが待っている。放送作家が書いた原稿をナレーターが読み上げるのだが、その前にプロデューサーやディレクターが顔を突き合わせ、原稿をチェックする必要がある。二時間特番なら、だいたい四、五時間ほどかかるものだが、藤堂のそれは執拗だった。要した時間は十五時間。宅配のピザが三回も届いた。

初めのうちは、出版社出身の人間は文字に対する執着が強いのだなと五味も思っていたが、十時間を過ぎた頃、藤堂の集中力と粘り腰に目を見張った。五味以外のディレクターたちは、あからさまに欠伸をしたり、うんざりした表情を浮かべていたが、藤堂はそれを無視した。藤堂は、自分のイメージを形にするためには、周囲の目など一切気にしない、妥協を嫌う男だった。

その特番以降、藤堂と接することはほとんどなくなり、再び藤堂と顔を合わせたのは、五味がヤラセ事件で干されていたときだった。

その頃、五味は『生激撮!』の企画書を持って会社の重役たちを回っていた。みな内容は面白いと言ってくれたが、本気にはなってくれなかった。腹の底に、自分が協力した番組で、また五味にヤラセをされてはたまったものじゃないという本音が見えた。

そんな時、藤堂のことを思い出した。『生激撮！』は、バラエティ番組だが報道の色もある。その道一筋に歩み、今は取締役の肩書を持つ藤堂は、打って付けの人間だった。

会ったとき、藤堂は『世界の医療最前線』で五味が作ったＶＴＲのことをまだ覚えていてくれた。そして企画書を見ると、これは新東京テレビこそがやるべき番組だと評価してくれた。

二つ目の藤堂に関する強い印象。それは、番組タイトルを決めるときに訪れた。藤堂は、五味の企画書を手にこう言った。

「番組タイトルは、もっと生放送だということを強調したものがいい」

五味が作った企画書の番組名は『スクープを見逃すな！』だった。

文字数もちょうど十文字に揃えた。テレビの番組名は、新聞のラテ欄の一行分に合わせて、十文字ちょうどのものが多い。読者の目に入りやすくするようにいつからか慣例化したものだった。タイトルを決定するための局内の会議でも、ホワイトボードに十個のマス目を作り、埋めていく形もよく取られる。

五味は、そうした「常識」も考慮して、いくつかの候補の中から、このタイトルを決めていた。

しかし、藤堂は、

「今どき、新聞を見て番組を選ぶ視聴者がどれほどいると思う？　自分が納得し、視聴者にもイメージしやすいものを優先させるべきだ」

テレビのプロデューサーはみな、ラテ欄の文字に神経を尖らせる。タイトルもだが、番組内容の紹介についても吟味を重ねる。紙面に収まるのは、一時間の番組なら五十文字、二時間特番なら百十文字ほど。少しでも多くの視聴者を新聞紙面から自分の番組に向かわせるために、その作文に時間をかけ、放送作家と相談する者さえいる。

しかし、藤堂はそんな風習を嘲笑った。

確かにネットでテレビ欄を見てみると、一行が七文字や八文字など様々で、十文字にこだわる必要などない。『ベストモーニング』を世に出した名プロデューサーは、既存の概念を壊すことから仕事を始め、それは五味の心に響いた。

五味は、藤堂のアドバイスを取り入れて、タイトルを『生激撮！　その瞬間を見逃すな』という現在のものに変えた。そして、その企画書を、藤堂が社内の上層部にプレゼンして回り、『生激撮！』はゴールデンの番組として誕生したのだ。

藤堂は、サウナ室内にあるテレビモニターのチャンネルをカチャカチャと変えて新東京テレビに合わせた。画面は通販番組を映し出した。

話はもうこれで終わりかと思ったが、藤堂には別の目的があったようだ。藤堂はリモコンでボリュームを下げると話し始めた。

「今日は、『生激撮！』の今後のことを伝えたかったのと、それとは別に、一つ五味君に頼みがあって来てもらったんだ」

「どんなことでしょう」

藤堂の頼みなら、大概のことは呑むしかない。

「我々にとって『生激撮！』のもう一つのアキレス腱は、金を生まないということだ」

『生激撮！　その瞬間を見逃すな』は、その内容のきわどさから、番組開始前、営業部がいくら代理店に働きかけても提供スポンサーは一社も決まらなかった。

それでも営業部は諦めていなかったが、いざ放送が始まると、生放送の画面には自動車、食品、飲料、薬など、有力スポンサーの商品がモザイクがかかることなく次々と映し出された。普通の番組なら競合スポンサーの露出が気にかかるものだが、『生激撮！』の場合、その商品を犯罪者が使っていること自体、マイナスイメージにしか繋がらない。

さらに、捕まった容疑者たちは番組の中で汚い言葉を発し続ける。

『生激撮！』は、提供スポンサーを付けづらい要素が満載の番組だった。局の営業もすっかりさじを投げ、半年経った今もコマーシャルはスポットＣＭのみの状況が続いている。

「板橋はそれを理由に、秋にはＪＲの一社提供番組へと改編しようとしている」

その話は、五味も確認が取れていた。

「そこでだ、金を生み出す仕組みを考えた」

「どんなことですか？」

藤堂は、にやりと笑って続けた。

「タイアップだよ。タイアップで少しでも会社のために金を生み出す。君は番組を愛しているだろうから、放送の中に余計な要素を入れたくない気持ちはわかる。しかし、ここはひとつ折れてもらいたい。

俺も『生激撮！』には愛着がある。番組をなるべく長く継続させるためには、リスクを一つでも減らしておきたいんだ」

藤堂の言葉は間違っていなかった。五味はこれまで自分の番組にタイアップを持ち込んだことは一度もない。この日の話の流れでなかったら、この恩人の頼みでも断っていたはずだ。

藤堂の説得のうまさを五味は感じていた。

「うちの番組だと、どうやったらタイアップが付くんですか？」

「そう、なかなか難しいことだ。しかし、それを潜り抜けることを思いついたんだ。しかもこのやり方なら結構な金を生む。

　これは制作と報道が一体となって初めて成立する話なんだ。もう、報道部長の小野には説明してある。あとは小野と話し合って進めてくれ」

　藤堂の説明はそこまでだった。

「さあ家に帰ったら、もう一度板橋の娘の写真の映像でも観てみるか」

　藤堂は、大笑いしながらサウナから出ていった。壁に埋め込まれたテレビ画面では通販番組の司会者が消音のまま五味に語り続けていた。


　サウナから出た五味はジムの浴室にしばらく留まった。湯船に顎まで浸かって藤堂の話を整理してみる。

　報道と組んでのタイアップとは一体どういうものなのか？

　番組の中に、警察の広報ネタを入れたりするということなのか。しかし、そんなことでは大した金は生まないはずだ。

　いま新東京テレビの番組はタイアップまみれになっている。バラエティ番組にはどれにもインフォマーシャルが流れ、ドラマの中にも商品を紹介する無理な設定がいくらでも見つかる。

『コンビニ刑事(デカ)』という刑事ドラマは、毎回、主役の刑事がコンビニの新商品のスイーツを食べるところから始まる。人気女優が出るドラマは、番組の中で役者たちが着る衣装をネット通販でも販売した。

どの番組もそうでもしないと、低予算の中で番組を完成させることができなかった。そんな社内では、タイアップに染まっていない五味の存在は稀有(けう)なものだった。

「打合せ場所、サウナだったりしました？」

局に戻った五味は、小野に会いに報道センターを訪れた。

「そうだったよ。よくわかるね？　藤堂さんのマイブームなの？」

「それはわからないですけど、僕もサウナに呼び出されたんですよ。裸の付き合いって言われても気持ち悪いですよね、なんかホモみたいで」

小野は笑いながら話した。

二人がいる応接室はガラス張りになっていて、報道センター全体を見渡すことができる。夕方五時からのニュースに向けて、テープを持って走る編集マンや原稿を必死に詰める記者など、フロアー全体が活気づいていた。

五味が訪れたとき、小野もバタバタとしていたが、短い時間ならとこの応接室に招き入れてくれた。

報道部長の小野勇気は、五味の三年後輩で入社当時ドラマ制作に携わったこともあったが、そのあとはずっと報道部に居続けている。本人の意思もあっただろうが、藤堂が囲い続けてきたという方が正しいだろう。小野は藤堂の腹心中の腹心だった。

首から社員証を下げ、ワイシャツの袖を二の腕までまくった小野が声を小さくして聞いてきた。

「それにしても、五味さん、今回の話よく引き受けましたね」

「いや内容まではわかってないんだよ。詳しいことは小野君と話せと藤堂さんから言われてね」

「ええ？　そうなんですか」

小野は少し弱ったという表情をした。これから五味に全てを説明し、口説き落とすという仕事も自分がやらなくてはいけないのかと思っているようだった。五味は気遣ってこう言った。

「まあ、藤堂さんの命令にはそう簡単には逆らえないよ。取りあえず説明してみてくれる？」

「聞いたとき、僕としては無謀な話だなと思ったんですよ。しかも、それを五味さんの番組の中でやるというので……。

藤堂さんに言われたままに話しますね」

藤堂のプランは、報道マンとしての良識が疑われるような内容だったのだろう。小野は、藤堂との距離を置いてから説明し始めた。

「藤堂さんは、『生激撮!』の放送中に、毎週報道センターから〝入り中〟(番組内で中継が入ること)を差し込むように言っていました。しかも、ガサ入れ直前の一番視聴率のいい時間帯に」

話の内容は、五味にとって意表を突くものだった。

『生激撮!』の中で逮捕劇がいよいよ始まろうとするその時間帯は、ほぼ毎週、毎分視聴率が二十パーセントを超えてくる。そこに〝入り中〟を挟み込むということらしい。

報道ではない番組の放送中に、報道センターに緊急性の高いニュースが舞い込んできた場合、通常は画面の上部に速報テロップを載せる形を取る。それを超える重大なニュースの場合に限り、報道部は〝入り中〟という選択肢を選ぶ。〝入り中〟になれば、画面は放送している番組から強制的に報道センターの絵に切り替わり、アナウンサーのしゃべりも交えてニュースを伝えることになる。もちろんその時間、番組は潰され大切なシーンだったりした場合、その放送内容に与える損害は大きくなる。

しかし、それ以前に藤堂のアイディアは突っ込みどころの多い話だった。

五味は、基本的な質問をした。

「毎週、その時間に〝入り中〟を挟み込むって、どういうことなんだろう。内容は何になるのかな？」

「〝入り中〟で扱うネタは、ほぼ新製品発売のニュースみたいです。本来は絶対に〝入り中〟として挟み込む必要のない、暇ネタってことですよね」

それで藤堂の言っていたタイアップという意味が、五味にはやっと呑み込めた。視聴率二十パーセントもの時間帯で報道の速報という形を取れば、その商品が目立つことは間違いない。

その〝入り中〟が、宣伝としての意味合いが強ければ、普通の番組なら提供スポンサーからのクレームは計り知れない。そういった意味では、『生激撮！』には提供スポンサーが付いていないので問題はないのだが。

「しかし、そんなことをしたら、間違いなく編成部が騒ぐよな。いや、もっと上からも、すぐにやめろってことになるんじゃないか？」

五味の言葉に、小野は当然といった表情で返してきた。

「藤堂さんは、問題が大きくなったらすぐに引き揚げろと言っていました。

僕も初めて知ったんですが、『生激撮！』は、海外でも生放送しているそうですね。特にロンドンでは在留日本人や日本企業はもとより、ロンドンっ子にも評判がいいらしいじゃないですか。藤堂さんが言うには、この〝入り中〟は海外に向けての宣伝効果も大きいと」

藤堂の発案を邪険に葬り去ることはできない。しかし、報道を広告として使うなど、今まで聞いたことがない。『報道命』でこれまで生きてきた藤堂がどうしてこんなことを思いついたのか、五味には想像できなかった。

「俺もだけど、小野君もいいのかい、この話」

「本音はやりたくないですよ」

声を張った後、小野は肩を落とした。

「報道は公共性の高いもので、一つの企業に偏ってはダメです。タイアップ自体ずっとご法度ですし、テレビの中でそういうものとは一線を画す存在でなきゃまずいんです。しかも、〝入り中〟は、伝家の宝刀みたいなもので、ここぞという時以外は使ってはいけないものですし」

小野の声はますます沈んでいった。

「でも、ここのところ報道の予算は削られ続けています。去年は全体の三割もカットされました。この秋には『ベストモーニング』も時間短縮になりますし。藤堂さんは、報道も自分からお金を生み出す仕組みを作り出す努力をしなきゃ、今の時代生き残れないといつも言っていました。

そして、もしこれが大事(おおごと)になったら、全ては予算を切り崩してきた編成のせいだと言えばいいと……」

小野の話を聞いて、五味はなるほどと思った。ひょっとすると藤堂の目的は、そもそもが金を生み出すことにはないのかもしれない。狙いは編成部への抵抗だ。最初から大きな問題になることは織り込み済みで、BPOから注意されれば、無理な予算削減をし続けた編成部のせいにしようとしている。いつの間にか、編成部と報道部の争いに五味が巻き込まれる形になっていた。

それにしても、最近この会社で交わされる会話には「生き残る」というワードが頻繁に登場する。どの部署も「生き残る」ために、時に狂気の沙汰というしかないことまで思いついてしまう。

「〝入り中〟の内容は、前日に『MM＋α(エムエム・プラスアルファ)』という代理店から入ってくるらしいです」

「『MM＋α』なんて聞いたことないな。このタイアップ料は、その代理店から報道に直(じか)に入るのかい？」

「いえ、さすがにあからさまなキックバックという形はまずいんで、局にちゃんと入金があって、その一部が報道に回るようにするって言っていました。もちろん、入金の額はニュースの内容次第みたいですけど」

どうやら、タイアップによって『生激撮！』は新規の利益で会社に貢献し、それと同時に報道も潤うという仕組みらしい。

「来週は野球中継で『生激撮！』は休止ですよね。タイアップのスタートは、再来週、五月四日、祝日の放送からです」

最後に五味は、もう一度確認した。

「藤堂さん、本気なんだよな」

小野は、ため息をつきながらこう答えた。

「あの人、走り始めたら止まりませんからね。今回の件で、報道のほかの人間を巻き込みたくないんで、ほぼ僕の単独犯で作業を進めようと思っています。中継をもらっても、『生激撮！』の被害が少なくて済むように、なるべく早く五味さんの方に戻すようにしますよ」

「小野君は、なかなかのお人好しだな」

小野は苦笑いした。藤堂の依頼を断り切れなかった自分に非があると、小野は思っているのかもしれない。

重い荷物を背負い込んだ五味は、報道センターを後にした。

五味はこの日、制作部に戻ることなく社を後にした。独り暮らしの向かった先は、会社の近くにある『鳥伝』という馴染みの焼き鳥屋だった。五味は、スタッフを伴ったり独りだったり、週に二度はこの店を訪れる。

生ビールを飲みながら、五味は藤堂のプランを振り返った。

タイアップには、一生手を出さないだろうと思っていた。周囲から頭が固いと揶揄されても、五味はそれを守り抜いてきた。しかし、今回ばかりはポリシーと番組の存続とを天秤にかけて、引き受けてしまった。『生激撮！』を続けていれば、タイアップという罪以上の価値を手に入れることができる。そう自分に言い聞かせた。

自分の迷いを断ち切ると、具体的なことをイメージしてみる。

〝入り中〟が差し込まれるタイミングは、ガサ入れの直前。何分報道が使うかはわからないが、もしその間にガサ入れが始まってしまったらどうなるのだろう。夜の八時から九時の間に、ガサ入れをしてもらう取り決めは警察との間で交わしているが、突入のタイミングのディテイルは警察任せだ。

小野が単独犯であろうとしたように、五味もまた、番組のディレクターの上杉には黙っておこうと決め込んだ。

五月四日（木）

板橋凜は、中継現場に向かうため東海道本線の車内で揺られていた。

凜は先週、初めてミニ枠のニュースを担当したときのことを思い出していた。大学受験などでも一切緊張したことのない凜は、自分では心臓が強い方だと思っていたが、いざカメラを前にすると簡単にはいかなかった。口の中がカラカラになり指先も震え、短い原稿なのに三回も嚙んでしまった。

そしてこの日、新東京テレビでも有数の高視聴率番組のレポーターとしてデビューする。五味に、自分を『生激撮！』のレポーターにしてほしいと志願したのは、二週間ほど前。以来、空いた時間は、ディレクターの上杉の元を訪れ、実践的な教育を受けてきた。しかし、実際に『生激撮！』に出演するのは、何度か現場を見学した後だと思っていた。

五月四日に、レポーターデビューすると聞かされたのは、わずか三日前のこと。すまなそうに伝える上杉は、今回のタイミングは五味のごり押しだったと言った。上杉は、「本当に大丈夫か」と何度も気遣って聞いてきたが、凜には不思議と自信があった。

今夜の『生激撮！　その瞬間を見逃すな』の中継現場は川崎だった。

東海道本線の車内は、三、四、五日と続く連休の真ん中ということもあり、家族連れで混み合っている。凛は、楽しそうに会話する家族を眺めていた。自分にはゴールデンウィーク中に家族が揃ってどこかに遊びに行った記憶はない。テレビ屋の父はいつも不在だった。

凛は同じ会社に入ってみて、これまで父のことを何も知らなかったのだなと痛感した。編成部長である父は、社内で大きな権力を握っている。父の意見はすぐに反映され、会社の将来にも影響力がある。組織の末端にいる自分から見れば、編成部長は雲の上の存在だった。今までも尊敬はしてきた父だったが、改めてその思いは強くなっていた。

川崎駅に降り立つと時刻を確認した。午後一時少し前。三時までに現場入りすればいいと言われていた。地図を頼りに現場近くに駐めてある中継車を目指す。

到着したところは閑静な住宅街だった。今日のガサ入れ先は、違法なアダルトビデオの販売元と聞かされている。それとは似つかわしくない風景だった。至るところに鯉のぼりも見られ、公園では子供たちが大きな声を上げて走り回っている。

この日の服は、久しぶりに引っ張り出したリクルートスーツだった。靴も脱ぎやすく、走ることも可能な踵のないローファーを選んだ。春の暖かい日差しが照り付け自然とテンションが上がる。まるで自分のデビューを太陽が祝福しているように思えた。

しかし、中継車が駐められている場所が近づくにつれ、凛は緊張し始めた。掌が軽く汗ばんでいる。その緊張感は、初めての『生激撮！』出演のせいではない。

凜には、ここに来た大きな目的があった。それは、妹の写真と五味を結ぶ「証拠」を探すこと。見つからなければ見つからないでいい。それを自分の目で確かめることが大事だった。

中継車は、ガサ入れ現場からかなり離れたコインパーキングに駐められていた。中継車といっても外見はただの二トントラックで、先々週の放送のために荷台に中継システムをわざわざ設えたものだった。

凜は運転席で居眠りをする男性に声をかけた。

「お休みのところすみません。アナウンサーの板橋です」

その男性は技術スタッフだった。カモフラージュのために運送屋のコスチュームに身を包んでいる。男性は凜を荷台に案内してくれた。

「開けまーす」

男性がそう声をかけながら観音開きの扉を引くと、中には不思議な空間が広がっていた。照明もつけられ、折り畳み式のテーブルの上には中継用機材が所狭しと載せられている。壁際にモニターがずらりと並び、凜はまるで映画に出てくるＦＢＩの潜入捜査の最前線基地のようだなと思った。

「今年の新人さんだよね」

技術のチーフが声をかけてきた。

「お前、そんなに軽々しく声をかけちゃダメだよ。お父さんは板橋編成部長だぞ」

そう言ったのは、中継ディレクターの長沼だった。

「いえ本当に新米なんで、ご迷惑おかけすると思います。宜しくお願いします」

いつもなら、すぐさま「コネ入社です」と返すところだが、現場の空気を悪くするような気がして、その言葉は口にしなかった。

荷台には三人の男性が乗っていた。三人目はフロアー担当の高橋というディレクターだった。フロアー担当はカメラの横に付き、レポーターにカンペなどを見せて指示をする役割だった。

もし前回の放送で、五味が妹の写真を現場に貼らせたとしたら、この高橋が実行した可能性が高い。高橋は五味が気に入っているディレクターだと上杉が言っていた。

凛は、中継車から出てきた高橋にさりげなく声をかけてみた。

「高橋さんは、入社何年目なんですか？」

「僕は社員じゃないですよ。『新東京ビジュアル』という制作会社からの派遣です。この番組で社員なのは五味さんだけで、上杉さんも長沼さんもフリーです」

「そうなんですか」

今のテレビの制作現場には、ほとんどプロパーの社員は存在しないことを凜も知っていた。凜の大学の同級生に、今年、制作会社に入った友人がいる。制作会社といっても派遣が中心で、友人は入社するなりADとしてキー局の番組に単身出向していた。

凜はつい最近、その友人と食事をし、話を聞くことができた。教えてもらったADの仕事は過酷の一言だった。徹夜などは当たり前で、下着を三日替えられなかったこともあると友人は言っていた。その上、休みは入社以来一日もなく、初任給は凜の三分の二程度だった。すっかり化粧っ気もなくなった友人の顔を見ながら、凜はこうした犠牲の上に、番組は成立しているのだなと痛感した。

目の前にいる高橋も、友人と似た立場なのだろう。もう三十歳を過ぎているはずだが、着古したポロシャツとジーンズ、腰には黒と白のガムテープを通したウエストポーチという、まさにADそのものといった姿が痛々しく見えた。

「でもいつかは、新東京テレビの社員になりたいと思っているんですよ。本当にやりたいのはドラマなんです」

「じゃあ、どうして『生激撮！』を選んだんですか？」

「うちの会社の執行役員に、新東京テレビの取締役もしている藤堂さんという方がいて、その人から五味さんの元で少し勉強してこいって言われて。腕を上げたら、中途入社の試験を受けさせてくれるそうなんです」

コネ入社で、しかもそれほどの熱意もなく入社してきた凜は、高橋の言葉に少し後ろめたかった。

中途入社をエサに、現場に「証拠」を残せと五味から指示されたら、高橋は断れる立場にはない。しかし、素直に自分の夢を語る高橋からは、その「匂い」を感じることはできなかった。

凜は、話題を変えた。

「山岡修平さんは、何時頃いらっしゃるんですか？」

「さすがですね。山岡さんが現場に来るのは、いつも放送の二時間くらい前ですよ」

山岡修平は、『生激撮！』で警察とのパイプ役を務めている。現地での最新情報は、全てこの山岡から聞くようにと上杉からレクチャーされていた。

山岡の登場までまだだいぶある。凜は、現場周辺をぶらぶらして時間を潰すことにした。

放送の二時間ほど前、山岡修平が予定通り現場にやってきた。

山岡は髪をオールバックにし、トレンチコートの下には、縞模様の三つ揃えを着ている。

凜はあまりにイメージ通りの私立探偵が現れたなと、少し可笑しくなってしまった。

「初めまして、今日のレポートを担当するアナウンサーの板橋凜です」

凜が挨拶すると、山岡は名刺入れを胸ポケットから取り出した。

「私立探偵事務所をやっている山岡です」

名刺を差し出しながら、山岡は凜の頭の先から足元までを見回した。その視線は、さすが元警視庁捜査一課警部と思わせる鋭いものだった。

「今年入社されたんですよね。編成部長の板橋さんの娘さん。写真で見るよりもずっと美しい」

凜は、山岡のこの言葉にはさすがに驚いた。私立探偵はそんなことまで調べ上げるのか。写真は会社のホームページでも見たのだろう。

「高校時代はアメリカに留学していて、東洋英和を出たんですよね。才色兼備、コネなどなくても、新東京テレビは採用していたでしょうね」

山岡はニヤニヤ笑いながら、妙な褒め方をした。

凜は苦手なタイプだと感じたが、笑顔だけは続けようと心がけた。

「五味さんとは、もう七、八年も前のことでしょうか、『警察密着24時』という特番があって、その時初めてお会いしました。警視庁を辞めてすぐのことです。確か麹町の私の事務所でだったかな、番組のコーディネーターを頼まれて、一度お手伝いさせていただきました。

　そして、今回もとお声がかかりましてね。安請け合いしたんですが、毎週の放送というのは想像以上に大変でしたよ」

「放送を観ていて、どうやって毎回ガサ入れ先を見つけるのかと不思議に思っていました」

　もちろん聞きたいことは別だったが、凜はひとまず「おじさま」の苦労話に付き合うことにした。

「警察密着ものの番組の場合、普通は担当のディレクターさんたちが、県警などのキーマンに食事をおごったり、パチンコに付き合ったりしながら関係を作って取材の許可を手にします。

　五味さんも、私と会うまではそうだったようで、大変苦労されたようです。

　しかし、私の場合は一応、元警視庁警部という肩書がある。パチンコに付き合わなくても、全国の県警と話が通じるわけです」

　凜はしなやかに頷いてみせた。

「まあ、それでも、時には先方が取材してほしいネタを五味さんにお願いすることもある。『オレオレ詐欺』に警察は手をこまねいているという社会の目があれば、そのアジトのガサ入れとか、『危険ドラッグ』を野放しにしていると風評が立てば、その取り締まりをアピールする。

警察と番組をウィンウィンの関係にしていくことが、私の仕事なんです」

「山岡さんの苦労のお蔭で、番組は成立しているんですね」

「五味さんですらなかなか褒めてくれないのに、これは嬉しいことをおっしゃってくださる。番組はどうやら好調のようですね。『生激撮！』のお蔭で警察全体の士気も上がっている。苦労は絶えませんが、五味さんから招聘されたことをとても感謝しているんですよ」

山岡は上着のポケットから煙草のケースとシルバーのライターを取り出した。

「煙草を失礼してもいいですか？」

「はい」

本当は苦手だったが、凜はニコリと返した。

「私の説明はこれくらいにして、あなたの『本題』に入りましょうか」

凜はメモ帳を取り出し、聞く姿勢を取った。山岡は煙が凜にかからないよう吐き出すと情報を伝え始めた。

「ここに来る前、今日のガサ入れの班長に会ってきました。アダルトビデオの販売会社は、アパートの一階にあって結構広い部屋を借りているようです。中にいるのは六、七名。その部屋で編集作業やＤＶＤのコピーなどもやっている。

販売方法は基本的にネット販売。注文を受けると郵送で送り届けます。無修整の映像も違法ですが、一番の問題は未成年の少女の映像です。それもただ本番を撮影するだけじゃない。SMもの、乱交、放置プレー、何でもありです」

　内容を想像すると、さすがに凜は気分が悪くなった。

「中継のデビューが、そんな場所で大丈夫ですか？」

「頑張ります」

「そうですか。話を続けましょう。警察が掴んでいる容疑はそれだけではありません」

「ほかに何か？」

「盗撮です。しかも、それをただ販売するだけじゃない。時には、隠し撮りした被写体の人物をゆすることもあるらしい。もはや会社の利益は、普通のビデオ販売よりもそっちが上回っているようです」

「盗撮って、女子トイレとかそういうやつですか？」

「そんなものじゃ大した利益に繋がらない。彼らが盗撮するのは、世間的に地位のある人物が性交渉をしている映像です。特に浮気現場だったりすると、いい金になる。

　浮気相手も、わざわざ会社が送り込んでいるようです。その女性が、カメラの仕掛けられているホテルに連れ込むという仕組みです。

　ひどい時は、何年にもわたって数千万を巻き上げたこともあるとか」

山岡は短くなった煙草を携帯灰皿に仕舞った。山岡の言葉は均一のリズムを刻み続けていた。まるで脳の片方で言葉を紡ぎ、もう片方で相手の様子を探り続けているように感じられた。

「撮られる方も悪い。そう感じました？」

メモを取りながら、うっすらと思ったことだった。凛はハッとした。

「でも、女子アナウンサーはそれくらいの方がいいと思いますよ。画面の上での好感度がぐっと上がるはずですからね」

山岡はまた妙な褒め言葉を口にした。

凛もまた、もう片方の脳で山岡を観察していた。五味の紹介でこの場にいるということは、この山岡が凛の家族の「証拠」を現場に残した犯人かもしれない。フロアーの高橋同様、その行動を見張る必要がある人物だった。

「もう、板橋凛は現場入りしたのか？」

第4スタジオの副調整室で、五味がディレクターズチェアに腰かける上杉に尋ねた。

「とっくにですよ。一時過ぎには着いていたんじゃないですかね。中継車の長沼があきれてましたもん。凛お嬢ちゃま、ずいぶん興奮してるみたいで、ゆうべからずっと段取り確認のメールが、僕の携帯に来てますよ」

副調整室、所謂サブの時計は午後五時四十五分を指している。

「五味さん、今日は大丈夫ですよね？　ガサ入れ先がアダルトビデオ業者なんでしょ」

編成部の木村が、心配そうに語り掛ける。

「全編、顔とあそこはモザイクだから問題ないだろう」

「また、不適切発言とか出ませんよね？」

すると、上杉が口を挟んだ。

「凜ちゃんには、その辺のレクチャーはきっちりやりましたよ。でも、板橋部長も、娘のレポート現場なら甘くなるんじゃないですかね？」

「逆ですよ、逆。この番組のレポーターになるって部長が知ったとき、滅茶苦茶機嫌悪かったですもん。お前は知っていたのかって、すんごく責められて。

しかも、デビュー戦がどうしてアダルトビデオ業者なんですか？　ここの人たち、本当に挑発的なんだよな」

それは五味の提案だった。ゴールデンウィーク中は、在宅率が下がり普段の時よりも視聴率が落ち込む。それは若手を試すにはいい機会だった。

さらに違法アダルトビデオ販売業者と可愛い女子アナの組み合わせは、絶対に話題になると五味は主張した。

「あの子はしっかりしているよ。ちゃんとやりこなすと思う」

五味は、木村に向かって断言した。


七時四十五分。

凜は、中継カメラの前にマイクを持って立ち、リハーサルを始めた。初めて浴びるバッテリーライトが眩しく感じられたが、自分でも信じられないくらい落ち着いている。カメラの横に立つディレクターの高橋の様子も冷静に観察できている。

リハーサルが終わると、高橋はインカムから伝わってきた最新情報を、凜に伝えた。

「ガサ入れのタイミングは、八時五分前後。この場所から全力で走らないと間に合わない時間です。

中にいる容疑者の人数は確認できただけで七名。それ以上いるかもしれません。ほぼ全員が夜の十一時くらいまで事務所にいるようです。昼間は撮影に出ている人間もいて、この夜八時は、ガサ入れにはベストの時間だとか」

凜は、自分のメモ帳に情報を書き足していく。

「あと、これは局にいる上杉さんからのメッセージです。犯人の顔にはモザイクが入っているから、どんな男なのか、どんな表情をしているのか、とにかく詳細にレポートするようにと」


それらの話は、上杉のマンツーマンの授業でも繰り返し言われたことだった。

思いやりに溢れた上杉のその言葉を聞いて、凜は温かい気持ちになった。


放送開始の午後八時。

高橋のきっかけで、凜はカメラに向かって語り始めた。

「こんばんは。ゴールデンウィークも残すはあと三日、皆さんはどんな休日を送られましたか？

私、板橋がいま立っているのは、神奈川県にある住宅街です。

今日の『生激撮！』は社会に悪影響を及ぼし、時に卑劣な手段で善良な市民を窮地へと陥れる、そんな絶対許すことのできない組織へのガサ入れです。

そのアジトは、日中の公園には子供たちが走り回り、庭先の空には鯉のぼりが泳ぐ、この平穏なエリアに存在しました」

凜は、自分で目にした風景もレポートに加えた。

「その犯行内容は一体……まだ、その内容はお話しできませんが、私のいるところから数百メートルほど離れた場所には、捜査員が五十名以上待機。

アパートの一室に潜伏しているであろう複数の犯人を、間もなく確保しようとしています。皆さんにはその逮捕劇を、時間の許す限り余すところなくお伝えしようと思っています」

凜が言い終わると、ディレクターの高橋が「走って」と書いたカンペを差し出した。

「いよいよ、その時を迎えたようです。私も現場に向かいます。皆さんもその瞬間をお見逃しないように！」

凜は現場に向けて走り出した。その後ろ姿には、恐らく番組タイトルが載っていることだろう。

しばらく走っているとバッテリーライトは消え、高橋が話しかけてきた。

「中継は、現場カメラに切り替わっています。コメントが素晴らしかったと、中継車の長沼さんが興奮していましたよ」

「ありがとうございます。でもまだ始まったばっかり。ここからが勝負ですよね」

凜自身も、これほど落ち着いてコメントできるとは思っていなかった。決められたニュース原稿を読み上げるよりも、自由にレポートするこの現場の方が自分にはずっと向いていると確認できた。

凜が到着したアダルトビデオ業者の事務所があるアパート周辺は、すでに捜査陣が取り巻いていた。その中にいた私立探偵の山岡が凛に話しかけてくる。

「あそこにいる一番背の高い眼鏡をかけた男が、今日の班長です。班長の横にくっついて中に入っていって」

「は、はい」

言われるがままに、凛と高橋は刑事たちの間をすり抜けるようにして、班長の元に走り寄った。凛は刑事たちの緊張感を肌で感じた。それを感じ取れるほど、凛は冷静な状態を保ち続けていた。


その頃、第4スタジオのサブでは怒号が飛び交っていた。

「ふざけんなよ。なんでいま〝入り中〟なんだよ」

画面に向かって叫んだのは上杉だった。すでに中継先から、報道センターの絵に切り替わっていた。

他のスタッフも、大切な場面で、〝入り中〟をねじ込んできた報道部を口々に非難していた。このサブの中で、〝入り中〟が差し込まれることを事前に知っていたのは、五味ただ一人だった。もちろん内容までは聞かされていなかったが。

「ここで、報道センターにいま入ってきたばかりの最新のニュースをお伝えします」

男性アナウンサーは、淡々と原稿を読み上げた。

「五味さん、まずいっすよ。ガサ入れは八時五分と言ってましたから、もう始まっちゃいますよ」

上杉がチェアを回し、五味の方を見ながら言った。五味は黙ったまま渋い表情でモニターを見つめている。そのモニターの中でアナウンサーはコメントを続けた。

「先ほど牛田自動車は、世界初といえる驚異的な低燃費を実現したエコカー『クラックス』を発表しました」

映像が『クラックス』の走行シーンに変わる。

「牛田自動車は年間販売台数百万台を目標に、日本で六月から、北米とヨーロッパ、アジア各地で七月からこのエコカーを投入するということです」

上杉が、ディレクター卓を拳で叩きながらうめいた。

「よりによってこんなしょうもないニュースを、なんで〝入り中〟でやってんだよ。報道は気が狂ってんじゃねえのか」

「以上、報道センターからお伝えしました」

アナウンサーがニュース原稿を全て読み終わると、画面は中継現場に切り替わった。

カメラは、ガサ入れの班長とその奥にいる凜を捉えている。どうにか〝入り中〟は、ガサ入れ前に終わってくれたようだ。

五味は胸を撫で下ろした。


「行くぞ」

班長のその一言で、全体が動き始めた。

「いま班長の一声でガサ入れが始まりました。現場の緊張感は頂点に達しています。はたして容疑者全員の確保は成功するのでしょうか？」

凜は班長から離れないように足早に移動しつつも、時折カメラ目線でレポートを続けた。

一階のフロアーの中で、アパートの玄関から一番離れた場所に、その事務所はあった。

刑事の一人が鍵を開け、ドアを乱暴に開け放った。

「全員、その場所から動くな」

班長が、中の人間に向かって大声を上げた。

「これから、児童福祉法違反と児童買春・児童ポルノ禁止法違反の疑いで、強制捜査を行う」

どっと刑事がアパートの中へとなだれ込んでいく。凜ももみくちゃにされながら入っていった。カメラマンとディレクターの高橋はまだドアの向こうだった。映像は追いついていなかったが、凜はマイクにしゃべり続けた。

「いま捜査員が次々に突入しています。目の前では、容疑者たちが確保されています。観念したのか、特に抵抗することなく確保されています。まだ室内の全貌は把握できていませんが、容疑者の人数は七名ほどのようです。

主犯は、アダルトビデオ販売業者『ノンスタイル映像』社長で男優でもあるバズーカ五郎、本名山下宗男、四十五歳。容疑は児童福祉法違反と児童買春・児童ポルノ禁止法違反の疑いです。班長、どの男が山下ですか？」

そう質問しているうちに、カメラマンと高橋がようやく凜に追いついてきた。班長が指さしたのは、ニューヨークヤンキースの野球帽を被り、アロハシャツを着た恰幅のいい男だった。

「あの野球帽の男にズームインして！　山下宗男は紺色の野球帽を被り、身長は百七十センチ余り、小太りの体型で顎には髭を蓄え、いま素直に捜査員の質問に答えています。

残りの事務所スタッフも全員が男性で、見る限り二十代から三十代。捜査員は、全ての容疑者の確保に見事成功した模様です」

カメラは、部屋の中の様子を舐めるように写し出していく。

「アパートには確認できるだけで三部屋。入り口付近の部屋には段ボール箱が積まれ、その中にはＤＶＤがぎっしりと詰まっています。

二つ目の部屋には、照明やカメラといった撮影用機材、そしてロッカーの中にはキャビンアテンダントの制服からセーラー服、サンタの衣装までコスプレ用の服がズラリと並んでいます」

そして、捜査員たちの関心はアダルトビデオから、盗撮と恐喝に移っていった。隠し撮られた動画やゆすりのリストが次々と見つけ出されていく。

凜が白手袋をした手で小型カメラが並ぶ棚を指さした。その方向にカメラがズームしていく。次第に凜とカメラマンの息が合ってきていた。

「実は、この『ノンスタイル映像』、少女のアダルトビデオ制作とは別に、さらに恐ろしい犯罪にも手を染めていました。

それは、これらの小型カメラを使っての盗撮行為です。ターゲットは社会的に地位のある人物たちで、ホテルなどにカメラを仕掛け、性行為などのシーンを撮影、被写体となった人物たちをゆすっていたといいます。

続いて三つ目の部屋を見てみましょう。ここは編集室のようです」

凜がカメラマンを手招きし、三つ目の部屋へと入っていく。カメラが編集機のモニターを写し出す。まさにいま編集されようとしていた動画がモニターに流れている。

ホテルの一室のように見える空間に、下着姿の女性がベッドに横たわっている。その女性も『ノンスタイル映像』が送り込んだ共犯者に違いない。

奥ではシャワーの音が聞こえる。そして音がやむと、バスタオルを腰に巻いた男性がバスルームの扉を開け出てきた。

その瞬間。

「うそ」

凜の声をマイクが拾った。カメラはすかさずモニターから凜の顔に素早くパーンした。凜は自分の表情が凍り付くのがわかった。


その時、第4スタジオのサブもざわついていた。

「今の男、板橋部長……でした？」

編成部員の木村が五味の方を見ながら小声で囁いた。お茶の間にはモザイクのかかった映像が届くシステムになっているが、ここにはモザイクなしのそのままの絵が届く。

サブにいるスタッフの目に映ったのは、バスルームから出てきた編成部長の板橋の姿だった。

「僕にもそう見えました」

上杉も呟いた。

中継現場の音声が、かすかに編集機のスピーカーの音を拾う。男の声は、間違いなく板橋のものだった。

五味は、黙ってモニターを見つめている。

「凜ちゃん、大丈夫かな」

そう言う上杉の視線の先のメインモニターの中で、凜が涙を流していた。


凜の頭の中は真っ白になっていた。

父が映る編集機のモニターから一度目を逸らす。

「そんなことはあり得ない」

心の中で何度も繰り返した。中継先でいま自分は興奮状態にある。単に父に似ている男が映っていて、それを勘違いしただけだ。そう言い聞かすと、勇気を振り絞ってもう一度モニターを見つめ直した。しかし結論は、

「これは……お父さんだ」

下着姿の女性と楽しそうに会話する男は、間違いなく父だった。しかもその表情は、家で見るいつもの気難しい父ではなかった。

カメラの横でディレクターの高橋が慌てながら、カンペでしゃべるように催促している。高橋のインカムから、中継車で怒鳴り続ける長沼の声も漏れ聞こえる。涙でカンペの「しゃべって」の文字が滲んで見えた。

凛は、必死になってレポートを再開した。

「社長の山下たちは、自分の恥ずかしい映像を世に出したくない被害者たちから金銭を巻き上げてきました。

その手口は……『ノンスタイル映像』が送り込んだ女性と交際させ、その女性が隠しカメラの仕掛けられたホテルなどに男性を誘い込むというものです。不倫映像を撮られた被害者は、警察に届け出ることもできず、請求額通りに支払い続けたといいます。

その被害総額は億を超え、ひどい場合、何年もの間ゆすられ続け、実に数千万払わされた人もいたようです。

不倫自体も決して許される行為ではありません。しかし、市民の心の隙間に入り込み、多額のゆすりを続ける卑劣極まりない犯行を、私は……私は絶対に許すことができません……」

その後、凛の言葉はもはやレポートにはならなかった。

「板橋部長も、ゆすられていたんですかね？」

放送終了後のサブで、木村が言った。

「編集機に入っているということは、まだこれからだったんじゃないかな」

上杉がストップウォッチや台本などを鞄に詰め込みながら続けた。

「しかし、先々週は娘さんの写真で、今週はご本人の映像。なんで世間の犯人たちは部長ばかりを狙うんですかね？」

木村が問いかけても、五味は腕組みしたまま黙っていた。

「今回はちゃんとモザイクが入っていて放送の方は問題ないですから、心配なのは、凜ちゃんの方ですよね」

「上杉さんの言う通りですよ。父親のあんな姿を娘が目にするなんて、あり得ませんからね」

「すぐに電話入れときます」

上杉は五味に言ったつもりだったが、その反応は一切なかった。

番組が終わるや否や、視聴者対応のレスポンス室の電話が一斉になり始めた。

普段なら抗議電話の対応に追われることの多いレスポンス室だが、この日だけは様子が違った。その電話は、感情を前面に出して必死にレポートを続けた板橋凜への賞賛の声ばかりだった。

「お父さんは、どうしてお母さんを裏切ったの？」

世の中の反応とは裏腹に、凛は暗い気持ちのまま川崎からの上り列車に揺られていた。救いは夜十時前の車内はガランとして、涙を流し続けても誰も気にしないということだけだった。

モニターの中で、下着姿の女性相手ににやける父の顔が目に焼き付いて離れない。不倫自体も許せないが、家では決して見せない、その表情に無性に腹が立った。

「男なんて、そんなもんだ」

月並みな言葉を繰り返す以外、自分の感情を制御する手立てが見つからない。

母は今日の放送を楽しみにしていた。間違いなくテレビに齧(かじ)り付くようにして番組を観ていたことだろう。

しかし、放送の画面にはモザイクが入っている。母はこの事実を知らないで済んだはずだ。凛はそれを確認したかったが、母と電話で話す勇気が出なかった。

少しだけ冷静さを取り戻すと、

「『生激撮！』という番組を使って、私の家族は狙われている」

凜は、頭の中で事態を整理し始めた。

少女ばかりを連続で暴行殺害した犯人の家の壁には、妹の写真が貼られていた。有名人やメディアの人間の子供が狙われていたので、テレビ局の編成部長の娘が狙われてもおかしくはない。そして、今回も社会的に地位のある人間がターゲットにされていたから、父が盗撮されても不思議はない。

しかし二度にわたり、同じ番組で自分の家族ばかり狙われる……そんなことが起こるはずがない。

先々週の父の言葉が脳裏をよぎる。

「五味が……（写真を）貼らせたのかもしれない」

ホテルの一室での盗撮映像は観たこともないほど鮮明なものだった。二週間前、編集室を訪ねたとき、五味と上杉が『ＣＮ－９６０ＭＸ』とかいう最新鋭の隠しカメラの話題で盛り上がっていたことを思い出した。

しかも今回は、放送上はモザイクがかかり父親とは判別できない。これは、私に見せるためにだけ仕組まれたものだ。

そのためにはガサ入れ先が、盗撮を行っているアダルトビデオ業者でなくてはならない。さらに、レポーターとして私が現場にいなければいけない。その両方をコントロールできた人間は、五味剛しかいない。今回のネタで私がデビューすることを決めたのは五味だった。しかしガサ入れ前に、父の不倫現場のテープを『ノンスタイル映像』の事務所に持ち込むことはできそうにない。

放送中に、フロアーディレクターの高橋がやったのか？

凜は自分の注意不足を悔いた。中継で行われる怪しい動きを突き止めるために番組のレポーターに志願したはずなのに、いざ本番になるとレポートに集中して高橋の動きの全てを把握できてはいなかった。あの場所でそんな余裕が自分にはなかった。

列車は大井町に着いた。ここから自宅のある自由が丘までは東急大井町線一本だったが、凜は駅前からタクシーに乗った。

今日は家に帰る気はしなかった。父と顔を合わせたくないのはもちろん、母親の顔を見ることもできない。罠にかかったとはいえ、父が不倫という行為に及んだのは事実だ。ずっと信頼し、尊敬もしてきた父にあってはならない行為だった。

母に、今晩は友人の家に泊まるというメールを入れようとしたとき、携帯にメールが一通届いていることに気付いた。

『今日のレポート、本当に素晴らしかった。凜は父さんの誇りです』

モザイクのかかった番組だけを見た、父・板橋庄司からのメールだった。

同日　午後七時半

板橋庄司は、テレビ番組の放送を観るのに、これほど緊張したためしはなかった。

社屋五階にある編成部の一番奥、窓際に板橋のデスクはある。脇にはこぢんまりとした応接セットが置かれ、そのソファで『生激撮！　その瞬間を見逃すな』のオンエアーを待ち続けていた。

娘の凜が『生激撮！』のレポーターとしてデビューすることを、編成部員の木村から聞かされたのは昨日のことだった。

聞いた瞬間、これは間違いなく五味の策略によるものだと思った。番組を終了に追い込もうとしている自分を躊躇させる狙いに違いない。そうでなかったら、技術も知名度もない入社したての新人アナウンサーをゴールデンタイムのレポーターに招き入れることなどあり得ない。

すぐに出演を止めに入ろうと思ったが、ひょっとすると凜が喜んでいるかもしれないと考えると、どうしても行動には移せなかった。

板橋は、複雑な思いでその放送を見守ることにした。

放送直前のＣＭの時から心臓が高鳴った。五味による「策略」という考えなど頭から消え、自分の中にもこんな親馬鹿な一面があるのかと苦笑いした。

画面に映った娘は、今まで板橋に見せたことのない表情をしていた。それは悪い意味ではない。ずっと子供だと思っていた娘が、立派なアナウンサーとしてそこに映っていた。

しかし、番組が始まるとすぐに水を差す〝入り中〟が差し込まれた。

それは新車発売という公共性の薄い、〝入り中〟としては特に取り上げる必要のないニュースだった。BPOや民放連から指摘されてもおかしくない内容だ。

いつもならすぐに報道部に電話を入れて、徹底的に原因究明するところだが、この日は凜のレポートする姿にそのままのめり込んだ。

画面の中の凜は生き生きとしている。コメントも淀みない。情報を的確に伝える力、物おじしない性格、そして何より大衆を引き付ける豊かな感情表現。自分の娘であるという思い入れを割り引いても、ここ最近の女子アナウンサーのレベルを大きく超えていると思った。

凜は昔から女優志望だった。しかし、就活の時期を迎えたとき、その気持ちを無視して板橋は新東京テレビへのコネ入社の段取りを踏んだ。そのことがずっと心に引っかかっていた。親心とはいえ、もう少し凜と話し合ってもよかったと今では思っている。

そんな気持ちもあって放送を観ていたので、板橋の喜びはひとしおだった。

番組が終わると、すぐに凜にメールを打った。

『今日のレポート、本当に素晴らしかった。凜は父さんの誇りです』

そして会社を出ると、原宿の駅前にある『岡島屋』のロールケーキを購入した。凜のお気に入りのスイーツだ。それを手に自由が丘の自宅に戻ったのは、夜十時過ぎ。いつもの帰宅よりもだいぶ早いタイミングだった。

自由が丘に家を建てたのは十年ほど前だった。まだ二十年以上のローンが残っているが、駅から八分という好立地の一戸建ては自慢できるものだった。

長女の凜を高校時代に海外に留学させ、弟の司の英会話やバイオリンの稽古ごとにも金をつぎ込んできた。次女の唯はいまピアノとダンスにはまっている。家族のためにこれほど尽くしているのだ。帰りが多少遅くなっても、休日めったに家にいなくても、非難される謂われはないと思っている。

しかし、最近、家族との会話がぎくしゃくしているのも事実だった。家庭を顧みることが少ない父親が娘への愛情を示すめったにないチャンス、それが今晩回ってきた。

ところが凜は、待てど暮らせど帰ってこない。メールの返信もなかった。

番組スタッフとデビューを祝い、打ち上げでもやっているものと思い、ワインを飲んで時間を潰した。すると、母親にだけ「友人の家に泊まる」という短いメールが入った。

膨らんだもやもやとした気持ちは、負の発想を生み出す。

『生激撮！　その瞬間を見逃すな』の娘の出演を一度は歓迎したものの、それは問題の多い番組に変わりはない。前回の放送で、次女の写真を露出させたのは間違いなく五味の仕業だ。そんな敵の手の中に、いま長女がまるで「人質」のように囲われているのだ。すぐにでも、『生激撮！』を終了に追い込む必要がある。それは会社の利益にも繋がる。しかし、凜の気持ちを想うとなかなかそうもいかない。

板橋はイライラした気持ちのまま一晩を過ごした。


週の明けた月曜日の午前十時ちょうど、報道部長の小野が板橋のデスクに姿を現した。先週木曜日の放送の直後、〝入り中〟の件で話があるとメールを入れておいたのだ。報道部では話しづらいので編成部まで来させた。会議室に小野を連れ込むと、早速本題に入った。

「先週の〝入り中〟は一体何なんだ？」

小野は、聞かれる内容はわかっていただろうに、なかなか返答しなかった。そしてやっと重い口を開く。

「タイアップです」

「そんなことは観ればわかる。なんで流したのかってことなんだ」

小野は俯いた。あまり追い詰めても埒が明かないと思った板橋は、言い回しを変えてみた。

「小野は優秀な報道マンだ。ニュースの正確さ、公平性、切り口の斬新さ、どれをとっても歴代の報道部長の中でも抜きんでている。だから、昨日の〝入り中〟を見たとき意外でならなかったんだ」

するとと、小野が反応した。

「報道部は、去年、予算を三割削減されました。正しいニュースや他局にはない独自性のあるニュースを作るにはお金があまりに足らなかったんです。

そこで本来絶対にやってはならない、タイアップという手段を取りました」

その返答は、概(おおむ)ね板橋の予想通りだった。板橋は本音の感情とは別に、穏やかに話し続けた。

「報道部長としての君の気持ちはよくわかる。局全体の制作費を切り詰めようとすると、どうしても予算のかかるドラマや報道に皺寄せがいく。

そのトップに立つ君には本当に苦労をかけていると思う」

「去年は開局以来初めて、衆院選の開票速報の特番もなくなりました。さらに『ベストモーニング』も、秋から放送時間が短くなるんですよね。

板橋さん……報道部はいま、本当にお金が必要なんです」

「そんな状況で、タイアップに走ってしまったことは同情できる。問題はなぜ〝入り中〟という形を取ったかってことなんだよ。

〝入り中〟は放送中の番組に迷惑もかかる。視聴者だって何事かと大きな興味をそそられる。そんな〝入り中〟という選択肢を、なぜ取らねばならなかったのか、その理由が知りたいんだよ」

しばらく小野は黙り込んだ。

「ひょっとすると『生激撮！』の五味も事前に知っていたことだったのか？」

小野は小さく頷いた。そして小さな声だったが、はっきりとこう言った。

「問題になることはもちろんわかっていました。編成部に、板橋さんに……わかってもらいたかっただけなんです」

その眼は怒りに震えていた。小野の態度と答えに板橋は少し驚いていた。今回の〝入り中〟は、報道部の逆切れともいえる行為だった。タイアップ料を手にしたいわけではなく、狙いは編成部を挑発することにあった。

「これは、君が思いついたことなのか？」

「僕が単独で考えたことです」

小野の言葉は、誰かをかばうために発した、まるでセリフのようなものだった。

そう思ったとき、小野の後ろにある男の顔が見えてきた。小野と五味に共通する人物は一人しか思いつかない。板橋は心の中で呟いた。

「裏で糸を引いているのは、藤堂なのか？」

小野をこれ以上問い詰めても、その名前は出さないだろう。藤堂と小野が師弟関係にあることはわかっている。

しかも、『マックスフォン』の交渉役に抜擢したいま、板橋から藤堂に攻撃を仕掛けるわけにもいかない。板橋は小野にこう伝えるのが精いっぱいだった。

「君の立場は理解しているつもりだ。恐らくは君にとっても今回のことは本意ではなかったと思う。

今回もしＢＰＯや民放連からクレームがついたら、俺が矢面に立とう。しかし、その代わりもうこれっきりにしろ。小野報道部長の名をこれ以上汚しちゃダメだ」

ようやく顔を上げた小野の眼には光るものがあった。


夜九時。

板橋は西麻布の交差点の近くにいた。大手芸能事務所の女性社長のバースデイパーティに参加したのだ。こうした催し物は苦手な板橋だったが、とびきり大きな花束を用意して臨んだ。これには訳があった。

以前、板橋が終了に追い込んだゴールデンタイムの番組の司会者が、その事務所に所属する女性タレントだった。終了させることには何の躊躇もなかったが、その段取りで編成マンの一人がミスを犯した。事務所と司会者本人に番組終了を伝える前に、ネットニュースにそれが上がってしまったのだ。以来、その事務所とは険悪な関係に陥った。新東京テレビの番組や映画からは、その事務所に所属するタレントは姿を消し、今も冷戦状態が続いている。

訪れたパーティは板橋にとって針の筵に座らされたようなものだった。そこからようやく解放された板橋は、ため息を一つついて、メールを一通打った。

送信相手は加藤彩という女性だ。

『いま西麻布にいるんだけど合流する？』

加藤彩と出会ったのは三か月前のことだ。小さな芸能事務所の社長から、面倒をみてほしい女優の卵がいると紹介されたのがきっかけだった。最近では週に一度は会っている。

今までも多くの愛人と付き合ってきた板橋だったが、加藤の見事なプロポーションと知性溢れる会話は群を抜いていた。肉食動物を思わせる大きな瞳は、時折わがままな目つきに変わり、それに振り回されることも恋愛ゲームに刺激を与えてくれる。

初めは冷静な距離を保っていたが、板橋はその魅力に取り込まれていった。彼女のためになりたいと、多忙な時間を縫って、同期のドラマと映画のプロデューサーに彼女のプロフィールシートを渡し、それぞれにセリフが二言三言ある役を約束させた。

板橋は、この一週間『マックスフォン』の問題で奔走し続けていた。ストレスがたまると無性に彼女の顔を見たくなる。

こうした誘いのメールを入れれば、いつもすぐに『すぐ行くー♡』といった返信が戻ってくるのだが、今晩は違った。

その返信メールに板橋の顔が曇った。それは、送信相手のアドレスが変わったことを知らせるメールだった。板橋は思いを巡らせる。

彼女に何か嫌われるようなことをしただろうか……。

すると、また携帯が鳴った。

見慣れぬアドレスからのメールだった。これは彩の新しいアドレスなのか？　そこにはURLだけが添付されている。

普段なら得体の知れないアドレスから送られてきたサイトなど開くことはない。しかし、タイミングが合いすぎた。板橋は勢いでクリックしていた。

「うそだろ……」

携帯画面に映し出された動画を観た板橋は言葉を失った。

手の中の画面に、下着姿の加藤彩とバスタオル一枚で楽しく会話する自分がいた。彩の顔にはモザイクがかかっていたが、自分は素顔を晒していた。音声もしっかり聞こえる。二人のベッドの上での行為も生々しく映っていた。

「どうして、どうして……」

板橋の喉はカラカラになっていた。

一体いつ撮られたものなのか？　背景に映っているのは、いつも使っているシティホテルの一室だった。正確な時期は確定できなかったが、それは最近のものに違いない。しかし、なぜこんなものが動画サイトに。

何か加藤彩を怒らせることを自分がしてしまい、受信拒否と共に腹いせにネットに画像をアップしたということなのか。いや、それ以前にどうして彼女は、こんなシーンを隠し撮りしたのか。板橋の頭は混乱状態に陥った。眼鏡の奥の眼球が小刻みに震えているのがわかる。耳の裏から首筋に冷たい汗が伝った。

送られてきたアドレスに返信して確かめようかとも思った。しかし、これは第三者の可能性もある。以前のアドレスには「ａｙａ」の文字が含まれていたが、ここには記号性のない英文字と数字が並んでいるだけだ。

板橋は、なす術もなく動画を再生し続けた。すると熱を帯びた脳の片隅で、一つの記憶が浮かび上がった。

この動画、以前にも似たようなものを目にしたことがある。しかも、それは遠くない、とても近い記憶に思える。

板橋は頭の中で、映像を照合し続けた。

「うそだろ。あの時の……」

思い出されたのは、先週の『生激撮!』の放送の中で、ガサ入れ現場の編集機に映し出されていた動画だった。興奮状態の思考の中で記憶の確認作業をしたが、間違いない。

その時は、ベッドの上の二人の顔には確かモザイクがかかっていた。その片方のモザイクの下には、自分の顔があったのだ。なぜあの時気付かなかったのか、自分がもどかしかった。

となると、加藤彩は『ノンスタイル映像』が送り込んだ女性で、自分はゆすられる直前だったのか。状況を整理し始めると、とんでもないことに気付いた。

「そういうことか……」

先週の放送で中継現場にいた娘の凜は、一瞬、顔が引きつりコメントが滞ったときがあった。それは凜が編集機の映像を見た瞬間だった。

つまり、凜はあの現場でモザイクのかかっていない同じものを観ていたのだ。自分が不倫している映像を、凜は間違いなく観た。そう考えると、先週木曜から凜が帰宅していないこと、メールに返信がなかったこと、全てのつじつまが合う。

そこまで考えが及ぶと、板橋の頭の中に一人の男の顔が浮かんだ。

「五味の野郎……」

三週前の『生激撮!』の放送で、容疑者の家の壁に娘の唯の写真が貼られていた。そして、先週は自分の不倫映像が編集機の中にあった。そんな偶然が二度続けて起こるはずがない。

『ノンスタイル映像』は、社会的に地位のある男に女性を接近させ、ゆすりを続けてきた。しかし、自分の一件は全て五味の仕業に違いない。五味はドッキリ系の番組が得意だった。隠し撮りのノーハウにも精通している。

混沌とした思考が、五味というターゲット一点に絞られていく。不意を突かれて一気にスピードを速めた心臓の鼓動が、今度は大量の血液を送り出し闘争心をかきたてるために使われ始めた。

板橋は、携帯に登録しているアドレスを探った。目当ての相手の番号を見つけると、震える指で発信した。

「もしもし、夜分遅く申し訳ありません。新東京テレビの板橋です」

相手は、加藤彩を紹介してきた芸能事務所の社長だった。

「加藤彩さんのことが伺いたくて」

突き止めたかったのは、彩と五味を繋ぐ糸。社長は板橋の言葉を待たずに、先週の末から連絡が突然取れなくなって困っていると語った。やはりとは思いながら、板橋は奥歯をぎゅっと噛んだ。

「連絡が取れないこともそうなんですが、実はそれ以前に、彼女の行動が色々と怪しくて」

ネット動画のことはまだ口に出せない。抽象的な板橋の言葉に、社長自身も加藤彩の素行をずっと怪しんでいたらしく、ご迷惑をおかけしたと一方的に謝ってきた。

「そもそも彼女は誰の紹介で、社長の元に来たんですか？」

その答えを街の喧騒で聞き漏らすまいと、板橋は携帯を耳に押し付けた。

「彼女はうちに来るまで、どこにも所属せず、個人的にテレビ局のプロデューサーを当たっていたと言っていました。そこで新東京テレビの五味さんと出会い……」

その瞬間、板橋は軽い目まいを感じた。

「女優の卵を多く抱える、うちがいいんじゃないかって紹介されたというんです。編成の板橋部長に会わせてほしいというのも彼女から言ってきたことでで。但し、五味さんと板橋さんは過去に色々あったようなので、五味さんの名前は出さないでほしいと釘を刺されていました」

電話の向こうで社長は、今後同じことがないように注意すると言って謝り続けた。

ついに五味の尻尾を捕らえた。携帯を切った板橋は怒りに震えながら、その場に立ち尽くした。五味による常軌を逸した嫌がらせ。自分はまだしも家族まで巻き込んだ卑劣な行為。

一刻も早く、その道具に使っている『生激撮！』を五味の手から取り上げなくてはいけない。その手順を必死になって考え始めた。

と同時に、計り知れない恐怖も感じる。

「俺は見張られている」

ひょっとすると、今も五味に付け狙われているのかもしれない。どこかで五味が自分を見つめている。動画を送り付けてきたメールも、この近くで送信した可能性だってある。

板橋は、人通りの多い西麻布の街並みを見回した。

同日

午後一時のちょうど五分前。

取締役の藤堂静雄は、やや蟹股な歩き方で新東京テレビの最上階・十二階にある社長室に向かっていた。

藤堂は前日、社長の伊達政正から急な呼び出しを受けていた。

話題は、『マックスフォン』の買収の件に決まっている。藤堂は三週間ほど前、専務に昇進することをエサに、『マックスフォン』との交渉窓口になるように命じられていた。もうそろそろ呼ばれるタイミングだと思っていたところだった。

社長室の手前にはこぢんまりとした秘書室がある。藤堂の存在に気付いた秘書の一人が、社長室の重々しいドアをノックしてくれた。

「社長、藤堂取締役がお見えです」

「入ってもらってくれ」

藤堂が中に入ると、社長の伊達政正はデスクから立ち上がり応接セットに手招きした。

社長室の窓からは明治神宮の森が一望でき、その向こうには代々木体育館や国営放送の大きな建物も見て取れる。ここは藤堂がずっとその住人になることを夢見てきた部屋だ。自分く違って見えた。

の取締役室は、一階下の十一階にある。さほど変わりはないはずなのに、窓からの景色は全

「急に呼び出してすまなかったな」

「いえ、会社が危急存亡の秋ですから、いつでも馳せ参じますよ」

伊達はこの日も、薄く縦縞の入った仕立てのいいズボンを、トレードマークのサスペンダーで吊っていた。藤堂はこのサスペンダーを見るといつも胸くそが悪くなる。貴族に見下されている労働者のような気分になった。

しかし、この日の伊達は少し様子が違った。その顔を近くで見ると、疲労の色が目立つ。以前は、伊達の顔は気力に満ちていた。この男とは対等に張り合えないといつも感じていたが、今ではそれはすっかりと影を潜めている。

気持ちに余裕を持って、藤堂は伊達に対峙するように応接セットに腰かけた。

「社長にはお礼を申し上げなきゃいけませんね」

「何のことかな？」

「まだ何の功績も上げていないのに、専務に取り立ててもらいました」

「そのことか。もっと早くお願いしておけばよかったと思っているよ」

藤堂は「ふん、心にもないことを」と心の中で呟いた。

「君にはいつもピンチを救ってもらっているな」

「お役に立ったことがありましたか？」

「俺が編成部長時代に、君は『ベストモーニング』を朝の帯番組として立ち上げた。あれのお蔭でこの局の全日の視聴率はグッとアップした。

結局、俺の編成部長としての業績は『ベストモーニング』を作ったことだけだった」

「もう二十年も前のことです」

「そういった意味では、俺にとっても『ベストモーニング』は思い入れの強い番組だ。そこに『マゴマゴキング』という新企画を割り込ませるというのは苦渋の決断だった。申し訳ない」

「いえ、正しい判断だと思います」

伊達の言葉は間違っていなかった。大手広告代理店の社長を父に持つ伊達は、入社してすぐに営業部に配属された。以来、営業部主任、事業部副部長とすんなりと出世し、部長という肩書で初めて編成部にやってきた。

藤堂は、これまで番組に関わってこなかったボンボンに、企画の将来性を見抜く力などあるはずがない、と初めから思っていた。案の定、伊達が打ち出した新番組はことごとく失敗し、唯一『ベストモーニング』だけが実績として残った。しかし、それが大きく評価され、伊達は編成局長、取締役と地位を上げていった。

秘書室の女性が二人の前にお茶を出し部屋から出ていった。伊達は座り直して本題に入った。

「『マックスフォン』の方だが、その後どうだろう」

「我々の城はいま、立錐の余地もないくらいに取り囲まれているといった感じでしょうか」

「うむ。君の大学時代の仲間が、『マックスフォン』の専務を務めていると聞いたが」

「ええ、川原という男で柔道部の同期です」

「そこからは何か新しい情報は入ってきたかね？」

藤堂は湯飲み茶碗を手にしながら、ゆっくりとした調子で話した。

「社長もすでにご存じでしょうが、アメリカのコングロマリット、『メディア・キャスト』が表だって動き始めているようですね。先週、双方のトップがアメリカで会ったと聞きました。『メディア・キャスト』との連携は侮りがたい」

『メディア・キャスト』は、アメリカでも指折りのコングロマリットで、これまでも欧米のメディアを傘下に収めてきている。

伊達が渋い表情で頷くのを待って、藤堂は続けた。

「『マックスフォン』は、最近うちの株主たちに波状攻撃をかけているようですね。川原もさすがにはっきりとは言いませんでしたが、裏には上島家が絡んでいるようです」

「上島家が？」

それは伊達にとって新情報だった。

藤堂はここを訪れるからには何か手土産の一つも必要だと思っていた。

新東京テレビは、新東京新聞が作り出したテレビ局だった。その新東京新聞の創業家が上島家だった。しかし、もう二十年も前、社内のクーデターにより、上島家はいち株主となっている。それでも今も新東京テレビの株を八パーセントほど保有し、度々復権の噂が流れる。

伊達も少なからず上島家の動向には注意していたはずだが、『マックスフォン』が上島家と手を組んだとなるとそれは油断のできない事態となる。

「このまま籠城していると、どうなる？」

藤堂は、少しためを作って答えた。

「城は確実に落ちます」

伊達の表情が曇った。

「手立てはあるか？」

「残る道は、和平交渉でしょうな」

「できるのか？」

藤堂はにやりと笑ったまま、わざと答えを言わなかった。じらすだけじらして主導権を完璧に握ろうと考えていた。

痺れを切らした伊達は身を乗り出した。

「君には腹案はあるのか？」

「私は、元々『マックスフォン』は新東京テレビに手を出さない方がいいと思っていました。あの会社の目的はテレビというメディアに進出したいということだけです。それならば、自分でテレビ局を作ればいいんです。今ならそれができる」

テレビは国家（総務省）が特定の事業者だけに、放送の電波を流す権利を与える仕組みになっている。東京の場合、ひと昔前までは既存の民放キー局だけで電波のキャパシティを埋めてしまい、他から参入することはできなかった。

しかし、今はスポンサー料の減少からテレビ局が合併し電波に余裕が生まれている。その気になればテレビ局を立ち上げることができるのだ。

携帯会社はどこもメディアツールの一つとして、テレビを必要としていた。各社、携帯用のコンテンツ開発も長きにわたって続けてきたが、テレビ局としての体裁を整えるまでには至っていない。

そこで出てきた発想が、いまあるテレビ局をそのまま取り込むという考えだった。中でも

『マックスフォン』は政界を巻き込み、積極的に自分のホールディングスの傘下に新東京テレビを加えようと模索し始めた。

日本のテレビが始まってすでに六十年余り。その構造は変わり始めようとしていた。これまでなら新聞社がオーナーとしてテレビ局を持っていたが、新聞自体が斜陽の時代、携帯会社が名乗りを上げてくることは自然な流れだった。

「しかしだ……」

伊達は、腕組みをし表情を険しくした。

「『マックスフォン』が、一からテレビ局を作るという方向に、今から舵を切ることはあるのか？」

「私は、あると思っています」

藤堂の力強い言葉に、伊達の表情はいくぶんか和らいだ。

しかし、藤堂はこの場で一つ確認しなければいけないことがあった。

それは、『マックスフォン』との交渉が成功した暁に、自分の立場がどうなるかということだった。藤堂は専務という肩書になど端から興味はない。社長へのラインから一度外れた自分がもう一度復権できるのか、それを確認したかった。

「『マックスフォン』の川原とは、そっちの方向で話しています。しかし川原は、いま自分の会社にはちゃんとした番組の制作能力がないと言っていました。

冗談だとは思うんですが、もしそうなったら、私に制作の全権をゆだねたいと言っていました」

藤堂は伊達の口から、引き留める言葉が出てくるのを待っていた。

しかし……。

「それはいいことだな。こんな窮屈な会社にいるよりも、君の実力がいかんなく発揮できる場所だと思う。意に沿うように協力しよう」

伊達は、ニコニコ笑いながらお茶を啜った。

藤堂は一つの結論に達した。やはり、この会社は自分を必要としていない。『マックスフォン』との交渉に汗を流しても、十分に報われることはないと思った。

しかし、藤堂は顔色ひとつ変えなかった。

「私はこの会社に来る前は、出版社で雑誌の編集をしていました」

「おお、そうだったな。君は中途入社だったな」

藤堂はその言葉を苦々しく受け止めた。結局、中途入社の者には社長の椅子は与えられない、それがこの会社の法則なのだ。献身的に番組を作ることと、会社の権力を手に入れることとには何の因果関係もない。

「その頃に、今の総務大臣の亀山史郎とよく飲みに行ったものです。まだ、亀山も衆議院議員の一年生でした。私は亀山を動かそうと思っています」

「本当か。やってくれるか」

総務省は放送業を管轄し、周波数の割り当てや電波の監督管理を行う。最終的には、大臣の亀山が決断を下すことになる。

伊達も亀山と連絡を取っていることは知っている。しかし、自分にはさらなるアドバンテージがある。藤堂は、少しだけ自分の力を見せつけておくのも悪くないと思っていた。主導権を握り続ければ、あらゆる情報が真っ先に耳に入ってくる。

藤堂は自分の前にある湯飲み茶碗に再び手を伸ばした。すでにお茶は温くなっている。

「この危機を乗り越えた後、新東京テレビはどうなっていくんでしょうね」

伊達は即答した。

「生き延びるだけで、成功だ。そう思っているよ」

伊達らしい言葉だと思った。伊達はこれまで何ひとつ目立った仕事もせずに今の地位を手に入れた。もちろん周囲には数多くのライバルが存在した。しかし、彼らは功を急ぎ、次々と頓挫し、結果、伊達の周囲には誰も残らなかった。

斜陽の業界では、とんでもない奇跡を起こせば別だが、ほとんどの場合、何もしないことが最大の力になる。

しかし、藤堂は伊達の力を侮ってはいなかった。土俵際での伊達の忍耐力とディフェンス力は余人には真似できないものがある。

「では、これから連絡を密に取り合いましょう」

藤堂はそう言い残すと、社長室を後にした。

同日　早朝

自宅のベッドの中にいた五味剛は、携帯の着信音で目を覚ました。

五味は、四十四歳になる今まで、長く独り暮らしを続けている。

恵比寿にある2LDKのマンションに住み着いて八年。その間、人の訪問を拒み続けてきたリビングには、DVDのパッケージが山積みにされている。五味には映画鑑賞以外、さしたる趣味はない。唯一の贅沢がリビングに置かれてある五十七インチのテレビモニターだった。

ベッドの周囲を脱いだままの服が取り囲み、サイドテーブルにはいつも通りビールの空き缶がこぼれ落ちんばかりに残されている。

もちろん、これまで何人かの女性と付き合ってはきたが、五味が結婚という道を選ぶことはなかった。その理由を他人に話したことはない。理解されるとは思えなかった。

結婚を遠ざけた理由は、家庭という安定した空間が、自分をつまらなくするような気がしたためだった。今の捨て身の状態が、演出を考えるとき突飛な発想を生み出してくれる。何も根拠はなかったが、五味の中にはそうした強迫観念がずっと生き続けていた。

携帯に入ってきたメールの送信者は、板橋凜だった。

開く前に時間を見た。午前五時十五分。

「かなり、キテるな」

キテるというのは、思いつめているという意味だ。綿棒を耳に差し込みながら文章を確認する。

『お話があります。お時間ください』

小ざっぱりとしたメールだった。短い分、かえって凜の気迫が感じられる。

凜は放送の翌日から、体調不良を理由にアナウンス室を休んでいた。五味も上杉もメールを入れたが返信はない。すでに音信不通になってから四日が経っていた。

初めてのゴールデンタイムの番組への生出演。その現場で父親の不倫映像を目撃したのだから、それは無理のない話だった。ひょっとすると凜は、父親と顔を合わせることを避けるため、家にも帰っていない可能性がある。独り悩み続けてみたが、自分の中では処理することが叶わず、五味の前で全てを吐き出そうとしているのかもしれない。

五味はベッドに横になったまま、すぐに『朝メシでも食べながらで、どう？』と返した。

朝食を摂りながら話せば、少し緊張感が和らぐかと思ってそう提案したつもりだったが、よく考えると誰かに目撃されたら、それこそ不倫カップルのワンシーンになってしまう。まずかったなと思った頃には『はい』というメールが返ってきていた。

朝八時、少し前。

五味は、渋谷にあるホテルのダイニングの窓際の席に腰かけていた。怪しいカップルに見えないよう、なるべくビジネスユースのホテルを選んだつもりだった。窓際の席を選び、コーヒーだけを頼んで凛の到着を待った。

五味は、凛の出方を想像してみた。凛は番組を降りると言うかもしれない。今回の番組出演は、凛本人が志願して決まったことだったし、その上まだ一回しか出演していない。本来なら許されるはずもない話だったが、今回の事態は十分、考慮に値する。その場合は、元々のレポーターの山本沙也加に戻せば済むことだ。

しかし、凛の話はそれで終わることはない。いや、むしろそこからが本題だ。

『生激撮！』の放送中、続けざまに起きたトラブル。それを裏で画策した男を問い詰めに彼女はやってくる。

凛は、時間ぴったりにダイニングに顔を出した。隈の目立つ目元を隠すように伊達眼鏡をかけている。

「あんまり寝てないんじゃないのかい？」

　五味の質問を凜は無視した。

　ホテルの朝食はバイキングだった。五味はグレープフルーツジュースとサラダくらいしかテーブルに持ってこなかったが、凜は数種類のパンと、皿にはオムレツやサラダ、ソーセージを載せて戻ってきた。女子はこういう時でも食事への欲求は変わらないんだなと一瞬思ったが、気持ちの余裕のなさを五味に見透かされたくないというポーズなのかもしれない。

　席に着くと凜は、食べ物には手を付けず話し始めた。恐らくは一晩中、考え続けてきたであろう、その段取り通りに。

「五味さんは、まだ父のことを恨んでいますか？」

　いきなり本質を突いた質問だったが、もちろん五味の想定内のものだった。

「ヤラセ事件で、お父さんが俺を処罰した過去について言っているんだろうね。消極的には恨んでいるけど、積極的には恨んでいないってところかな」

　当たり障りのない五味の答えは、凜が期待したものではなかったようだ。凜は一つため息をつくと、話の方向をすぐに変えた。

「私は今回のこと……今回のことってわかりますよね？　妹の写真と父の不倫映像、この二つが立て続けにガサ入れ現場にあったことは、単なる偶然だとは思えないんです」

五味も、手を動かさずにじっと聞いていた。

「写真はまだしも、あの盗撮映像は放送ではモザイクがかかっていました。つまり、『犯人』の狙いは私に観せることだったと思うんです。

私の現場デビューは、もう少し先の予定だったんですよね。でも、今回のネタがアダルトビデオ業者で、新人の女子アナを組み合わせれば話題を呼ぶということで、急遽(きゅうきょ)、私の出番が決まった。それは五味さんによる決定と上杉さんが言っていました。

私があの場所に行かなければ、父の不倫映像は意味を持たない。その機会をコントロールできる人はとても限られている」

凛は、静かな口調で五味を追い詰めていく。編集室を訪れたときも、凛は思いつめた表情をしていたが、今日のそれは前回の比ではない。

凛は休みなく言葉を続けた。

「私の中で真犯人は確定できたんですけど、実行犯がわからないんです。

私は現場にいましたが、盗撮ビデオを編集機に差し込む余裕のある人は、あの場所にはいなかったと思います。長沼さんは中継車にいましたし、ずっと目を離さなかったわけではありませんが、フロアーディレクターの高橋さんもカメラの横にいたはずですから。

ガサ入れは、もちろん容疑者には事前に知られないように内偵捜査を進めます。突入の瞬間よりも前に、ビデオを部屋の中に置くことはできないはずです。

そうなると、考えられることは、真犯人が現場スタッフとは別の誰かを送り込んでいたとか……。

いずれにしても証拠がなければ先には進まない。真犯人に言い逃れをされてしまえば、平行線のまま結論にはたどり着けないと思っています」

すでに会話には長沼や高橋といった、五味の子飼いのスタッフの名前が挙がっている。五味を名指しで真犯人としているのも同然だった。

凜の話を全て聞き終わると、五味はゆっくりと話し始めた。

「回りくどくて少し面倒臭いから、話を少しコンパクトにしてみるよ。

『生激撮！』の放送中に板橋家をターゲットにした、卑劣ないたずらがこれまでに二件。板橋さんは知らないことだけど、それ以前にも似たような出来事があった。

そして……いずれも俺の指示で、放送の真っ最中、番組スタッフもしくは第三者が関与して、妹さんの写真などを現場に置いた。これでいいよね」

凜は静かに頷いた。

「実はさ、俺の方にも犯人の心当たりがあるんだよ」

「…………」

凛は、視線を五味の眼から動かさずに聞いている。その目からは少しも油断はしないという意志が感じ取れる。

「ただね、俺にも証拠がない」

そこまで言うと、五味はグレープフルーツジュースに口を付けた。

「板橋さんは、今の時点で犯人確定に至る証拠が見つかっていない。そして、俺も証拠を摑みきれていない。となると、俺たちはまだイーブンの状態にある。それもいいよね」

凛は奥歯をぎゅっと嚙んだ状態で、五味の話を我慢して聞いている。

普通の女性なら、感情のままに五味に向かって「白状しろ」と詰め寄ってきてもおかしくないが、凛は自分の言葉を吞み込み、感情を理性でコントロールしている。五味は、改めて板橋凛という女性の頭の良さを感じていた。

しかし、このままでは会話は平行線を続ける。五味は、凛にとっては触れられたくないだろう話をあえて口にした。

「今日やっと、板橋さんが『生激撮！』のレポーターに志願した理由がわかったよ。狙いは中継現場で証拠探しをすることだったんじゃないのかい？」

凛は、顔を真っ赤にした。五味の入れた探りは的を射ていた。

「番組を終わらせたくないというのは方便だった。でも、別にそれを責めようなんて思っちゃいない。ただ一つだけ、お願いがあるんだよ。

途中で投げ出さず、当初の目的を果たしてほしいんだ」

凜は眉間に皺を寄せている。五味の真意を探ろうと必死のようだった。

「板橋さんは嫌かもしれないけど、今週の『生激撮！』の中継現場にもう一度立ってほしいんだ。前回と同じようにレポーターとして振る舞い、そこで証拠を探し続けてもらいたい。それは囮のようなものかもしれない。俺は、今週も同じようなことが現場で起きると睨んでいる。君と俺は、そこで証拠を探すわけだ」

凜は難しい表情をした。五味と対峙したときから、胸の前で両の掌をギュッと組んだ状態を続けている。凜はそこに目を落とした。料理が並ぶテーブルの上を張りつめた空気が支配している。

凜がやっと口を開いた。

「五味さんは、策士ですよね」

「そう思う？」

「ええ。父は妹の写真が放送された段階で、犯人を五味さんだと特定していました。今も『生激撮！』を終了に追い込みたいと思い続けているはずです。

でも私が出演を続けるとなると話は別。今の父は、私の言うことに絶対に逆らえない立場ですから」

五味は、にやっと笑った。

「まあ、そこまでは計算していなかったけど、次の放送で俺は必ず実行犯の尻尾を捕まえてみせる。こっちも巧妙に罠を仕掛けようと思っているんだ。

それにだよ、番組のプロデューサーの立場として、板橋凜という逸材を簡単に手放すなんてあり得ないことなんだよ」

「まだ、私は出演するともしないとも言ってませんよ」

「これは、お互いのメリットになる話だと信じている」

凜の組まれた両の掌にさらに力が入った。五味に気を許すまいという気持ちの表れなのだろう。五味が覗き込んだ二重瞼(まぶた)の奥にある瞳孔は、こちらを呑み込まんばかりに広がっていた。

五味はもう語り掛けない。凜の中で結論が出るのを待つだけだった。しばらく目で会話を続けた後、凜がようやく口を開いた。

「ここに来ても、何も解決しないとわかっていました」

凜は自分を納得させるように呟いた。

「もう一度だけ、五味さんにチャンスを差し上げます」

上から目線の言葉だったが、五味は凜らしいなと思った。

「じゃあ、しばらく休戦ということでいいかな」

凜はこくりと頷いた。伊達眼鏡を外し五味にわかるように深呼吸すると、フォークを手に取り、その先にプチトマトを刺して口に放り込んだ。そして、それを皮切りに皿の上の料理を黙々と食べ始めた。五味も、目の前にあるサラダにようやく手を付けた。

凜は自分の感情を鎮めるように、咀嚼(そしゃく)を続けた。対決から社交へとスイッチを切り替えようとしているように見える。凜は、グラスのオレンジジュースを飲み干すと、気持ちに整理がついたのか別の話題を振ってきた。

「テレビ屋って、みんな父みたいなんですか？」

父みたいというのは、不倫のことを言っているのだろう。

「そういうわけでもないだろう。いろんな奴がいるよ」

「私は、父だけはそんな人じゃないと思っていました。仕組まれたとしても許せない。五味さんも、付き合っている彼女がいても浮気するんですか？」

「まあね」

「どうしてもそうなるんだ」

「でも、君のお父さんに比べれば、俺のクズはランクが違うよ。俺はキング・オブ・クズだからね」

　五味のその言葉に、凜の表情がこの日初めて少しだけ緩んだ。

「今まで本気で好きになった女性っていなかったんですか？」

　五味は少し考えて、

「一人いたかな。八年前。二年くらい付き合っていたけど、その時は珍しく浮気しなかったもんな」

　正直に答えた。プライベートな話はあまり口にしない五味には珍しいことだった。わずかでも凜との関係性を取り戻したかったからかもしれない。

「どんな人だったんですか？」

「父親が外交官で、板橋さんみたいに帰国子女だったね。俺なんかよりもずっと頭のいい女性だったよ」

「浮気もしなかったのに、どうして別れちゃったんですか？」

「彼女は結婚したかったみたいだけど、俺はまだ仕事に集中していたかったんだよ。で、結局、彼女に振られたんだよな」

　凜は瞬く間に、皿の料理を平らげた。ここ数日、食べ物が喉を通らなかったのかもしれない。

「研修の続きの話をしてもいいですか？」

「どうぞ」

「五味さんは、本当にヤラセをやめないんですか？」

五味と凜の父親・板橋が仲たがいしたのは、その「ヤラセ」が原因だった。今の空気を壊しかねないすれすれの話題だなと五味は思った。

「こんな話を聞いたことあるかな」

五味は窓の方をちらっと見た。まだ朝方だが、窓の外には初夏の日差しが照り付けている。

「もうじき梅雨になるよね。梅雨といったらカタツムリ。じゃあ、カタツムリが好きな植物って何かわかる？」

「紫陽花（あじさい）ですよね」

「カタツムリは、紫陽花の葉っぱが大好き……まあ普通そう思うよね」

「違うんですか？」

「カタツムリにとって食用とする葉っぱは、特に紫陽花の葉に限られてはいない。つまり、人が梅雨の二大代名詞のカタツムリと紫陽花を勝手に組み合わせただけなんだよ」

「そうなんですか？」

「だけどね、もし俺がカタツムリだったら無理してでも紫陽花の葉っぱに居続けると思う。

少なくとも人目に付く昼間の時間帯はね」

「それってヤラセの話と関係あるんですか？」

「テレビ屋の仕事ってそんなものだと思うんだよ。みんなの夢を壊さないためには、多少のヤラセをやったっていいんじゃないかなってね」

「うーん、よくわからないんですけど、テレビで観る紫陽花の葉の上にカタツムリが載っている映像って、みんなヤラセなんですか？」

「全てとは言わないが、まあだいたいカメラマンかディレクターが見つけてきて、葉っぱの上に載せちゃっているだろうね」

「そうだったんだ。ショック」

凛は大袈裟（おおげさ）に驚いたふりをした。

「だからさ、テレビの中にいるカタツムリは、コンプライアンス的には、ほとんど放送できないものってことなんだよね」

「紫陽花の上のカタツムリみたいな話って、まだロケ現場にはいっぱいあるんですか？」

「あるさ。オムライスの表面が鮮やかにテカテカ光っていたら、それはサラダ油を塗っているし、ラーメンなんかの湯気は最近ならほとんどCGで載せている。中華料理人が鍋から炎を上げて、ファイアーなんてシーンをよく目にするよね。本来、料理中にあんなに火が上がることはないから、無駄な油を注ぎ入れてファイアーをやってくれているんだよ。

秋の田舎の風景を撮影するときは、カメラマンがなめて撮る（メインの被写体の手前に何かを置いて撮影する）ために、ロケバスにススキの束を常備しておくのがＡＤの仕事だったりするしね」

「そんなもんなんだ」

「いま言ったのは、ＣＭで使うような技だけど、ドキュメンタリーやバラエティの現場でも普通の作業なんだよ。だけど、それに視聴者は目くじら立てるかな？」

「ヤラセって、それを使うディレクターの良心にかかっているんですか？」

「もちろん報道は別次元だと思う。これは俺たちバラエティの世界の話だけどね」

「ふーん」

「俺はさ、視聴者と勝手に契約を結んでいるんだよ」

「契約ですか？」

「自分の心の中でね。とってもシンプルな契約さ。決して信頼を裏切りませんてね。前も話したと思うけど、俺は紳士的なヤラセしかやらないんだよ」

ヤラセの話になってからは、凛の表情から完全に警戒心は消えていた。眼にはいつもの好奇心が溢れている。

「自分がカタツムリだったらって、とっても変な喩えだけど、なんだか五味さんらしい」

「なかなかいいもんだろう。みんなの妄想を一身に背負い込んで、カタツムリが紫陽花の葉っぱの上で頑張っている姿ってのは」

凜はクスリと笑った。

「じゃあ、そんな五味さんが、いまやってみたい番組を教えてもらっていいですか？」

「『生激撮！』は、好きな番組だよ」

「そういうのじゃなくって、将来やってみたい番組です」

「そうだな……」

茶化しても、凜は許してくれない気がした。「犯人」の素性を深く知っておきたいと思っているのかもしれないが。

「最近の番組は置きに行くものばっかりだろ」

「置きに行くって、どういうことですか？」

「俺たちの間じゃ、新しい冒険がなくて、大コケしなさそうな番組のことを『置きに行く』って言うんだよ。そういう番組は、以前どこかで観たことのあるような企画で、出演者も他の番組によく出ている奴らを使う。

こういう番組は、制作者のモチベーションは低いけど、編成や営業のウケがいいんだよ」

「本当に視聴者、度外視ですね」

「俺が、もし自由にやっていいと言われたら、置きには行かない。

　むしろ視聴者の、百人中三人が面白いというものを作る。で、その三人から口コミで『この番組は凄い』って情報がどんどん伝わっていく感じかな」

「そういうの、やればいいじゃないですか」

「今の番組は、編成がほぼ初回の放送の視聴率で、半年で打ち切るか継続できそうかを決める。口コミで広がる時間を待ってくれる編成マンは、どの局を捜してもいない。つまり、俺がやりたいという番組は永久に存在しないってわけさ」

　凜は大きく息を吸って、立ち上がった。

「その話の続き、また聞かせてくださいね。これから会社に行きます。これは、五味さんのおごりでいいですか？」

「まあ慰謝料ってことで、払っておくよ」

　凜は微笑んだ。

「休戦協定のことも宜しくお願いします」

　と言いながら、凜は深々とお辞儀をし、体を起こしたときには引き締まった表情に変わっていた。

「来たときの顔に戻ったね」

五味の冗談にも顔を崩さなかった。

ヒールの音を正確に刻みながら去っていく凜の後ろ姿を、五味は座ったまま見送った。


「今週もレポーターは、凜でいく」

「彼女、もう大丈夫なんですか？」

会社に出ると、五味は制作部の小会議室に上杉を呼び寄せた。

「今朝の五時過ぎに、突然メールが来てね」

「それはずいぶん病んでますね」

「一緒に朝食を摂ったよ。最初は降りる気満々だったけどね」

「口説けたんですね」

さすがに口説けたとまでは言えず、笑って誤魔化した。それでも上杉はホッとした表情を見せた。

「でも、まだネタが決まってませんよね」

『生激撮！』のガサ入れの場所は、私立探偵の山岡修平が全国の警察とコンタクトを取り、中継先の候補をいくつか挙げてもらい、五味に連絡が入ってくる。その候補から展開の面白さやネタの被りを考慮して、五味が山岡に返す。そこで山岡は警察と最終調整に入り、放送されるネタが決定する。今までは、その作業は遅くとも、放送の前の週には終わっていた。

しかし今週のネタに限って、山岡から候補がなかなか挙がってこない。これは昨年の十月から始まった『生激撮！』で初めてのことだ。

放送は三日後の木曜日。上杉は、最悪の場合を想定し、これまでロケで撮りだめしてきたガサ入れシーンを編集でまとめ始めていた。

「それもさっき解決した」

「本当ですか」

「中継場所は広島だ。中国系マフィアのアジトだってさ」

「それは……凄い。初めてですね。山岡のおっさん、やりますね」

「山岡さんが言うには、ずっと危険ドラッグを扱う中国系ブローカーを狙っていたそうだ。やっと広島にあるアジトをツモったらしい。地元のヤクザとも繋がってかなり大きな組織になっているそうだ。

視聴率が良かったらボーナス宜しくって言っていたよ」

すでに上杉は会議室のテーブルにファイロファックスを広げ、放送までのスケジュールの逆算を始めていた。

「地元のテレビ局の中継車は間に合いますかね」

地方でガサ入れが行われる場合、系列局の中継車を借りることが通常だった。

「間に合わないことはないが、県警は相当ピリピリしているらしい。目立つ中継車より、うちの二トントラックの方がいいだろうな」

栃木の「連続少女暴行殺人事件」の放送の時に作った特製中継車のことだ。

「うちの中継車からの波を広島の系列局で受けてもらって、そこから東京に送ってもらう」

「なるほど」

「そして……広島には上杉にも行ってもらおうと思っている」

「僕もですか？」

これまで上杉が中継先に行くことはなかった。

「中国系マフィアのガサ入れは、初めてだから何が起こるか想定しづらい。現場での判断は上杉に任せるよ。

あと……もう一つ頼みたいことがあるんだ」

五味は、まだ真意が呑み込めないでいる上杉の眼をじっと見つめた。

（株）新東京テレビジョン
経理局・経理部副部長
益田涼子
渋谷区神宮前5－32－××

五月十日（水）

社屋六階にある経理部は、異様な空気に包まれていた。

益田涼子が朝九時に出社すると、出先ボードの上に「十時から緊急会議　全員必ず出席せよ」と太マジックで大きく殴り書きされた紙が貼られていた。筆跡は経理部長の小山田大輔(だいすけ)のものだった。涼子は、副部長の職に就いているが、その内容は知らされていなかった。

涼子は女子トイレに入ると、鏡の前で下ろしている長い髪をマウンテンへアクリップでまとめ上げた。戦闘態勢を整えると涼子はその時を待った。

午前十時ちょうど、二十二名の経理部員全員が会議室に顔を揃えた。部長の小山田だけが立ち、会議は始まった。

「経理部に、来週ハリケーンが上陸する」

小山田の表現はいつもユニークだ。数字ばかりを相手にする経理部で、小山田の存在は涼子の気持ちをいつも和ませてくれる。しかし、この日の「ハリケーン」という表現は、決して大袈裟なものではなかった。

「また、国税が来る」

次の言葉に、部員全員がざわつき動揺した。

涼子はげんなりした気分になった。国税局の査察は、経理部にとってまさにハリケーンの上陸を意味する。

査察開始までの期間は、資料の整理と会社専属の会計士との作戦会議で明け暮れ、会社に泊まり込むこともざらにある。そして、二週間ほどの査察の期間も、国税局職員に付き合って帳簿と領収書が山と積まれた会議室に籠もり続けることになる。

しかし、今回の査察は特別な意味を持っていた。小山田は続ける。

「前回の査察は、わずか一年前のことだ。こんなに短い期間で再び国税がやってきたためしはない。しかも、査察の実施日は来週の金曜日。つまり、あと九日後だ。全てのことが新東京テレビの歴史で前例がない。

これは完全に抜き打ち検査だ。ガサ入れみたいなもんだ」

確かに全てが異常だった。査察と査察の期間の短さもそうだし、いつもなら通知があって一か月後あたりから査察は実施されるのに今回は九日後だ。

涼子は、国税局が査察を前倒しにしたのには何か理由があると思った。具体的に見つけ出したいものがあるのかもしれない。しかし、国税局はその「具体的なもの」の情報をどうやって手に入れたのか。

小山田は、その答えを口にした。

「私の読みでは、内部告発があったんじゃないかと思っている」

その強い語気に、会議室の全員が息を呑んだ。

「すでに、この経理部の帳簿の中には『爆弾』が存在するはずだ。みんなも知っている通り、昨年末に降って湧いた、『マックスフォン』による買収話は、ここ最近、現実味を帯びてきている。

このタイミングで経理上の大きなミスが発覚すると、買収話は一気に加速することになる。それを目論んだ奴が、国税に何かのネタをタレ込んだ。

ひょっとすると、その情報はすでに総務省にも入っているのかもしれない。そうとでも考えないと、今回の国税の奇襲攻撃は理解できない」

涼子は、経理部員たちの顔を見回した。表情はいずれも険しく、心の中でその責任の重さと葛藤しているように見える。小山田は話を続けた。

「さらに、なぜ査察を急がなくてはいけなかったのか？　私の推理では、来月の株主総会の前を狙ったものと思われる。この査察で何かが見つかれば、株主総会は大荒れになる。国税にタレ込んだ者はそれを望んでいる」

小山田は、自分の一番近くにいる涼子に視線を送り、

「益田、すぐに会計士の先生と連絡を取って、こっちに来てもらうように。

いいか、時間は短い。経理上のほころびを一刻も早く発見するんだ。早期に見つけ出せば対処の仕方があるかもしれない」

口調は穏やかだったが、その眼は緊迫感に満ちていた。小山田は、最後に経理部全員に檄を飛ばした。

「これは、会社の生き残りをかけた闘いだ。全員、緊張感を持って当たってくれ」

小山田から会議を引き継いだ涼子は、その場で部員たちの仕事の割り振りを済ませ、自分のデスクに戻ると一つため息をついた。

気合を入れなくてはいけないことはわかっていたが、ここから数週間の仕事内容をイメー

ジすると、ため息の一つもつきたくなる。すぐに会計士に連絡を取らなくてはいけなかったが、涼子は、気持ちを整理するようにメールを一通打ち始めた。

『経理部に査察が入ることになって、しばらくの間デートお預けかも』

メールの相手は、いま新東京テレビを呑み込もうとしている『マックスフォン』の男性社員だった。

知り合ったのは二年前で、今回の買収話とは一切関係ない。付き合っているという噂はすぐに社内中に広まり、今年四十二歳になる涼子は「いよいよお局様も結婚か」と囁かれている。

彼氏は、『マックスフォン』の経営戦略室に所属しているため、相当精度の高い情報を握っていることはわかっている。しかし、彼氏もその話題を口にしなかったし、涼子もあえて聞かなかった。

そんな彼氏が、先週の金曜日のデートの時、こんなことを言った。

「最近、新東京テレビの番組をすごく観るようになっちゃったよ」

それは、涼子が勤める会社だから観ているという意味ではないことはすぐにわかった。彼氏は元々テレビ番組になど関心がなかった。

「どんな番組？」

「ドラマが多いかな」

「どうだった？」

「どれもお金がかかっていないって感じだったな。あのレベルでもオンデマンドで観る人って結構いるもんなのかなあ」

涼子は、彼氏が新東京テレビの番組を観る目的が呑み込めた。『マックスフォン』は、買収した暁に、新東京テレビの価値がどれほどになるのか、様々な方面から分析を進めているのだろう。そして、そうしたことを彼が軽く口に出したということは、大きな山場を乗り切った証（あかし）なのかもしれないと涼子は思った。

「それって、近々買収が実現するっていうこと？」

「声が大きいって」

涼子の質問に、彼氏は戸惑っていた。しかし、涼子の勘を裏付けるかのように、彼氏は最後に小声でこんなことを口にした。

「でも……今月中に、答えが出るかもしれないね」

そうした会話をしたのが先週の金曜で、国税が査察をすると通達してきたのが週が明けての今日、水曜日。何らかの関係があってもおかしくない。

涼子はこの二つを繋ぐ証拠を見つけるため、収支をまとめた分厚いファイルに目を通し始めた。

　その影を見つけるのに、時間はかからなかった。

「部長、これを見てください」

　デスクまで走ってきた涼子が一枚のプリントアウトした紙を、小山田の前に荒々しく置いた。

「ひょっとして……爆弾が見つかったのか？」

　小山田は涼子の眼を見て尋ねた。涼子の瞳孔は大きく開かれ、不慮の事故に直面したときの人間の眼をしていた。

「たぶん……」

　涼子はその紙にある一つの数字を指さした。

「一億四千万！」

　小山田は大きな声を上げた。しかも、涼子が持ってきたのは、古い入金記録をプリントアウトしたものではなかった。

「昨日の午後二時五十五分に入金されていました。こんな大きな入金を見落としていたなんて、本当に申し訳ありません」

涼子は深々と頭を下げた。部下の見落としだったが、管理責任は涼子にある。

「そんなことは、今はどうでもいい。入金してきたのはどこなんだ？」

「『MM＋α』。今まで取り引きしたことのない会社です」

「連絡してみたか？」

「はい。銀行から『MM＋α』の連絡先を聞いて電話してみたんですが、現在使われておりませんと言うだけで」

「無茶苦茶怪しいじゃないか」

小山田はその紙を手に取ると、

「編成に行ってくる。板橋部長のところにいるから、何かわかったら連絡をくれ」

慌ただしく走り出した。

涼子は自分のデスクに戻ると、この大金が社内のどの部署に関わりがあるものなのかを調べ始めた。営業局を手始めに、事業局、制作局に出向き聞き込みを行ったが、どこも心当たりはないという。

不意に会社の口座に舞い込んできた、落とし主不明の一億四千万円。

もし国税局の人間の目に触れたら、大変な興味を抱くに決まっている。査察の通達のあった日の前日に振り込まれたということは、小山田のいう「爆弾」の可能性が極めて高い。

「一体、君は何者なの？」

涼子はプリントアウトされた「１４０、０００、０００」の数字を見つめ続けた。

涼子の脳裏で、この数字とある映像がリンクした。その映像を観た瞬間はそれほど深い意味も考えず、軽い違和感を覚えただけだったが。

それは、先週の『生激撮！　その瞬間を見逃すな』の放送中に飛び込んできた〝入り中〟の映像だった。

牛田自動車の新車発売のニュースで、わざわざ〝入り中〟までして扱う必要のない所謂暇ネタだった。牛田自動車が営業部にタイアップとして持ち込み、それを報道部が渋々呑んだのだろうと想像しながら観ていた。

しかし、いま冷静に考えると大きな疑問が浮かび上がってくる。

タイアップ自体、報道部では禁じ手だった。しかも、〝入り中〟でのタイアップなど聞いたこともない。さらに気になったのは、ガサ入れ直前という最も視聴率の上がるシーンに〝入り中〟が挟み込まれたことだった。全てが事前に段取りされていた可能性が高い。

涼子は携帯を取り出し、五味の元にメールを送った。

『ちょっと質問。先週の放送中に牛田自動車の新車発売の〝入り中〟が挟み込まれたと思うんだけど、剛君は事前に知っていた？　大至急、返事頂戴！！！』

涼子は、年上の五味のことを「剛君」と呼んでいる。

実は、二人は八年ほど前まで付き合っていた。二年足らずの交際だったが、今も涼子は五味の番組を欠かさずチェックしている。

そして、五味が「タイアップ」というものを、どのディレクターより嫌っていることも知っている。

五味からのメールはすぐに返ってきた。

『知っていたよ』

やはり〝入り中〟は計画的なものだった。さらに、涼子はメールからもう一つのことを感じ取った。

五味は、こと番組作りに関して、異常なまでに頑固な男だ。そんな五味が自分を抑えてタイアップを許した。五味が逆らえなかった相手とはどんな人物だったのだろう。それはうっすらとした予感でしかなかったが、その人物と一億四千万がどこかで繋がっているような気がした。

いまメールで確認してもよかったが、五味が本当のことを言うとは思えなかった。しかし調べる手段は他にもある。涼子は椅子から立ち上がった。

小柄なことにコンプレックスを抱いている涼子は、いつも高めのヒールを履いている。六階の廊下に速いテンポのヒールの音が鳴り響いた。

向かった先は経理部の二階上にある八階の報道センターだった。

広々としたフロアーから目当ての人物を捜す。

「小野くーん」

声をかけたのは涼子と同期入社の報道部長の小野だった。

「ごめん、いま夕方のニュースで手が離せない」

報道センターの中央にある円卓テーブルで、小野は記者たちに囲まれながらニュース原稿に目を通していた。しかし、涼子は小野に近づくとお構いなしにニュース原稿の上に、あの紙を置いた。

「困るよ。見ればわかるだろ」

「ごめん、一瞬でいいんだ」

涼子の強い口調に、囲んでいた記者たちが距離を取る。小野は涼子の押しの強さをよく知っていた。諦め顔で紙に目を落とす。

「何だい、これは？」

「ここを見て」

涼子は「１４０、０００、０００」の数字を指さした。

「千四百万？」

涼子は、周囲には聞こえないように小野の耳元で囁いた。

「違うよ、一億四千万円。昨日の午後入金があったの。心当たりはない？」

小野は、思いを巡らせたが答えは見つけられない。

「『ＭＭ＋α』って会社は知らない？」

涼子のこの質問で、小野の表情が一瞬にしてこわばった。小野が１４０、０００、０００の数字の横を見ると、涼子の言う『ＭＭ＋α』の文字が目に入った。

「知っているのね？」

「う、うん」

「これは場所を変えた方がよさそうね」

涼子は報道フロアー内にある小さな会議室に小野を連れ込んだ。テーブルを挟んで座り、さながら取調室のような空間で涼子は小野への質問を再開した。

自分でも少し飛躍しすぎかなと思う質問から、涼子は始めた。

「この会社、先週の〝入り中〟のタイアップの代理店か何か？」

小野は小さく頷いた。涼子は釣糸の先にある浮きがピクンと動いたような興奮を覚えた。

小野の顔色はすでに青ざめていた。本来タイアップなど許されない報道で、一億を超える報酬があったのだ。部長である小野の心理状態は十分察しがついた。

「なるほど。小野君は入金の額まではきっと知らされてなかったのね。でもタイアップ料としたら、一億四千万は大きすぎるわよね」

小野も数字の意味を必死で考えていた。涼子も小野が日頃は冷静な判断ができる報道マンであることは承知している。しかし、目の前の小野はうろたえるばかりの情けない男と化していた。

「今回のタイアップ話、考え付いたのは小野君でも五味さんでもないわよね。一体、誰の指示でやったのかしら？」

涼子はあえて穏やかな口調で、小野を追い詰めていく。小野はすっかり萎縮してしまい、もじもじしているだけだった。

「小野君、このお金がどういうことになるのか考えてほしいの。来月には株主総会がやってくるわよね。そして来週には、この会社に国税が査察に来ることが決まっているの。つまりね、その査察の時、このお金は大変な爆弾になるかもしれないの」

小野はそれでも口をつぐんでいる。五味にタイアップを強要し、いま小野の口を閉ざさせる人間は相当な大物なのかもしれない。

しかし、小野にはなんとしても黒幕の正体をしゃべってもらわないとならない。

涼子は手ぶらで経理部に戻るつもりはさらさらなかった。

「実はね、この『ＭＭ＋α』という会社は、もう連絡がつかなくなっているのよ」

「本当に？」

小野は自分の携帯を取り出し、中に入っている『ＭＭ＋α』の番号にかけてみたが、返ってきたのは「現在使われておりません」のメッセージだけだった。

小野も、さすがにその悪質さに気が付いたようだった。

「きっと、これはプロが仕組んだ犯罪行為なのよ。指示した人を話してもらってもいいかな」

小野は観念したように口を割った。

「これは藤堂さんのアイディアで……」

「藤堂さんって？」

涼子はすぐにはその名前の人物が思い浮かばなかった。

「藤堂取締役」

聞けばなるほどと思った。藤堂は元報道局長で小野の上司に当たり、五味も以前、『生激撮！』は藤堂の働きによって誕生したと語っていたのを思い出した。

小野は付け加えた。

「藤堂さんは、報道の予算がどんどん減っていくことにずっと気を遣ってくれていたんだよ。それでタイアップで稼ごうということになったんだ。

『生激撮！』もスポンサーが付いていなかったので、五味さんもそれを了承して。高視聴率番組の〝入り中〟なら、大きなタイアップ料を稼げるって……」

ぐずぐずと言い訳する小野を涼子は制した。

「でもタイアップ料にしては、一億四千万は大きすぎよね」

「確かに……」

二人の間にしばらく沈黙が流れた。二人は、一億四千万円の正体に思いを巡らせた。どうして、『ＭＭ＋α』はこの金額を入金してきたのか。その原資は一体何なのか。

涼子の表情が歪み始めた。変化に気づいた小野が逆に尋ねる。

「何かわかったの？」

「ひょっとすると……滅茶苦茶まずいかも」

涼子は唾を飲み込んだ。そして小声で囁いた。

「エコカーのニュースは、あの〝入り中〟の時が世間には初出しのものだったの？」

「もちろんそうだよ。あんな暇ネタでも一応ニュースだからね」

涼子の声はさらにトーンを下げる。

「これは……インサイダー取引かもしれない」

「ええ？」

小野は目を丸くした。話している涼子自身も、全身に鳥肌が立っているのがわかった。しかし、頭の中で集めた事実から解を導くと、インサイダー取引という答えしか浮かんでこない。

涼子の中に「インサイダー取引」というワードが閃いたのにはわけがあった。以前も社内の情報バラエティ番組の中で、痩せるサプリメントを紹介し、その商品を扱う薬品会社の株で儲けた社員がいた。

「でも、夜の放送じゃ株式市場は閉まっていて意味がないじゃないか？　いや、それ以前にあの日は祝日だった」

「そう、日本ではね。あの車は海外でも売られるんでしょ？　確かアナウンサーがそんなことを言っていた」

「ああ、日本から一か月遅れで、北米とヨーロッパ、アジア各地で発売されるという内容だったけど……」

「以前、五味さんから聞いたことがある。『生激撮！　その瞬間を見逃すな』は、海外でも同時間帯に生放送されているんでしょ」

小野には、もう言葉がなかった。

『生激撮！』の海外放送が始まったのは、今年の頭から。番組は同時通訳で放送され、特にイギリスでは在留邦人、企業、そしてロンドンっ子にも評判が良いと五味が言っていた。

「あの車、年間百万台を目標に売るって言っていたわよね。株価への影響は大きいわ。きっと『MM＋α』は、海外で放送前に牛田自動車株を大量に買い付けて、値が急騰した直後、売り逃げたんだと思う」

しかし不思議なことは、そのせっかく儲けた大金をわざわざ新東京テレビに振り込んできたことだった。涼子の頭の中に再び、小山田が語った「爆弾」という言葉が浮かんできた。

「なんとなくわかってきた。今回は株で儲けることが本来の目的じゃなかったのよ。『MM＋α』がいくら稼いだかはわからないけど、一億四千万もうちに振り込んできたんだから。狙いは、その入金を国税局に見つけ出させることだったんじゃないかしら。それがインサイダー取引だったら、なおさら国税局のお手柄になる」

小野の顔から血の気が引き、脂汗が頰を伝っている。

「でも、なんで取締役の藤堂さんが、そんな会社の不利益になることをしなきゃならないのかしら？」

小野にもその理由はわからなかった。それどころか信頼する上司の会社に対する背任行為がいまだに信じられないでいるようだった。

「ここから先は、編成の板橋さんの範疇かもね」

涼子は席から立ち上がった。

「あっそうだ。藤堂取締役とのメールとか、もし通話の録音とかあったら一式揃えておいた方がいいよ。じゃないとインサイダー取引が小野君のせいにされちゃうから」

小野が涼子を引き留めた。

「どうしよう。どうしよう……」

声が上ずっている。

「この話を藤堂さんから聞いたのはサウナの中で、その後は『MM＋α』から直接連絡が入って……証拠が、証拠が、恐らく何も残っていない……」

涼子にも、事態の深刻さが伝わってきた。

「わかったよ。落ち着いて。板橋さんと対処方法を考えてくる。電話に出られるようにしておいてね」

涼子は、小野と別れると報道センターから非常階段に向かった。編成部は三階下になる。

しかし、涼子が非常階段を選んだのには理由があった。

踊り場で、涼子は携帯を取り出した。

「もしもし、剛君」

緊急事態を一刻も早く五味に伝えなくてはいけなかった。電話に出た五味に涼子は早口で、『MM+α』から会社に一億四千万の入金があったこと、まだ裏取りの作業は必要だが、それがインサイダー取引による稼ぎだった可能性が極めて高いことを伝えた。

「インサイダー取引?」

電話の向こうで五味が声を詰まらせた。涼子は最後に、祈るような気持ちで五味に尋ねた。

「藤堂取締役とのやり取りのメールとか、通話の録音とか残っていない?」

「タイアップの話を持ちかけられたのは、藤堂さんが会員のスポーツジムのサウナの中だったんだ。それ以降は全て、小野君が代理店と進めていた」

五味の返答は小野と同じだった。

小野から聞いたときは、交渉場所がサウナの中だったことに、涼子は多少の違和感を持っただけだった。しかし、五味もとなると深く考えざるを得ない。藤堂がどれほど慎重な男なのかはわからなかったが、録音機などが持ち込めないという理由で、そこを交渉場所に選んだ可能性も否定できない。

涼子の頭の中で取締役の藤堂静雄の存在が大きく膨らんでいく。そして、最悪のシナリオばかりが次から次へと浮かび上がってきた。恐らく国税局に「爆弾」の存在をタレ込んだのも藤堂に違いない。ひょっとすると藤堂は、小野と五味の名前まで国税局に伝えているかもしれない。

このままだとインサイダー取引の主犯に小野と五味が祭り上げられてしまう。

考えを巡らせると、思わず非常階段の踊り場にへたり込み、涼子は携帯を握りながら、その場で泣き始めた。

大金に隠された秘密を調査していたのは、もちろん会社のためだった。しかし、それと同時に自分の力で五味を守りたいという気持ちも大きく働いていたのだ。

電話に五味の声が聞こえてきた。

「涼子、大丈夫だって。自分の尻は自分でちゃんと拭くから」

「ど、どうやって？」

涼子は涙声で尋ねた。

「今はわからない。これから見つけ出すさ」

そう言うと五味は電話を切った。涼子はハンカチで涙をぬぐうと、再び階段を走り下りた。

同日　午前十時

経理部は社屋の六階、制作部は四階にある。

制作部は社内で最も雑然とした場所だ。デスクの上が絶えず整理されている経理部とは違い、収録やロケで使った美術品や衣装、長期ロケ用のトランクなどが至るところに散乱し、ほかの部署からは「ゴミ屋敷」と呼ばれている。午前十時なら、椅子を並べて仮眠を取るADの姿も珍しくない。

制作部のフロアーの隅には、オフライン編集室が長屋のように連なっていた。その一室は、五味剛のお気に入りで、これまで数多くの番組を作ってきた場所だった。

そこに、籠もっていた五味が、編集機のモニターに映し出していたものは、板橋凜が父親の不倫映像を目撃するシーンだった。朝から何度も再生を繰り返している。

それを眺めながら、五味はふと昔のことを思い出した。

板橋庄司とは同期入社で、ADの頃はこの制作フロアーで同じ釜の飯を食った仲間だ。ほかにも同期はいたが、なぜか二人は馬が合った。頻繁に飲みにも行ったし、そこでは上司のディレクターの悪口を言い合ったりもした。

AD業務の中では、少しだけ要領のよかった五味は、はかどらない板橋をフォローすることも多かった。それでも五味は東大出の板橋を見ながら、こいつは将来、会社で偉くなるんだろうなとぼんやりと思っていた。

板橋が制作部を離れても、その付き合いは続いた。暇を見つけて酒も飲んだし、そこで愚痴も言い合った。

二人が顔を合わせる機会が減っていったのは、忙しくなってきた三十代の頃からだった。そして、その関係に終止符が打たれたのが、今から四年前のヤラセ事件のとき。今では板橋は、社内で最も遠い人間になっている。

そんな板橋の娘・凜と出会ったことに、五味は運命的なものを感じていた。凜の登場は、そろそろ板橋との関係を修復すべき時が来ていることを示唆してくれているのかもしれない。


午前十一時。

五味は編集室から出て、制作部の会議室で、明日の『生激撮！ その瞬間を見逃すな』のスタッフミーティングを開いた。

顔を揃えたのは、上杉、現場担当の長沼、高橋、そしてAD二名と放送作家が二名。加えて報道色の強い番組ということでお目付け役の情報局のプロデューサーが一名。『生激撮！』はゴールデンタイムの番組としては信じられないくらいの少人数でこなしていた。というのも、番組の肝であるガサ入れ先の情報はそもそもが機密性の高いもので、警察からも信頼の置けないスタッフは排除するようにときつく申し渡されていたのだ。

五味が、八人に向かって話し始めた。

「明日のガサ入れ先は、広島市の繁華街近くにある中国系マフィアのアジトだ。ちょうどこの辺り」

五味はホワイボードに貼られた地図を指さした。

「アジトって聞くと少人数の空間をイメージすると思うけど、ビルが丸々一つっていう暴力団事務所みたいな規模だ。地元では中国人ビルと呼ばれているらしい」

「ヤクザがメインの広島でよくそこまで大きな組織になりましたね」

メモを取りながら尋ねたのは長沼だった。

「暴力団排除条例が六年前の十月、東京都と沖縄を最後に全都道府県で施行されるようになってから、中国系マフィアは全国で勢力を伸ばしたんですよ」

長沼に向かって放送作家の一人が説明した。

「へえー」

「ヤクザが表だって活動できなくなって一番喜んだのは、彼らです。ヤクザの代わりに店からみかじめ料を集め出して地盤を強化しました。昔なら中国系マフィアの拠点はみんな中国本土でしたが、最近では日本の各都市に立派なアジトが出来上がっています」

近いうちに中国系マフィアのガサ入れがあるかもしれないと、放送作家は五味から下調べを頼まれていた。彼の説明は続いた。

昔なら、密入国による出稼ぎ感覚が主流で、ピッキングや偽造カードなど場当たり的な犯罪を繰り返していたが、今では長期で日本に居座る者も増え、より組織的な犯罪が増えているという。

五味が具体的な話を始めた。

「今回のガサ入れの目的は、危険ドラッグの押収だ。広島県警の調べでは、密輸だけでなく、中国から『肥料』を大量に輸入して、それで危険ドラッグを作り続け、ネットなども使って売りさばいているらしい。そのほか警察は『振り込め詐欺』の容疑も視野に入れている」

「ワクワクしますね」

上杉が周囲を鼓舞するように言った。

「中継車は、この会議が終わったらすぐに広島に発(た)つように。そして今回は、ガサ入れ先が中国系マフィアだから、予期せぬトラブルが起きるかもしれない。そこで上杉にも現地に行ってもらう。サブは、俺が指揮する」

「大丈夫ですかね？」

上杉の茶々に、五味が人差指でキューを振る仕草をして、みんなを笑わせた。

「上杉は明日、凜ちゃんと飛行機で飛んでもらう」

すると長沼が言った。

「また板橋部長を狙った何かが、現場に置かれているなんてことあるんですかね」

冗談半分の発言だったが、会議室は一瞬静まり返った。

その時、五味の携帯がメールの着信を知らせた。

「ごめん、一瞬」

経理部の益田涼子からのメールだった。文面を読みながら五味は眉間に皺を寄せ、右耳に小指を突っ込んだ。

『ちょっと質問。先週の放送中に牛田自動車の新車発売の〝入り中〟が挟み込まれたと思うんだけど、剛君は事前に知っていた？　大至急、返事頂戴！！！』

そのメールの内容はあまりに唐突で、しかも緊迫感が伝わってくる。しかも、どうして経理部の涼子があの〝入り中〟のことを気にしているのか、考えは及ばなかった。

五味は、詳細はミーティングの後で涼子に確認することにして、返信だけ短く打った。

『知っていたよ』

会議室を出ると、広報部とラテ欄についての打合せを済ませ、五味は十階にあるATMに向かった。

広島に出張するスタッフの仮払いの出金が間に合わないために、自分の口座から立て替えることにしたのだ。

二十万引き出した五味は残高に眉をひそめた。その額は予想を大きく超えていた。入金記録を調べると、

「なんだ、これ！」

思わず声を出してしまった。

前日の午後二時五十五分に百万円の入金がある。

そして金額の横に目を移すと、相手の名前は『MM＋α』だった。その名前を思い出すのに普通なら時間がかかっていただろうが、ついさっきの涼子からのメールが記憶を繋いだ。

すでに五味の後ろには三人ほどの列ができていた。それでも五味はATMの前を離れることができなかった。

なぜ『MM＋α』は自分に百万円を振り込んだのか？〝入り中〟に手を貸したとはいえ、その協力費が個人に払われることなどあり得ない。ましてや額も桁外れだった。考えれば考えるほど胸騒ぎが増していった。

五味は、取りあえず情報に一番近そうな報道部長の小野に連絡を取ろうと思った。電話をするなら、誰にも聞かれずに済む場所がいい。五味は再び朝から籠もっていたオフライン編集室に向かった。

部屋に入るとすぐに携帯が鳴った。相手は涼子だった。珍しく上ずった声の涼子に、五味は思わず聞き返した。

「一億四千万？」

涼子がもたらした情報は、その全てが五味にとって青天の霹靂（へきれき）といえるものばかりだった。涼子は早口で、今日これまでに自分が知り得たことをほぼ一方的に話し続けた。国税局の査察、『MM＋α』による入金、小野の証言、そして〝入り中〟によって行われたインサイダー取引。

聞きながら五味は、とんでもない迷路に迷い込んだような錯覚にとらわれた。

携帯を耳に押し当てながら、狭い編集室の中をうろうろと歩く。喉もやたらに渇いた。目の前にあった缶コーヒーを口に持っていったが、すでに空だった。

涼子は、このままだとインサイダー取引の犯人に祭り上げられてしまうと強調した。

いまさっき目にした「百万の入金」の意味がようやくわかった。あれはインサイダー取引の報酬を表し、五味を犯人に仕立て上げる「証拠」そのものだったのだ。

五味は、その百万のことを涼子には伝えずに携帯を切った。これ以上の心配はかけたくないとっさに判断したのだ。


編集室の椅子に腰かけると、涼子の話を反芻した。

涼子は、一億四千万の会社への入金は、『マックスフォン』の買収の追い風になると言っていた。

これまで五味は、『マックスフォン』の問題は、自分の与り知らぬことと思ってきた。それは社の上層部が解決するもので、自分はそれに従うまでだと。

ところが、知らぬ間に自分の周囲が、その主戦場と化していた。

もちろんこれまでのテレビ屋人生の中でも、身の回りで政治的な動きや醜い駆け引きを頻繁に目にしてきた。しかし、五味はそれにはなるべく関わりを持たないように行動してきた。自分は番組を作るためにいま新東京テレビにいる。向き合うのは視聴者を措いてほかにはいない。その信念に常に従ってきたのだ。

しかし、四十歳を超えれば社内でもそれなりの立場になる。気にもしなかったが、同時に権力も手にしている。そして、それを利用する人間も現れる。

それに対するディフェンスを怠ってきた自分の甘さを、この瞬間、痛切に感じていた。今まで経験したことのない危機感。涼子には強がってみせたものの、不安が増殖し続ける。

そして、五味の心に重くのしかかったのは、全てを画策したのが、藤堂静雄だということだった。

藤堂は『生激撮！』を世に出すことに奔走してくれ、五味の中では自分の番組作りに影響を与えた男だった。その藤堂にはもう一つの顔があった。五味が知っているのは純粋に番組に対峙するプロデューサーの顔だけで、ドロドロした政治を操る取締役の顔をいま初めて知った。

どちらが本当の藤堂静雄なのか。今までの藤堂とのやり取りを思い返してみても、答えなど出てこない。

いずれにしても、藤堂が作り上げた大きな罠の中心で、自分は身動き取れない状態で捕らえられている。

「これから俺はどうなるんだろう」

混乱する思考を、必死に落ち着かせようと五味は努めた。

同日　午後七時

編成部長の板橋庄司は、社屋十階の食堂のすぐ横のスペースに設けられた売店のレジの前に立っていた。

「マルボロライト一つ。あと、このライターも」

レジに並ぶ百円ライターも買い足した。

そのまま喫煙コーナーに向かう。そこには有難いことに誰もいなかった。

喫煙コーナーは壁一面がガラス張りで、昼間なら明治神宮の森が一望できるが、今は漆黒の闇が広がっている。

煙草のボックスから一本取り出すと、火をつけ目をつぶって煙を深く肺に吸い込んだ。久しぶりのニコチンは頭をくらくらさせる。板橋は四十歳になると同時に禁煙した。つまり四年ぶりの煙草だ。

つい手を出してしまった一番の理由は、三時過ぎに飛び込んできた、益田涼子の集めてきた情報だった。

今週に入り、板橋は『生激撮！』打ち切りに向けた作業に没頭していた。

自分の不倫映像がネットに流出したのは一昨日の月曜日。すぐに著作権部の同僚に極秘で画像を削除してもらったので、社内でもそれを観たという噂は立っていなかった。

五味が自分への攻撃に使っている『生激撮！』をできるだけ早く終了に追い込まなくてはいけない。できれば六月いっぱいで打ち切り、七月からは新番組に切り替えたい。しかし、高い視聴率の番組をどうやって終わらせるか。周囲が納得する理由が欲しかった。そこでJRとの話を急いでまとめ、一社提供枠を作ることに時間を費やしていた。

ところが、そんな作業よりも急務といえる事態が、この日起きた。

板橋は、朝出社してすぐに、国税局による査察が入ることを知った。

そして、午前十一時半過ぎに経理部長の小山田が、自分のデスクに第一報をもたらした。前日の二時五十五分に入金された一億四千万もの大金は、小山田が言うように「爆弾」の匂いがプンプンしていた。

さらに、副部長の益田涼子が決定的な証言を手に入れて、板橋の元にやってきた。

「これは裏取り作業が必要なことで、あくまで私の推測です」

そう前置きして、涼子は『生激撮！』の〝入り中〟に端を発したインサイダー取引について説明した。

その瞬間、板橋は凍り付いた。

国税局の査察を目前にした「インサイダー取引」という言葉はあまりにインパクトがあった。不正によって入金された一億四千万円という「爆弾」は、国税局が帳簿の中に発見した瞬間、スイッチが押され爆発する。

それは新東京テレビを壊滅的に破壊する威力がある。六月に行われる株主総会は大変なことになるだろう。いや、それ以前に総務省は、今回の落ち度に乗じ、『マックスフォン』の傘下になることを提案してくるだろう。それはもはや民放連もかばい切れなくなる事態だ。

「インサイダー取引という話は、どれほどの精度を持っている？」

板橋の質問に、涼子はこう答えた。

「あれほどの金額を、タイアップ料として出す企業はどこにもありません。ここに来る前、海外マーケット、特にロンドン市場での牛田自動車株の動きを見てみましたが、正午に『生激撮！』の放送が始まり、その中で〝入り中〟があると、その直後に株価が跳ね上がっていました。

そして、今回〝入り中〟を指示した人物もわかりました。小野勇気の証言によります。その人物は……藤堂取締役でした」

〝入り中〟の仕掛け人が藤堂であることは、板橋の予想の範囲だった。しかし、その狙いがインサイダー取引だったとは。

今週の月曜日、社長の伊達は、藤堂を社長室まで呼び寄せ、『マックスフォン』との交渉を直接依頼したはずだ。しかし、それは『生激撮！』に〝入り中〟が差し込まれた四日後のことになる。

藤堂は、すでに計画を実行したうえで伊達の元を訪れていたことになる。表面では協力的な姿勢を取り、裏では伊達や自分に対し宣戦布告を行っていた。伊達の出方を確認したうえで、最終的に「入金」というゴーサインを出したのかもしれない。

板橋は二本目の煙草に火をつけた。真っ黒に広がる明治神宮の森は、強い風に煽られ木々が揺れ、森全体がうごめいているように見える。

板橋はガラスに映った自分の髪を見て驚いた。オールバックにした髪に異様に増殖した白髪。まるで深い森の中に迷い込み、気が付けば変わり果てて年老いていた自分……。板橋は悪い夢を見ているような錯覚にとらわれた。

黒縁の眼鏡を外し、鼻の付け根を指先でギュッと押さえる。そして呟いた。

「これも全ては、身から出た錆なのか」

藤堂のクーデターのような行為。出世のラインから遠ざけ、報道部に対する桁外れの予算削減。そうしたものの反動が一気に押し寄せてきた。

五味剛に対する仕打ちも、同じようなしっぺ返しとして自分に戻ってきたのか。

それらは全て、会社のためにしてきたことだと思っている。しかし、その会社自体、『マックスフォン』によって自分の手の中から離れていこうとしている。

気が付けば、煙草の先端には長い灰が連なっていた。夜の八時からは、社長の伊達と共に重要な人物を接待することになっている。

板橋はよろけるような足取りで、喫煙コーナーを後にした。


夜十時半。紀尾井町にある『エンパイアホテル』。

ホテルにある料亭で接待を済ませた伊達と板橋が向かった先は、地下にある会員制のバーだった。

カウンターの端で、社長の伊達はバハマ産の葉巻をきつく噛み締めながら押し黙っている。

板橋も、目の前の赤ワインのグラスをじっと見つめていた。

「ほぼ、最後通告でしたね」

切り出したのは板橋だった。

「今夜の亀山はまるで別人だ」

伊達は声を絞り出すように言った。

二人が接待したのは、総務大臣の亀山史郎だった。総務省はテレビ局をはじめ放送業を一手に管轄している官庁だ。

去年の暮れ、大手携帯会社『マックスフォン』が新東京テレビに触手を伸ばしているという情報を伊達に伝えてくれたのが、亀山だった。そこでの話は、『マックスフォン』は、総務省の官僚をすっかり取り込んでいたが、亀山自身はまだ接触していないというものだった。

しかし、この夜の亀山はすっかり『マックスフォン』側の人間に変貌していた。会食の中で、今の新東京テレビの経営状態なら、その傘下に入るのも選択肢の一つだと伊達を説得し始めたのだ。二人は亀山の態度の変わりぶりに面食らった。

「大臣の耳にも、インサイダー取引のことが入っていたんでしょうか？」

「藤堂と亀山は我々以上に繋がっている。間違いないだろうな」

板橋は、益田涼子からの情報をすぐに電話で伊達に伝えた。聞いた瞬間、伊達は狼狽していた。電話口で「そんなことが発覚したら、『マックスフォン』に呑み込まれる以前に、俺の首が飛ぶ」と呟いた。

「藤堂とは連絡はついていないのか？」

「直留守です。今日は社にも出てきていなかったようです」

「名前を口に出すだけで吐き気がする。あいつとは二日前に会ったばかりだぞ。その時は

『マックスフォン』を動かしてみせると言い切っていたんだ。俺の前でよくもあんな口を叩けたもんだ」

藤堂は、伊達を完全に手玉に取っている。苛立つ伊達を、板橋は冷静な目で見つめていた。

「専務という肩書をくれてやったのに、とんでもない裏切り行為だ」

そう言うと伊達はバーボンの入ったグラスをあおった。

板橋の頭の中に、つい三時間ほど前に自分に向けて使った言葉が再び浮かび上がった。

「身から出た錆」

以前、藤堂を専務にしてほしいと伊達に頼んだことがあった。その時、伊達はこう言い切った。

「いいだろう。但し藤堂は危険な男だ。この二か月、その肩書でせいぜい『マックスフォン』との交渉に頑張ってもらって、株主総会の後『新東京出版』の社長に飛ばすことにしよう」

買収の憂き目に遭う会社を救うかもしれない功労者を、その時すでに切り捨てていた。藤堂も、その伊達の冷酷さを嗅ぎ取っていたのかもしれない。

伊達は、葉巻を灰皿でもみ消しながら続けた。

「報道部長の小野や五味に、〝入り中〟を持ちかけた場所がサウナだったというのは本当の話か？」

「ええ。録音機の持ち込めない場所を選んだようです」

「ふん、小賢しい真似を。完全犯罪気取りかもしれんが、これで終わりじゃない。絶対に尻尾を摑んでやる。

国税の査察まではまだ九日ある。ひっくり返すには十分すぎる時間だ」

伊達はバーボンのグラスをバーテンに差し出し、二杯目を要求した。

「知り合いに元金融庁の人間がいる。一時期ＳＥＳＣ（証券取引等監視委員会）にも所属していたことがある。そいつに頼んでＭＭなんとかという連中を炙り出してやる。インサイダー取引の問題さえ片づけば、まだ土俵を割ったことにはならないからな」

息巻く伊達に、板橋が元気のない声で言った。

「しかし、藤堂はまた次の手を打ってくるんじゃないでしょうか？　今回のことは宣戦布告に過ぎない……そんな気がしてならないんです」

すると、伊達が大きな声を上げた。

「お前が弱気になってどうするんだ！」

バーテンも店内にいた他の客もこちらを振り返った。伊達は気にもせずに続けた。

「何度も言うが、本当の山場は次の株主総会だ。そこでは、お前が考えた『マゴマゴキンはずだ。
俺が株主たちと民放連を押さえていれば、『マックスフォン』だってそう簡単にはいかない
グ』が秋から始まるということも発表する。あれは経営努力を示す目玉商品だ。その一方で、

ここからは気力と気力の勝負だ。お前が戦意を失ってどうする」
「すみません……全力で当たります」
板橋にはそう返すのがやっとだった。
「そのためには失点をしちゃいけない。事故、ゴシップ、民放連がそっぽを向くようなこと
は絶対にあっちゃいけない。四年前か？　ヤラセがあったな。あんなこと絶対にやらせるな。
株主総会まではイエローカードを一枚も出さずにいくんだ。
残りはあと五十日余り。いま以上に監視の目を光らすんだ。このピンチを乗り切ったら、
それこそお前を専務に昇格させてやろう」
「わかりました」
これ以上反論しても意味はない。
これまで伊達から帝王学を学ぼうと必死にそのあとを追い続けてきた。しかし、今晩の伊
達にはそうした魅力が一切感じられなくなっている。伊達が発した「専務」という言葉に脳
が拒絶反応を示している。

伊達は再びバハマ産の葉巻に火をつけた。スマートに葉巻をくわえる伊達に憧れていた頃もあった。そう「あった」。ファッションはもちろん、育ちの良さが滲み出る身のこなし全てが、板橋の目標だった。しかし、今はそれらがとても薄っぺらなものに感じられ、一度剝がれてしまえば、人望も実力もない空っぽな人格だけがむき出しになっている。

伊達の口からゆっくりと吐き出される煙を見つめながら、板橋の心はますます乾いていった。


伊達と別れた板橋は、タクシーを会社に向かわせた。

家に戻る前、少しの時間だけ編成のデスクに座り、自分を見つめ直す時間が欲しかった。窓の外を人の少ない表参道の街並みが流れ去っていく。

「感傷的になっているのか」

タクシーの後部座席で独り言を呟く。

「絶望的な状況になると、人は優しくなるものなのかもしれないな」

そして、自虐的な笑みをこぼした。

「凜とも、そろそろ和解をしないとまずいよな」

先週の『生激撮！』の放送以来、凜との音信は途絶えたままだ。友人の家を泊まり歩いているということで家にもずっと帰ってきていない。アナウンス室に行けば会えるのかもしれないが、そうするのは気が引けた。

謝罪のメールは送っていない。直接顔を合わせて謝ろうと決めていた。

夜の十二時を回った編成部は、非常灯だけの暗闇だった。照明をつけて自分のデスクを目指す。

デスクに近寄ると、その上に三枚のファクスが置かれていた。

ファクスを手に取った板橋は、立ったまま大きな声を上げた。

「うそだろ！」

ファクスを持つ手は震え、呼吸が荒くなり、黒縁の眼鏡の奥で瞼が軽く痙攣(けいれん)した。

それは明後日、金曜日発売の週刊誌のゲラ刷りだった。その見出しには大きくこう書かれている。

「破廉恥！　新東京テレビの編成部長の不倫動画をネットで発見！」

板橋は心の中で「なぜだ、なぜなんだ」と繰り返す。椅子に座って記事を細かく見始めた。

記事には、動画から抜き取った写真が五枚ほど使われていた。下着姿の加藤彩とバスタオル一枚で楽しく会話する自分。ベッドの上で行為に及ぶ二人。彩の顔にはぼかしが入っていたが、板橋はそのままだった。写真の画質は荒れていたが、自分だとはっきり認識できる。

そして、動画は、先週摘発されたアダルトビデオ業者『ノンスタイル映像』が盗撮したものので、新東京テレビ編成部長の板橋はゆすりに遭う直前だったと書かれていた。

事の始まりは、先週の木曜日に放送された『生激撮！』だった。

同じデスクで板橋はその放送を観た。それは娘の凜が初めてゴールデンタイムにデビューした番組だった。凜は、生中継の現場で見事に自分の仕事を果たし、板橋もその活躍を喜んだ。

しかし、すでにそこで異変は起きていた。

その日のガサ入れ現場はアダルトビデオ業者だった。そして、事務所に置かれた編集機に、なぜか板橋の不倫映像が流れていたのだ。その映像は放送上ではモザイクがかかっていたので、板橋本人も自分が映っていることに気づかなかった。

全てがわかったのは、今週の月曜。不倫映像がネット上に流出したときだった。板橋は、著作権部を使ってすぐにその映像を全て消させたので、社内にも妻にも知られずに済んでいた。

ただ唯一、関係がこじれたのは娘の凜とだった。彼女は、中継現場で父親の不倫映像をモザイクなしで目にしていた。凜は放送のあった木曜日から、家には戻らずメールの返信すらない状態だった。

　そして、その映像が週刊誌の記事に形を変え、金曜日に発売されようとしている。板橋の脳裏に真っ先に浮かんだのは、妻の直子の顔だった。この記事で娘に続き、妻にも全てが知られてしまう。結婚後、浮気は何度もしたことがあったが、妻にバレたことも怪しまれたことも一度もなかった。自分の家庭は、一体どうなってしまうのか。

　続いて、浮かんできたのは社長の伊達の顔だった。伊達からは、いまさっき来月の株主総会までは、決して社内からイエローカードを一枚も出すなと厳命されていた。しかし、この記事は、イエローカードどころかレッドカードに匹敵する。編成部長の立場にある人間が、自己管理もできていない。この事実が民放連に与える影響は計り知れない。もちろん、株主総会でも大きな議題になることは間違いない。

　今までの人生で経験したことのない事態だった。全身から脂汗が滲み出てくるのがわかった。腋の下から出た冷たい汗が脇腹を伝っていく。

「なかなかの地獄だな……」

　そう呟くと、板橋はポケットに入っていた煙草のボックスを取り出した。震える手で一本引き出し火をつけた。もちろんデスクは禁煙になっている。誰もいない編成部に煙草の煙が立ち上った。

少しだけでも冷静さを取り戻したい。ごみ箱を灰皿代わりに使い、すがるような思いで煙草を吸い続けた。

しかし、そもそもこのファクスは、誰がどこで受信し、板橋のデスクに置いたものなのだろうか。受信時間は深夜の十一時になっていた。

板橋の脳裏に再びあの男の顔が浮かんだ。

「こ……これも、五味がやったに違いない」

五味は、不倫現場を隠し撮りし、アダルトビデオ業者の編集機に放り込ませ、それを自分の番組の中で中継した。

このファクスを片手に、四階の制作部から五階の編成部のフロアーに上がり、周囲に人のいないことを確認すると、板橋のデスクの上に薄ら笑いを浮かべながらそっと置く。そんな五味の姿がイメージできた。

もちろん、このネタを週刊誌に売り込んだのも五味に違いない。

五味が、自分を徹底的に潰しにかかっている。精神的に追い詰め、社会的地位も剝奪しようとしている。

藤堂による会社への攻撃。そして五味による自分への復讐。

板橋は、満身創痍（まんしんそうい）の状態で自分のデスクを後にした。

五月十一日（木）

五味剛は局に入る前に、ある人物と会う約束をしていた。

降り立ったのは代々木上原駅。腕時計を見ると、約束の午前十時よりも十五分ほど前だった。そのまま待ち合わせ場所の、駅前にある小さな喫茶店に入っていった。

店内にその相手はまだいなかった。人には聞かれたくないきわどい内容になることはわかっている。店の一番端の席を選ぶと、すぐに携帯が鳴った。

益田涼子からのメールだった。涼子は社内調査のために多くの時間を編成部長の板橋と行動を共にしているようで、昨日から今日にかけ、自分の摑んだ最新情報を頻繁に五味の元に送ってくれていた。

『社長が動き始めたみたい。知り合いの金融庁OBを「MM＋α」の捜査に駆り出すって。見つかることを祈ってます』

涼子は、必死になって自分を守ってくれようとしている。これまでのメールには随所に「祈る」「願う」「幸運」といった文字が目立った。

涼子や板橋、そして社長の伊達の関心は、『MM＋α』という代理店の尻尾を摑むことに集中している。見つけ出すことができなければ、インサイダー取引は五味と小野による犯行という疑惑を色濃くしていく。

全ての始まりは、取締役の藤堂からサウナに呼び出され、『生激撮！』の放送の中でタイアップの〝入り中〟を流すことを勧められたことだった。

そもそもタイアップ自体が、視聴者への裏切り行為であり、五味の認識では契約違反に当たる。たった一回きりという自分の中の甘えが、大きなしっぺ返しとなり、いまとんでもない事態へと発展し続けている。

今回、自分をはめたのは、藤堂だ。本当なら藤堂への怒りが爆発的に膨らんでいてもおかしくない。しかし、いまだに全てを受け止められない自分がいた。

五味の今の関心は、わからないことの確認作業に傾いていた。テレビ屋として、特に一つ気になっていることがある。そして、それは『ＭＭ＋α』の実像に近づく手立てになるかもしれない。

この喫茶店で相手から聞き出したいことは、その「気になっていること」についてだった。

「どう調子は？　いいわけないか」

五味の声には何も反応せず、相手はテーブルの反対側に腰かけた。報道部長の小野勇気だった。代々木上原駅は小野の住まいの近くで、会社ではあまり目にしないジーンズ姿だった。

「やっちゃいました。五味さんにも迷惑をかける形になってしまって」

小野はか細い声でそう切り出した。

「いや、やられただけだよ。俺たちは何も悪くない」

「でも証拠が出てこなければ、僕たちが犯人になります」

小野が注文を済ませると、五味は探り始めた。

「一昨日、会社に大きな入金があったみたいだね。実はその同じ時刻に、俺の口座に『M＋α』から百万の入金があったんだ」

その言葉に小野はため息をついた。

「五味さんにもあったんですか……僕の口座にも入っていました。それを見たときは涙が出そうでした」

「益田涼子には伝えたのかい？」

「なんか怖くて、まだ……」

小野の話は予想通りのものだったが、これでいよいよ堀が埋められたことになる。まるで蟻地獄（ありじごく）の穴に吸い寄せられていくような恐怖を感じた。

「僕は、今日からしばらくの間、報道の現場からは離れようと思っているんです」

五味はその言葉に驚いた。この日は会社を休むということだったので五味の方が小野の家の近所まで出向いたわけだが、小野は「しばらくの間」現場から離れるという。それは自主的な謹慎を意味していた。

「しかし、『MM＋α』さえ見つかれば、俺たちの濡れ衣は証明されるじゃないか。社長も本気で動き出したみたいだし」

「そうですか。でも……見つかりますかね」

うつろな目で小野は返した。

「俺、一つだけ気になっていることがあるんだよ」

五味は本題に入った。

「先週の〝入り中〟で、牛田自動車の新車のエコカーの映像が流れたよね。あれは『MM＋α』が手配したもんじゃないのかい？」

確かに〝入り中〟の中で、『クラックス』という新車の走行シーンが流れていた。本来、番組の中でタイアップのインフォマーシャルを流す場合、そのVTRは、代理店が作り上げテレビ局に納品することになっている。

「僕も報道マンの端くれですから、自分なりにあいつらの調査を進めたんです。

五味さんが言うように、あのVTRは『MM＋α』が完パケにし、僕の元にバイク便で届けたものでした。もちろん送り主の住所なんてでたらめで、そこには端から期待はしていませんでしたけど。

走行シーンの映像は、まだメディアに露出していない、牛田自動車しか持っていないものです。それを貸し出した牛田自動車に聞けば、何か『ＭＭ＋α』の痕跡を掴めるんじゃないかと思っていたんです」

「問い合わせたのかい？」

「牛田の広報と話しました」

小野の表情が一段と暗いものに変わった。

「僕も話しながら耳を疑ったくらいなんですが、『生激撮！』の放送中にあの映像が流れたとき、牛田の社内は大騒ぎになったというんです。

新車発売のリリース自体が五月末の予定で、あの走行シーンは社内でもごく限られた人間しか目にしていない、最重要機密のような映像だったと」

「ええっ？」

「牛田自動車は、いま全力を挙げてどこから漏洩（ろうえい）したのか調査を進めているところだと言っていました」

話を聞いて五味はぞっとした。五味も小野も、当初はあの〝入り中〟をタイアップだと思って放送していたが、牛田自動車はそもそも何も知らなかった。

『MM＋α』は、牛田自動車の社内機密ともいえる新車の映像をまるで企業スパイのように手に入れ、巨額のインサイダー取引をやってのけた。悪質などという次元を超えた、卓越したノーハウを持つプロの犯罪組織なのかもしれない。

小野は俯いたまま話し続けた。

「いつもなら出所の曖昧なニュース素材は決して放送に使うなと部下に口を酸っぱくして言っているのに……自らその禁を破ってしまった。本当にガードが甘かった。基本的なミスです」

もちろん小野のガードを下げさせたのは藤堂にほかならない。

五味は喫茶店を訪れる前、細かな疑問を精査していけば、『MM＋α』の実像に少しは迫れるのではと思っていた。しかし、犯罪のプロ集団の前では浅はかな考えだった。

すでにそれを実感しているのだろう、小野の声は震えていた。

「僕はもう覚悟しているんです。今回のような場合、新東京テレビは僕を首にするはずなんです。百歩譲って温情的な処置があったとしても、もう報道にはいられない。六月の人事で異動になるでしょう。

将来について不安でなりません。でも、五味さん……」

顔を上げた小野の目は潤んでいた。

「僕にとって一番辛いのは、信じていた藤堂さんから裏切られたことなんです。藤堂さんは報道番組に関する僕の師匠です。ネタの扱い方、編集の仕方、ナレーションの作り方、報道のイロハを叩き込んでくれたのは藤堂さんでした。

藤堂さんがいなければ今の僕はいない。僕も藤堂さんの役に少しでも立てればと身を粉にして働いてきました」

小野はまだ藤堂を慕っている。

「それは俺だって一緒だよ。藤堂さんは『生激撮！』の生みの親のようなものだ。俺自身、尊敬も信頼もしていた。まさか俺たちを犯人に仕立て上げたなんて、今でも信じられないんだよ」

小野を宥めるための言葉だったが、それは五味の本音でもあった。

付き合いの浅い五味にとってさえ、藤堂の存在は大きかった。ましてや長きにわたり行動を共にしてきた小野にとって、今回の藤堂の行動はとても受け止められないものなのだろう。

「しかし、藤堂さんは『マックスフォン』のためにここまでやる必要はあったんだろうか？」

五味は『マックスフォン』に関しての藤堂の動きを、これまで全く把握していなかった。

それらは涼子からの情報で初めて知ったことだった。

「『マックスフォン』のためというよりも、感情的な行動だったんじゃないでしょうか」

「感情的な……行動？」

「藤堂さんは、出世のラインから外れていました。そして自分を遠ざけた社長の伊達さんや編成の板橋部長のことを妬んでいたのは確かです。二人が支配する新東京テレビを粉々にしたかったのかなと思います。

でも、元々藤堂さんはそんな人ではなかった。現場を離れ取締役になった頃から、少しずつキャラクターが変わっていってしまったんです」

近くにいた小野が感じた、藤堂の心の変化。確かに最近の藤堂は豹変していたのかもしれない。しかし、だからといってあの強かな藤堂が「感情的な行動」などとるだろうか。小野の分析はあまりに偏っていると思った。

「タイアップの話があったとき、ひょっとすると僕は止めるべきだったのかもしれません。まあ、結果論ですけど」

それも意外な発言だった。騙された身なのに、小野はまだ藤堂のことを慮っている。

「藤堂さんに電話は？」

「一度、かけたんですが……出ませんでした」

その瞬間、ずっとこらえていた涙が小野の眼から溢れ出た。

小野は「一度」電話したと言ったが、恐らく何度もかけ続けたに違いない。窮地の小野を切り離す拒絶。人間不信。今の小野の心境は、そんな言葉では言い表せないのかもしれない。怒りを表に出せれば、少しは心の安定を図れたかもしれないが、小野はそれさえも拒否している。

青白い顔をした小野に、五味はそれ以上かける言葉を見つけられなかった。まだ尋ねたいこともあったが、混乱した小野から冷静な情報が手に入る気はしなかった。

この喫茶店で五味が手に入れたものは、自分の状況をもっとシビアに受け止め、最悪の事態を覚悟しておけということだけだった。小野は、その時の覚悟をすでに決めている。

喫茶店から出ると、五味は天を仰いだ。上空には、五月には珍しくどんよりとした雲が広がっている。今の気分そのものだった。

午後三時。

五味は大きな紙袋を二つ提げて、第4スタジオの扉を開けた。

放送までまだ五時間もあるので、スタッフの人数はさほど多くない。

閑散としたサブはいつもより広く感じられる。

「あと二回かもしれないな」

五味は独り言を呟いた。

国税局の査察は、来週の金曜日に行われる。そこでインサイダー取引の入金が見つかると、その時点で五味は「犯人」となる可能性が高い。そうなれば、もう『生激撮！　その瞬間を見逃すな』という番組に関わることはできなくなる。総合演出とプロデューサーの立場が保証されている放送は、今週と来週の二回。五味のカウントダウンはすでに始まっていた。

五味は、持ってきた紙袋をサブにある大きなテーブルに置いた。中から取り出したのは、「生激撮！　高視聴率御礼」と書かれた熨斗紙に巻かれた『おつな寿司』のお稲荷さんだった。

六本木にある『おつな寿司』の店頭で売られるこのお稲荷さんは、テレビ業界御用達の品だ。特徴は油揚げが裏返しの状態でシャリを包み、裏番組を食えという意味合いがある。それはまるで戦国時代の戦場で、武士が懐に入れていた「勝ち栗」のように縁起を担いだものだ。サブにいるスタッフのために買ってきたものだったが、それは五味自身が自分を鼓舞するためでもあった。

五味は、生放送はいつも戦さだと思っている。台本を作ったり進行を想定したりしても、現場の空気で予想もつかない方向に展開していく。そして、放送時間の最後には勝ちか負けのどちらかの結果が待っている。

放送中は神経を研ぎ澄まし、臨機応変に出演者やスタッフに指示を出し勝機を見出さなくてはならない。それが総合演出の仕事だと思っていた。

しかし、この日は小野と話して以来、集中力を失っている自分がいた。こんな有様では生放送には臨めない。五味を『おつな寿司』へと向かわせたのは、そうした理由からだった。


それから一時間後。

生放送の立ち会いのために編成マンの木村が顔を出した。

ディレクターズチェアに腰かける五味を見て、木村が声をかけてきた。

「五味さん、その椅子に座るのは何年ぶりですか？」

「四年ぶり、いや五年ぶりかな。本番に入ったら緊張しちゃったりしてね」

五味が、いつもよりもずっと早くスタジオ入りした理由は、この日ディレクターズチェアから指揮しなくてはいけないためだった。

「今日のネタ、よく間に合いましたよね。もう諦めていましたもん」

「決まったのが月曜だからね」

「しかし、これで放送できちゃうのがテレビの凄さですよね」

「木村にしちゃあ、珍しくいいこと言うね。テレビ屋はね、絶対に『間に合いません』という言葉を吐いちゃいけない仕事なんだよ」

「またまたあ。そういう発想がヤラセを生んじゃうんですよ」

「おお、本当に成長したな、木村」

「ではご褒美に。これ一個頂いてもいいですか？」

木村がテーブルの上にある『おつな寿司』を見つけて言った。

五味の許しを得て、お稲荷さんを一つ口に放り込むと木村が尋ねた。

「もう上杉さん、広島に到着した頃ですかね？」

この日の中継現場に、五味は上杉も送り込んだ。羽田を出発したのは昼過ぎ、板橋凜と同じ便だった。上杉が現場に向かうのは『生激撮！』で初めてのことだ。

木村が二つ目のお稲荷さんを摑もうとすると、五味がその手をピシャッと叩いた。

「お前ばっかり食うなよ。これはね、番組に貢献している奴が食うために買ってきたんだからら」

「それはひどいなあ。『生激撮！』に関しては、僕も編成で矢面に立っているんですよ」

「実はね、この稲荷寿司を上杉にも持たせたんだよ」

と言うと、五味は自分の目の前にあるマイクに向かって話しかけた。

「長沼、いるか？」

「はい！」

広島の中継車から、ディレクターの長沼の声が返ってきた。中継車は昨日の昼過ぎに東京を出発し、夜通し走って今しがた現場に到着したばかりだった。

「『おつな寿司』食ったか？」

「はい頂きました」

それは上杉と凜の現場到着を意味する。

「上杉さんと代わりましょうか？」

「いや、いい。それよりも山岡さんが中継車に来たら教えてくれ」

「了解しました」

今回の中継では、警察とのパイプ役である私立探偵の山岡の活躍も不可欠な要素だった。

五味が、事前に聞いている現地の様子はかなり複雑なものだった。広島県警にタレ込みがあったのは、二週間前のこと。それは地元の暴力団「木山組」の若頭が、中国系マフィア「虎頭（ことう）」のアジトに監禁されているという内容だった。ずっと二つの組織は、協定を結んでいたが、最近は広島の至るところで抗争が起き始めているらしい。

広島県警がその内偵捜査を行ったところ、そのタレ込みは間違っていなかった。そこで今晩のガサ入れということになったのだが、広島県警の狙いはさらに別なところにあった。

それは危険ドラッグの大量所持。「虎頭」は密輸に頼るだけでなく、中国本土から原材料となる肥料を大量に買い付け、ドラッグを作っては売り捌（さば）いているらしい。アジトの中でドラッグを発見できれば、リーダーの検挙も可能になる。さらに、組織的に振り込め詐欺を行っているという情報もあり、その立件に繋がるかもしれない。

「五味さん、五味さん、山岡さんがいらっしゃいました」

五味の目の前にある小さなスピーカーから、長沼の声がした。

「おお、ちょっと代わってくれ」

「お疲れさまです。山岡です」

山岡の声が聞こえてきた。ヘビースモーカーの山岡の声は、少ししゃがれて聞こえる。五味は、いつもの癖で小指を耳に突っ込みながら話し始めた。

「広島出張、お疲れさまです。そして今日は視聴率の取れそうな大ネタ、ありがとうございます。みんな気合が入っていますよ」

「皆さんに気に入ってもらえてよかった」

「ですが、なかなかハードなんで、新米レポーターの板橋にこれは気を付けろとか、これは現場で聞いちゃいけないとか、細かいことをアドバイスしてください」

「よくわかっています。『虎頭』のリーダーは、頭の切れる男でカメラの前で下手は打たないと思いますが、問題は手下たちですね。そいつらを刺激するなってことは厳しく言っておきますよ」

「今日は、普段はサブにいる上杉もそちらに向かわせました。現場判断が必要な時は、上杉と話し合ってください」

「それは頼もしい。了解しました」


そして、夜八時直前。

「みんな稲荷食ったんだから、気張って働いてくれよ」

五味の声がサブに響き渡った。

「本番まで、十秒前、八、七、六、五秒前……」

女性のタイムキーパーのカウントダウンが続く。

中継画面にはすでにマイクを持った凜の姿が映し出されていた。

「四、三、二、一」

「凜ちゃん、キュー！」

五味は、その言葉と共に、まるで合戦の大将が軍配を振るように、人差指を立てた右手をメインモニターの方に振った。

それが合図となり、放送は始まった。

同日　午後二時

　生放送の六時間前。板橋凜は、広島に向かう機内にいた。窓際の座席の凜の横には、ディレクターの上杉が座っている。

『生激撮！』の現場には、レポーターがメイクしたり衣装を着替えたりする場所が用意されていない。凜は、すでに髪をポニーテールにまとめ上げ、メイクも放送直前に手直しする程度に仕上げ、本番用の服を身に着けていた。

　先週の初めての出番では、自前のリクルートスーツを着て本番に臨んだ。今回は、先輩女子アナから紹介された、アナウンス室専属のスタイリストが衣装を用意してくれた。紺色の地味なスーツだったが、一つだけ付いている上着のボタンが可愛らしく、身体のラインも美しく見せてくれる、この衣装を凜も気に入った。

　凜はこの日の中継先が広島であることを、昨日の夕方知らされた。広島なら放送後東京には戻れない。急いで泊まりの準備に取り掛かった。凜にとっては、新東京テレビに入って初めての地方出張だった。

「私、広島初めてなんです」

「初めての広島が、中国系マフィアのアジトって人なかなかいないよな。まあ、本番終わったら、お好み焼でもご馳走するから」

上杉は笑いながら話した。この日上杉は、県警に顔を出す予定もあったので、初めて見るスーツ姿だった。普段着もお洒落だと思っていたが、スーツも綺麗に着こなしている。

「私、結構楽しみにしているんですよ。映画に出てくるみたいな中国マフィアの本物が見られるって、なかなかないじゃないですか」

「凜ちゃんは、本当にタフだよね」

上杉が使ったタフという言葉は、先週の放送のことも含んでいるんだなと思った。先週ゴールデンタイムの番組にデビューした凜は、その中継の最中、父親の不倫映像を目撃した。さすがに数日は気持ちが落ち込んだが、その後はけろっと立ち直った。その回復力の早さを、上杉は言っているのだろう。変化した理由は、五味との間で交わした「休戦協定」だった。

「今日も中継先で何か起きると思います？」

「可能性は高いんじゃないかなあ」

そこで上杉の顔が真剣なものに変わり、凜の耳元で囁いた。

「五味さんのこと、疑っていない？」

凜が驚いた顔をすると、上杉は全てを理解しているという感じでニコリと微笑んだ。

「月曜日の話、五味さんから聞いたんですか？」

「具体的には、何も。凜ちゃんの気持ちは察しがついているよ。でもね、僕に言わせれば、五味さんはそういうことは絶対にできないと思う」

上杉の言葉のニュアンスは、そんなことは常識的な話という感じだった。

「上杉さんだったら簡単に断言できちゃうんですね」

すると、上杉は足元に置かれてあった紙袋を持ち上げた。

「何ですか、それ」

「現場の差し入れに持っていけって、五味さんから持たされた稲荷寿司。もう重くってさ」

その中からひと箱だけ取り出し、凜に差し出した。

「どう？」

「じゃあ、頂きます」

上杉も、それを頬張りながら話を続けた。

「五味さんには、視聴者の顔が見えるらしいよ」

「えっ、顔ですか？」

「そう、顔。五味さんて大学のとき、落研にいたんだ」

「意外」

「落語の場合、客の顔がすごく近くにあるだろ。面白いことを言えば、どっと沸くし、つまらない状態が続けば居眠りする客もいる。そのトラウマが番組にも活きているんだって言っていた。

収録をしていても、編集をしていても、あの人は、必ず視聴者の顔を想像しながらやっている。逆に視聴者からは見張られているような気がして、悪いことができなくなるらしい。

だから、今回のことも僕には断言できるんだよ」

「視聴者から見張られているって面白いですね」

「五味さんは、自分の中で勝手に視聴者と契約を結んでいる」

「その話、月曜日に会ったとき、五味さんから聞きました」

「信頼し合うっていう契約ね。だから、今回も個人的な恨みつらみで番組を利用することはできない。『生激撮！』の中で板橋家への嫌がらせをやるなんて、五味さんには全く無理な話なんだよ。

仮に、板橋部長のことを親の敵のように憎んでいたとしても、五味さんは番組以外の方法で仕返しを考えるだろうね」

「全ては視聴者との契約上の話なんですね」

凜は、稲荷寿司の油がついた手をおてふきで拭きながら言った。恐らく上杉の見立ては間違っていないのだろう。しかし、まだ凜は「証拠」を待ちたいと思っていた。五味が完全に

「白」と判断できる「証拠」。それを見つけ出すために今日自分は囮になることを了承した。

「父と五味さんの関係を壊したのは、ヤラセ事件だったんですよね。上杉さんは、詳しいことを知っているんですか？」

「知っているさ」

「上杉さんも関わっていたんですか？」

「いや、運よく外れていた」

そう言いながら、上杉は笑った。

「どんな番組だったと思う？」

「それをすごく知りたかったんです」

「あれは四年前のクリスマスイブに放送された特番だった。『検証！　サンタクロースは実在するのか？』ってタイトルで、バラエティ番組だったんだけど、全て作りをドキュメンタリータッチにして放送した。

内容は、クリスマスイブの夜に、たった一人のサンタクロースが世界中の子供たちにプレゼントを渡すことは物理的に可能かを大真面目に検証するもので、防衛省、ＪＡＸＡ、東大の物理学者、羽田空港の管制官などを取材していた。

番組の中で防衛省の人がこう答えるんだよ。

『初めて発表しますが、毎年クリスマスイブの夜に防衛省のアンテナには、領空を、音速を超えるスピードで通過する飛行物体が引っ掛かっています』ってね」

「へえー」

「どの取材先も、異口同音にサンタクロースは実在する可能性が高いと証言した。もちろん合成したものだけど、謎の飛行物体の軌跡の記録など、数々の証拠も提示された。この番組どう思う？」

「素敵じゃないですか。大の大人が子供たちの夢のために精いっぱいのお芝居をするなんて」

「だろ。しかし放送後思わぬ展開が待っていた。番組の取材先に視聴者からの問い合わせがあった。番組に出た謎の飛行物体の軌跡は本物ですかってね。

問い合わせる奴も問い合わせる奴だけど、真面目なお役人さんは、あれはディレクターが無理やり持ち込んできたと言い始めたんだ。しかも番組内での発言も全て台本通りに言わされたとね。

すると、相手が官庁だってこともあると思うけど、局内は大騒ぎになった。

それを聞いた五味さんも僕も、キョトンとしたよ。なんでこんな大事になっちゃうのかってね」。

「そんなもの、気にしなければいいのに。アメリカだったら、よくできたジョークってみんな思いますよ」

「冷静に考えればそうなんだよね。でも、テレビ局はどこもヤラセやねつ造という言葉に、アレルギー体質になっていた。またいろんなところから叱られるってね。だから少しの刺激に過敏に反応してしまう。

ネット上では番組をフォローする冷静な書き込みも目立ったし、BPOだって静観していた。それなのに、新東京テレビは仰々しく自発的にヤラセの調査委員会を発足させた。

そして、最終的にこう結論づけた。

『サンタクロースが実在するかどうかは判断しかねるが、今回の取材先の証言や証拠は、全てテレビ局によるヤラセだった』と。

その結果を受けて、五味さんは半年の減給。しばらく現場から干されることになった」

「その調査委員長がうちの父だったんですよね。なんだかがっかりです」

「でも、そんなお父さんに、五味さんはこれからもそういったヤラセならやり続けると宣言した。それを聞いて、僕はちょっと感動したんだ。

ただ、五味さんの言葉をそのまま鵜呑みにしちゃダメなんだけどね。どんな類のヤラセも認めると言ったわけじゃないから。

僕の先輩で、ヤラセの名人みたいな人がいた。フリーのディレクターだったんだけど、局からのリクエストを何でも叶えたロケをしてくる。

ある日、局のプロデューサーから『UFOを撮影できる場所はないかな？』と尋ねられて、そのディレクターはなんて言ったと思う？」

「できるって言ったんですか？」

「三日待ってくれって言ったんだよ」

「三日待つと何かが変わるんですか？」

凜は笑った。

「美術さんに、円盤を発注する時間が欲しかったみたいだね。

その他にも僕の周りには、ドミノ倒しで、うまく倒れた部分を編集で繋ぎ合わせて、大成功と放送するディレクターや、料理のコンテスト番組で収録前から優勝する人を決めてしまうプロデューサーなんて、思い出せないくらいわんさかいた。

五味さんは、同じようなことやると思うかい？」

「きっとやれないんですよね。契約違反になるから」

「そうなんだよ。自分と視聴者の間で決めた契約に違反してしまう。五味さんが言うヤラセには明確な線引きがあるんだよ。あの人の口癖は紳士的なヤラセならやるってことなんだけどね」

上杉の解説で、凜の中でモヤモヤしていたものが少しずつクリアーになっていく。全てが理解できたわけではないが、本質は摑めた気がした。

いずれにしても、五味は視聴者に敬意を払い、ヤラセも視聴者に認めてもらえる範囲のことならする。

「やっぱり五味さんて面白い人ですね。そういう人がこの会社にはいる……実は、私、新東京テレビに入るの、嫌だったんです」

「へえ、そうだったんだ」

「コネ入社のくせに、生意気なこと言っていたんですよ。

でも、上杉さんや五味さんと出会って、この会社に入れて本当によかったなって思っています。こんな面白い仕事、他にはないだろうなって今なら言えるくらい」

凜はそう言いながら照れ臭そうな顔をした。

「そういう意味では、うちの父は五味さんや上杉さんとは全く別の人種だと思います。父は……テレビ屋じゃない」

「そりゃ仕方ないよ。僕らは目の前にある番組しか見ていないけど、お父さんは一週間のタイムテーブルの全てに目を光らさなくちゃいけない。

しかも、編成部は立場上コンプライアンスを重視して、疑うことから始めるけど、僕たち制作部の人間は信じることから始める。共演者や取材先、スタッフをまず信じる。じゃないと仕事が進まない。それぞれ人種が違って当たり前だと思うよ」

上杉は、凜に稲荷寿司を差し出した。

「もう一個どうぞ」

「もういいです。本番後のお好み焼が美味しくなくなっちゃうから。一つだけ聞いていいですか？」

「なに？」

「五味さんは、『生激撮！』という企画をどうして思いついたんでしょう？」

「それは刺激が必要だったんだろうね」

「刺激？」

「ネットに持っていかれた視聴者を奪い返す刺激。『生激撮！』を放送すれば、それなりにリスクが付きまとうくらいのことは五味さんも知っている。でも、いまどうしてもやらなくちゃいけないタイミングだったんだよ」

五味の志を、凜は初めて知った。『生激撮！』を初めて見たとき、ワクワクしたのは間違いなかったが、出演を願い出たときの動機は別なところにあった。五味の覚悟を知っていたら、はたして自分は同じ行動をとれていたのだろうか。

いずれにしても、凜はいま、『生激撮！』の画面の中で、唯一、五味の覚悟を身体と言葉で表現できるレポーターの立場にある。今からでも、自分の役割を見つめ直す必要があった。

そう感じたとき、凜は全身に鳥肌が立っているのがわかった。

座席の横にある窓に雨粒が付き始めた。分厚い雲の切れ目から、広島の街並みが見え始めている。

「梅雨が近づいているのかな」

凜は窓外の景色を見つめながら、心の中で呟いた。すると、五味の言葉が思い出された。

梅雨の代名詞、紫陽花にはカタツムリ。

しかし、カタツムリは実際のところ、特に紫陽花の葉っぱが大好物なわけではない。でも、もし自分がカタツムリだったら、無理してでも紫陽花の葉っぱに居続けると思う。五味はそんな話を凜にした。

上杉が教えてくれた五味のヤラセ事件のサンタクロースも、どこかカタツムリの話に似ているなと思った。

「あの人にとって、テレビって一体何なんだろう……」

この世界に入りたての新参者の自分に、それはわかるはずもないと思ったが、凜は機体が着陸するまで頭の中で思い描き続けた。

空港に着くと、二人はそのまま広島県警に向かった。

私立探偵の山岡修平から、今日のガサ入れの班長を紹介すると言われていた。建物の一室を覗くと、ちょうど「虎頭」のアジトに関するブリーフィングを行っている最中だった。

凜が、初めて目にするガサ入れ直前の打合せ風景。刑事たちの緊張感がひしひしと伝わってきた。部屋の中には、三十人ほどの刑事たちが集まって、班長の説明を聞いている。その中に山岡の姿もあった。

班長は、今日のガサ入れの建て前は「虎頭」に監禁されている「木山組」の若頭を救い出すというものだが、本当の目的は危険ドラッグの摘発とリーダーの逮捕にあると強調した。通称「中国人ビル」に警察が足を踏み入れるのは初めてのことらしい。

凜も、刑事たちと一緒になってメモを取り始めた。

「皆さん、すごくいかついですね」

先週のガサ入れは神奈川県警の人間だった。それに比べ、ここの刑事たちはずいぶん雰囲気が違うと凜は思った。

「これくらいじゃないと、地元のヤクザと張り合えないんだよ」

上杉が小声で返した。ブリーフィングは続いた。

中国系マフィアは暴力団と違い、組織の統制力が弱い。暴力団へのガサ入れの場合、大きな混乱を見ずに捜索が続くものだが、今回はリーダーの命令を無視し勝手な行動をとる者が出てくる可能性もある。一人一人に目を光らせるよう班長は注意を促した。

そして、不測の事態が起きたときは、躊躇なく周囲に配備した機動隊員をビルの中に入れると班長は言い切った。

最後に、今回ガサ入れに同行する通訳捜査官を紹介して、ブリーフィングは終了した。

「こちらが、新東京テレビのディレクターの上杉さんとレポーターの板橋さん」

山岡は、ガサ入れの班長に二人を紹介した。

「番組、非番の日は欠かさず観とるよ」

班長は真っ黒に日焼けした、ベテラン刑事だった。

「でも、いつもみたいに思っちゃいけんよ。中国マフィアは秩序がなく気性も荒い。常識も存在しない。必ず刑事の後ろから、撮影もレポートもせにゃいけんよ」

優しい口調だったが、その言葉には重みがあった。凜も、先週のようにはいかないのだと感じた。

ガサ入れの現場は、広島の中心、えびす通り商店街から目と鼻の先にあった。その場所から五百メートルほど離れた駐車場に中継車は駐められていた。

中継車の横に機動隊のバスも駐まっている。広島の上空は真っ黒い雲で覆われ、雨足が強まりつつあった。

その駐車場の片隅で、凜は大きな株の紫陽花を見つけた。

それは折からの雨に濡れ、少しだけ花弁を開きつつあった。

「本当にカタツムリいないのかな？」

凜は、紫陽花に近づいて葉の表面を確かめた。葉の枚数は何十枚とあったが、どこにもカタツムリの姿は見つからない。

「やっぱりヤラセで置かないとダメなんだ」

独り言を言いながら、凜は思わず笑った。

「まずいなー、私もテレビの面白さが少しわかってきちゃったのかな」

凜はカメラの前でこっそりと、カタツムリを葉の上に置く自分の姿を想像した。


午後七時半。

警察車両のバスから重装備の機動隊員たちが次々と降りてくる。その物々しさに凜も目を見張った。

「大丈夫？」

上杉が声をかけてきた。凜は、すでに本番用にビニールの合羽を身にまとっている。

「中国系マフィアのアジトともなると凄いですね」

「これは総勢百名規模だな。『生激撮！』の今までの中継の中で一番でかいガサ入れかもしれない」

凜には、上杉が自分のことを気遣い続けてくれているのがよくわかった。

「でも……私、なんか燃えてきちゃった」

「えっ？」

「今日は、五味さんに凄いスクープ届けましょうよ」

決して強がって言ったわけではなかった。

「でも、本当に気を付けないとダメだよ」

「大丈夫ですよ。私、現場に立つとすごく冷静でいられるから。それに、今日は師匠もここにいるし」

不安そうな顔の上杉に、凜はにこりと笑った。

本番五分前。

凜は、中継車のほとんど真横でスタンバイした。フロアーディレクターの高橋が、横で傘を差して凜を雨から守っている。凜は、雨粒の載る台本にもう一度目を通した。そこには、凜の思いついたセリフが手書きで足されていた。

「オープニングのセリフを聞いたら、五味さん、東京で驚くだろうな」

そう思いながら、改めて今日の自分の立場を確認する。今日、私は囮として現場に乗り込む。仕事はレポートだけじゃない。周囲に目を光らせ、「証拠」を確実に手に入れる。

「本番、一分前」

高橋が凜に伝える。

「はい、十五秒前。照明焚いて」

高橋の合図で、凜にバッテリーライトが当てられた。

「十秒前、八、七、六、五秒前、四、三」

そこから先は指で二、一と表し、ついに本番が始まった。

同日　午後八時

「凜ちゃんにキュー」

第４スタジオのサブに五味の声が響き渡り、それをきっかけに、この日の『生激撮！　その瞬間を見逃すな』の放送が始まった。

メインモニターに、合羽姿の凜のバストアップの絵が映し出される。前髪やマイクを持つ手が濡れている。カメラのレンズにも、わずかに雨粒が感じられた。

「皆さん、こんばんは。『生激撮！』レポーターの板橋凜です。

今日は、皆さんにテレビの底力をご覧に入れようと思っています。この動画をユーチューブで観た人は、生放送で観なかったことをきっと後悔するでしょう。

今日の容疑者確保の瞬間は、これまでにない興奮と爽快感を味わえるはずです。お茶の間の皆さんも、気持ちをスカッとさせてくださいね」

凜は台本と全く違うセリフを口にしていた。五味には、それが自分へのメッセージであることがよくわかった。

しかし、この日も現場では、板橋庄司もしくはその家族に向けたトラブルが間違いなく起こるはずだ。五味は、その事態に対しても身構えていた。

「私はいま、ある地方都市の繁華街近くにいます。今日のガサ入れは、二週間ほど前に起きた事件の解決のために行われます。

私たちが入手した情報によると、その解決が捜索令状に書かれたガサ入れの目的ですが、警察の本当の狙いは、その犯罪組織の実態解明にあるようです。

わかりづらくて本当に申し訳ないのですが、今の時点ではこのような説明しかできないことをご了承ください。いずれにしても警察は現場にかなりの人数を動員している模様です。いよいよ、その時を迎えたようです。私も現場に向かいます。皆さんもその瞬間をお見逃しないように！」

凜は、現場に向かって走り出した。

「はい、メインタイトル、どーん」

「どーん」などという古臭い言葉を使う五味に、横に座るタイムキーパーは笑いながら、中継映像にメインタイトル『生激撮！　その瞬間を見逃すな』のテロップを載せた。

ガサ入れの現場は、広島のえびす通り商店街から少ししか離れていない場所にある「虎頭」のアジトだった。五階建ての古びたビルで、すでに大勢の捜査員、機動隊員で取り囲まれていた。

凜が、その集団と合流した。

「いま現場に到着しました。ガサ入れの時間まであとわずか。捜査員たちは、班長の合図を今か今かと待ち続けています」

凜の態度は二回目ということもあり、前回よりもずっと落ち着いたものだった。

「そろそろ、モザイクシステム、ゴー」

サブに、また五味の古臭い言葉が聞こえた。

この日は余計な〝入り中〟はない。五味は、メインモニターの映像に集中した。

その画面に映る凜が声を発した。

「いよいよ、ガサ入れが始まります」

班長がビル一階のインターホンを押す。中から一人の男が顔を出した。

「広島県警だ」

班長のその一言で、まず刑事たちが一斉に中へと突入していく。

凜も十人ほどの刑事の後に続いた。建物に入る間際、ビニール合羽を一瞬で脱ぐと、それをカメラ横にいる高橋に渡した。

刑事たちはエレベーターを使わずに階段を駆け上がり、五つのフロアーに分散していく。

凜は、アジトの中枢部があるはずの三階まで、班長と共に上がっていった。そのドアを開けると、班長の言葉と共に通訳捜査官が大きな声を上げた。

「我是警察、別劫！（警察だ、動くな）」

入ってすぐのところは広いリビングだった。古いビルからは想像もつかないシックな内装だ。間接照明に浮かび上がる空間は黒と赤を基調とし、高価な陶器やオブジェのような調度品も飾られている。そこには十二、三人の男がたむろしていた。

部屋の中で男たちと刑事たちが対峙する。もちろんその中に凜とカメラマン、フロアーディレクターの高橋も含まれていた。

床の間に設けられた大きな朱色の中国風の神棚を背負うように、サングラスをかけグレーのダブルのスーツを身にまとった男が立っている。カメラはその男にズームインした。サブに届く映像にはモザイクはかかっていない。五味は、その画面を見て、山岡が語っていた「頭の切れるリーダー」とはこの男のことだなと思った。

ガサ入れの班長が、リーダーと思しき男の前に捜索令状をかざすと、通訳捜査官が文面を読み上げた。周囲の男たちは沈黙を守っている。カメラは、その男たちをゆっくりとパーンしていった。いずれも鋭い目つきで班長を見つめている。

凜は、そのカメラの脇で小声でレポートを続けた。

「ここは広島県で急激に勢力を伸ばす中国系マフィア、『虎頭』の事務所です。いま班長が令状をリーダーと思われる男に見せています。捜索を担当しているのは、広島県警の猛者たちです。

今回のガサ入れの発端となったのは、県警へのあるタレ込み情報でした。

その内容は、『虎頭』の対抗組織である暴力団『木山組』の若頭が、この事務所の中に監禁されているというものでした。県警は慎重に内偵捜査を続け、その確証を摑んだようです。

今日のガサ入れでまず注目しなくてはいけないのが、『木山組』の若頭を警察が見つけ出すことができるかという点です」

とその瞬間、カメラマンの近くにいた若い男が、

「別随意地撮影（勝手に撮るな）！」

とわめきながら、カメラのフードに手をかけてきた。

すんでのところで刑事の一人が男を締め上げた。いずれにしても、中継現場が異様な空気に包まれていることは確かだった。

「じゃあ、調べさせてもらう。八時十分、着手！」

班長が大きな声を上げた。部屋の中にいた刑事たちが散っていく。この日は凜に張り付くメインカメラのほかに二台のカメラを用意した。パラで映し出される他の階も同じような光景になっている。「木山組」の若頭を捜す者、そして危険ドラッグを捜す者、刑事たちは担当別に家宅捜索を開始した。

「はたして広島県警はこのビルの中から、『木山組』の若頭を見つけ出すことができるでしょうか？

　県警は内偵捜査を開始した二週間前から、このビルを監視していました。その間、『木山組』の若頭がこの場所から連れ出された形跡はなかったといいます。すでにビルの周囲三百六十度、機動隊員が取り囲み、これからの移動も不可能。『木山組』の組員を見つけ出すのも時間の問題と思われます」

　視聴者もほとんど目にしたことのない中国系マフィアのアジトの映像は、視聴率アップに繋がる魅力的なものだった。しかし、本来、こんな場所で女性がレポートをすることなどあり得ないことだ。女性は恐怖から声が出ないことがある。しかも現場は想像以上に緊迫している。

　そんな場所で、凜は臆することなくレポートを続けた。その声は淀みなく正義感に溢れている。その仕事ぶりに、五味は素直に感動していた。いや五味だけではない。サブにいる全スタッフが凜のレポートに魅了されていた。

「虎頭」のアジトでは捜索が続いている。まだ、監禁されているであろう「木山組」の若頭を見つけ出せないでいた。その一方で広島県警の目的は危険ドラッグの発見にある。監禁とは関係のない、引き出しやソファの裏などを刑事たちがひっくり返していく。

凛は、その様子を指さしながらレポートを続けた。

「ご覧のように、警察は人を隠す場所ではないところも捜索しています。その目的は何なのか？

これはあくまで私の想像ですが、広島県警は『虎頭』が大量に所持している疑いが濃い危険ドラッグも、今回のガサ入れの視野に入れているのではないでしょうか。最近、広島で急成長を遂げた中国系マフィア『虎頭』。その資金源は、危険ドラッグにあると県警は睨んでいるのかもしれません」

凛は、令状にはない危険ドラッグの捜索をオブラートに包んでコメントした。

しかし、この捜索が中国人たちを刺激していた。不当な警察の動きに男たちは反発し、至るところで小競り合いが起きている。捜索の妨害を目的に、中国語でわめき散らす男もいる。

その様子をモニターで観ている五味が呟いた。

「ちょっと、まずい空気だな」

普段の中継なら、予定外の展開を喜ぶ五味だが、この日の映像はそうした余裕を与えなかった。五味は、目の前にあるマイクで中継車に向けて声を上げた。

「中継車、聞こえるか？　各階のカメラマンと板橋凛を少し後方に下げた方がいい」

「了解」

中継車の長沼が即座に返してきた。

しかし時が経過しても、カメラマンと凜のポジションになかなか変化が見られない。現場の騒ぎによって、中継車からの声を伝えるインカムが役に立っていない可能性が高い。凜のそばにいるだろう上杉の携帯も鳴らしてみたが応答がない。五味のイライラは頂点に達していた。

と、その時だった。

「銃器、発見！　トカレフと思われる拳銃発見！」

リビング横の部屋から、大きな声が上がった。

「いま、現場は意外な展開を見せ始めました。なんと拳銃が発見された模様です。隣の部屋からトカレフが見つかった模様です」

高揚した声で、凜がカメラに向かって実況した。しかし、この銃の発見は、現場の状況を一変させた。逃げ出そうとする者、それを羽交い締めにする刑事。カメラが捉える現場は修羅場と化していた。

「長沼！　中継車から降りて、走って現場に行け！」

インカムからの指示が届かないと悟った五味が、マイクに向かって吠えた。

「わかりました」

長沼の慌てた声が返ってくる。

そうしている間にも、現場の状況は悪化し続けた。凜の実況の声は怒号にかき消され、ほとんど聞くことができない。ドアの外に待機していた機動隊員も中に突入してきた。中国人たちは、調度品など部屋に置いてあるものを振り回して、ビルからの脱出を試みようとしている。機動隊員は警杖（長い警棒）を振りかざして対抗し、混乱は極限に達した。

その時だった。

「パン」

鈍い銃声が、リビングに響いた。

サブにもその音は聞こえた。五味はとっさに叫んだ。

「まずい！」

銃声がどこで鳴ったのかはわからない。刑事たちは一斉にしゃがみ、機動隊員は盾の中に身を沈めたが、カメラマンは棒立ち状態だった。

その銃声に反応して、リビングにいた若い男がスーツのポケットから小銃を取り出した。

カメラはその男を捉え続けている。

それを見た五味が、また叫んだ。

「凜、伏せろ！」

「パン、パン」

若い男は二発銃を放った。カメラマンはうろたえているのだろう、映像はその男からふらふらっと離れ、宙を彷徨っている。

「逃げろ！　そこから出ろ！」

五味は、目の前のマイクに叫び続けた。長沼が向こうにいないことをすでに忘れていた。中継現場からは、リーダーの男の大きな声が聞こえている。

「お前ら、落ち着け！　住手（やめろ）！」

しかし、混乱は収まらない。銃を放った男が刑事に羽交い締めにされながら、大きな声を上げた。

「第一次的警察开火（先に撃ったのは警察だ）！」

ようやくカメラマンがしゃがんだ。すると、その足元に横たわる凜の姿がモニターに映し出された。

「あー！」

五味は、長いうめき声を上げた。

カメラに装着されているマイクが、弱々しいカメラマンの声を拾った。

「凜ちゃん、凜ちゃん……板橋が撃たれました」

番組はこの瞬間、のどかな高原の風景に切り替わった。稔やかなBGMと共に、「しばらくお待ちください」の文字が流れ続ける。

まだ時刻は八時二十七分。残りの放送時間、この絵が映り続けることになる。

新東京テレビ、第4スタジオのサブは静まり返った。みな動きを止めている。その中で唯一、編成マンの木村が青白い顔で五味の元に歩み寄ってきた。

「ご、ご、五味さん……」

木村の舌はもつれている。

「板橋が……もし、死んじゃったら、ど、ど、どうなっちゃうんですか」

ディレクターズチェアに座る五味も、呆然としていた。

数多くの修羅場を潜り抜けてきた五味でも、さすがにここまでの惨事は経験したことがない。横に座るタイムキーパーは衝撃の大きさにすでに泣き始めていた。

この日、五味は容疑者確保とは別の出来事を覚悟していた。しかし、実際に起きた展開はその想像をはるかに凌駕(りょうが)した。五味は、初めて収録現場で神に祈りたくなった。今まで神頼みなどしたことはない。運は実力で引き寄せるものだと思ってきた。しかし、今は凜が軽傷であることを神に祈るしか手立てが見つからなかった。興奮状態のその瞳から、涙が溢れ出している。

「この番組、やっぱりあり得ないわ。早くやめちゃった方がいい。僕には担当なんて無理です」

　五味は、横でわめき立てる木村を殴りたい気持ちでいっぱいだった。しかし、もしここで殴ってしまったら、自分が良くないことを一つでも犯したら、凜の状態が悪化するような気がして思い留まった。

　すると、五味の目の前にある小さなスピーカーから、長沼の声が聞こえてきた。

「いまやっと現場に救急車が到着して、凜ちゃんを運び出しました。上杉さんも救急車に乗っています」

「意識は？　意識は？」

「救急車に乗った時点ではありませんでした」

「弾は、どこに当たったんだ？」

「わかりません……」

　放送時間が終わった夜九時を過ぎても、サブにはスタッフ全員が残り続けた。みんな凜の容体を確認するまでは、とても家路に着く気分にはなれなかった。

五味は、腕組みしながら上杉からの電話を待った。心の中でひたすら「頼む。頼む」と繰り返していた。

木村の情報では、編成部長の板橋は居ても立ってもいられなかったのだろう、夫人を伴い車で広島を目指すことにしたという。

十時を回った頃、ようやくサブの電話が鳴った。広島の上杉からだった。

「もしもし」

サブにいるスタッフ全員が五味に注目した。

「それで……」

五味は椅子から立ち上がり、願いを込めるように受話器を両手で握りしめている。

「意識は戻ったのか……よかった」

サブに、安堵のため息が漏れた。

「そうか……そうか……本当によかった。くれぐれもよろしく頼むな」

受話器を置くと、五味はディレクターズチェアによろけるように座った。五味は、サブにいるスタッフに容体を説明した。

上杉の話では、凜の傷は幸いにして左肩を銃弾がかすった程度だという。現場では気を失っていたが、すでに治療が済み、精神安定剤を投与された凜は病室のベッドで眠りに就いているという。

スタッフは三々五々家路に着いた。残った編成マンの木村が笑いながら、五味に話しかけてきた。

「いやあ、一時はどうなることかと思いましたよ。僕も首が飛んだかなって。まだ、神様に見捨てられてなかったんですねえ」

五味は椅子から立ち上がって、木村の胸ぐらを摑んだ。

「現場で命を懸けてる子がいるんだよ。会社ん中でぬくぬくしてる、てめえが勝手なことぬかすんじゃねえよ」

五味の迫力に、木村の顔は真っ青になった。五味はその手を解いた。

「まあ俺も偉そうなことは言えないけどな。凜には、申し訳ない気持ちでいっぱいだ」

うな垂れる五味の携帯に一通のメールが届いた。広島にいる上杉からのものでこう書かれていた。

『動画ファイルをパソコンに送りました』

五月十二日（金）

『生激撮！　その瞬間を見逃すな』放送の翌日、朝十時。

五味は、赤坂にある外堀通り沿いの巨大なビルのたもとに立っていた。ビルを覆い尽くす反射ガラスが、雲の少ない五月の青空を鮮やかに映し出している。

五味は、朝一番で凜のいる広島に向かいたかった。しかし、東京で一つだけ、どうしても済まさなくてはいけない用事があった。

「儲かっているな」

そんな独り言を呟きながら、五味は建物に入っていった。レジデンス側のエントランスを探し、ドア横のインターホンを押した。

「新東京テレビの五味です」

「どうぞ」

その事務所は四十八階にあった。五味は、高速エレベーターで上がっていく。

四十八階のフロアーに着くと、もう一度部屋のインターホンを押した。事務の女性が扉を開けた。

「どうぞ。靴はそのままで」

通されたのは、国会議事堂を見下ろせる日当たりのいい応接室だった。部屋にはもうクーラーが入っているようで空気がひんやりしていた。
五、六分待たされただろうか、一人の男が入ってきた。
「いま、広島から東京に戻ってきたところです」

「そうですよね。ご苦労さまでした」

「そろそろ、五味さんがいらっしゃる頃だろうと思っていました」

「そうでしたか」

窓際の席に、五味と対面するように腰を下ろしたのは、私立探偵の山岡修平だった。電話やメールでは頻繁に連絡を取り合っていたが、顔を合わせるのは、去年の番組立ち上げのとき、九月以来八か月ぶりのことだった。

直射日光こそ射し込んでいないが、窓の外は明るく、山岡はシルエットのように見える。五味の方からだと表情も読み取りづらい。交渉ごとの場合、窓ガラスを背にした方が有利だと聞いたことがある。

「これも、元刑事のやり口か」

五味は、心の中で思った。

山岡は、ダブルのスーツを身にまとい、髪をオールバックにまとめている。イメージ通りの警部にも見えるが、政治家や弁護士などと勘違いしてもおかしくない。

「いつもお世話になっています。山岡さんがいなかったら『生激撮！』は成立していませんでした」

「恐縮です。煙草を吸っても構いませんか？」

「どうぞ」

五味は四年前、四十歳になると同時に煙草をやめた。山岡はハイライトを箱から一本取り出し深く吸い込んだ。

『生激撮！　その瞬間を見逃すな』は、毎週、日本のどこかで行われるガサ入れを生中継して成り立っている番組だ。その性質上、警視庁さらには日本全国の県警との連携が必須条件だった。そのパイプ役として、元警視庁の警部だった山岡は打って付けだと思い、五味が番組開始と共に呼び寄せた。

山岡のコーディネーターとしての能力は、想像以上のものだった。

『生激撮！』の放送が始まってからのこの七か月、山岡はたった一人で穴をあけることなく、全国からガサ入れ先を見つけてきた。しかも、それはアダルトビデオ業者から、売春、麻薬、違法カジノ、暴力団事務所とバリエーションも豊かで、『生激撮！』成功の一番の功労者と言っても過言ではない。

五味は、月々二百万もの協力謝礼金を山岡に渡してきたが、それを多すぎだと思ったことは一度もなかった。

山岡はまだ十分に長いハイライトをもみ消して、しゃがれた声でこう言った。

「もし、ご自分が現場にいれば、この山岡に好き勝手をさせずに済んだのにと、今は思っていらっしゃるんじゃないですか？」

あまりに直接的な言葉に、五味は驚いた。

「話を始める前に、ポケットにある録音機を止めてもらってもいいでしょうか？　うちの事務所は、そういうのがわかるシステムになっているんですよ」

言い当てられた五味は、ポケットから小型の録音機を取り出してストップボタンを押した。それを見ながら、山岡はニヤニヤ笑っている。

「五味さん、申し訳ない。システムというのは冗談です。大概こう言えば皆さん、ポケットから素直に取り出すもので。

いいことを教えましょうか。私は録音機を持っていく場合、必ず二つ以上用意します。こんなことがあったとき、一つ差し出せば、大概の相手は安心するもんです」

五味は、プロの仕事ぶりはさすがだなと思った。警視庁時代に、こうやって強かな犯人たちを落としてきたのだろう。五味は、腋の下から冷たい汗がぽたりと落ちるのがわかった。

「本音を言えば、五味さんに隠し事をしているのは心苦しかったんです。今日は洗いざらいお話しするつもりです。ですから、フェアーにいきましょう」

山岡は居住まいを正すと、五味の眼をじっと見つめた。

「五味さんの予想は当たっていますよ。板橋さんのお嬢さんの写真、そして不倫映像、全て私が現場で仕込んだものです」

五味が何も言わないうちに、山岡は告白し始めた。山岡があまりに素直に話し始めたことに、五味は面食らった。

「写真の前に、もう一つありましたが」

「容疑者の車のダッシュボードにあった覚せい剤密売の顧客リストですよね。あれは私が書いたものです」

「なんでそんなことを？」

「それも見当を付けて、ここにいらっしゃったんでしょ？ 藤堂さんが言っていましたよ。お前のやる『ヤラセ』くらい、五味はすぐに見破るはずだって」

やはり裏で糸を引いていたのは、取締役の藤堂静雄だった。

五味が社内で調べたところ、まだ報道部にいたとき、藤堂は警視庁記者クラブのキャップも務めていた。山岡とはその頃からの付き合いではないかと五味は予想していた。

　ここを訪れるまで、藤堂の名前をどうしたら山岡に言わすことができるのか、頭の中でシミュレーションを重ねてきたが、その名前は、あっけなく登場した。

「私はあなたを信用して、今回の番組をお願いしました。人を信用しすぎることが、自分の弱点だと改めて思い知らされましたけど。

　でも、どうしてもわからない。法令順守の仕事を続けてこられたあなたが、今回なぜ藤堂さんの指示に従ったのか」

　山岡は、二本目の煙草に火をつけて間を取る。吐き出された煙は、外光によって青白く見え、天井まで立ち上った。

「それも調べてこられたと思いますが、藤堂さんとはずいぶんと長い付き合いになります。部長になられる前からですから、もう二十五年ほどです。私が私立探偵を始めたときもとても親切にしてくださった。

　そして、『生激撮！』が始まる前も、五味さんよりも先に連絡があった。また世話になるかもしれないから宜しくと」

　自分よりも先に、藤堂は山岡に番組依頼を持ちかけていた。

　話を聞きながら、五味は改めて山岡の凄味を感じた。普通なら、共通の知人がいた場合、会話の中にその人物の名前を挙げてしまうものだが、山岡が藤堂について語るのはもちろん今回が初めてだ。警視庁に身を置き続けた男は、余計なことはべらべらとしゃべらない習慣がしっかり身についている。

「しかし、今回、仕事の話を具体的にくださったのは五味さんだ。結構なギャラを支払ってくれているのも五味さんだし、内緒でこそこそとした作業はしたくなかった。初めは引き受けるつもりは毛頭ありませんでした。

しかし、躊躇する私に、藤堂さんは事細かく説明されました。番組を成立させたのは自分であること、ターゲットは板橋部長だけで、番組自体には決して迷惑がかからないということ、そして……」

山岡は、五味の方に少し身を乗り出した。

「板橋部長は、藤堂さんと五味さん、共通の敵であること」

それを聞いて、五味の中に一つの言葉がじわりと浮かんできた。「身から出た錆」。人への恨みは、知らないところで誰かに利用されることがある。

山岡は穏やかな表情で五味を見つめている。その口元は、自分は決して不義理はしない男だと言っているように感じられた。

「なるほど。しかし、本当にそれだけだったんでしょうか。

以前お会いしたときは麹町の事務所でしたが、今はずいぶんと家賃も高そうなこちらに越された。つい最近のことみたいですね。見たところ広さも倍以上あるんじゃないですか。実はここに伺う前に、失礼ながら定款を拝見しました。山岡さんは警備会社を始められたようですね」

一瞬、間があった。

「さすが五味さんだ。私の方がお手伝いいただきたいくらいだ。お察しの通りです。私立探偵では食べていけない。ようやくそれに気づいたんです。

新しい展開のためには、お金が必要だった。藤堂さんも私の計画に賛成してくださいました。それへの気遣いもあったんでしょう、番組のギャラとは別に、今回の件のアルバイト代を結構な額、用立ててくださいました」

それを聞いて、五味はげんなりした気分になった。自分の知らないところで、身勝手な思惑が働き、ここでも番組が利用されていたのだ。

藤堂という男は、人を懐柔する技に本当に長けていると五味は思った。闘う前に、必ず相手の心を読み切る。そして、まるで柔道の技のように相手の力を利用しながら無理なく畳の上に叩きつける。

五味の悶々とした気持ちとは関係なしに、山岡は具体的な話をし始めた。

「せっかくここまでいらっしゃったのですから、少しだけ種明かしをしましょう。藤堂さんは、私の前でよく今回の件に関してイタズラという言葉を使いました。しかし、イタズラにしては、藤堂さんのアイディアを形にするのは結構大変なことだった。

板橋部長の娘さんの写真の時だって、通学路を見張り続け、写真を隠し撮りしたりしてね。現場でも、カメラマンや刑事たちの目を盗んで壁に貼るのは難しい仕事だった。

板橋さんご本人についてもずっとマークしてました。

三か月ほど前に、板橋部長の周辺を洗ったら、大変な女好きだということがすぐにわかった。そこで新東京テレビに出入りする芸能事務所に頼んで、詐欺を専門でやっている女を見つくろい送り込んだ」

山岡は自分の苦労話をしゃべり続けた。それは自慢話と藤堂に対する愚痴の両面を持っていた。

「しかし私の仕事はそれで終わりではない。カメラに撮られたことを確認すると、今度は警察に気付かれないように回収する必要があった。

押収されてしまうと警察は本気で捜査に乗り出してしまう。これはあくまで板橋さんのために私が作り出したフェイクですからね」

つまりは、証拠の一切はすでに回収済みだと言いたいらしい。

山岡の話を聞きながら、五味は初めて藤堂の闇の部分を目の当たりにした。実行したのは山岡だが、全ての「イタズラ」のシナリオは藤堂が作り上げていた。

「僕と藤堂さんのために、山岡さんがそこまで苦労されていたとは知りませんでした」

表面的な言葉だったが、山岡は満足そうに頷いた。山岡の反応を見て、五味は柔らかいニュアンスで言葉を続けた。

「本音を言ってもいいでしょうか。今回の藤堂さんの思考は僕にはなかなか理解できないんです。山岡さんに聞くことではないかもしれないが、どうして板橋に対して、そんなことまでする必要があったんでしょうね」

確かに、藤堂と板橋の仲は険悪だった。報道局長まで務めた藤堂にとって、報道部をないがしろにし続けた板橋は、不愉快な存在だったことに間違いない。

しかし、全ての藤堂の心情を勘案してみても、五味は今回の行動はやりすぎだと思った。

山岡は、三本目の煙草に火をつけた。

「そうですね。藤堂さんは板橋さんのことになるとムキになる。今回のこともとても子供じみた発想だと私も感じていましたよ。

私には、番組のことはよくわからないが、藤堂さんが報道部時代に立ち上げた『ベストモーニング』を、板橋さんが終わらせようとしていたんですか？　どうやらその番組は、藤堂さんにとって自分の存在そのものだったようですね。テレビ屋さんは、不思議な感情を持つもんなんだなあと思いました」

「本当に、それだけだったんでしょうか？」

五味はここで話を終わらせるつもりはなかった。山岡は仕方なさそうに語り出した。

「ここからは私の推測ですよ。藤堂さんの最終目標は復権だったんじゃないでしょうか。あの人は一挙両得みたいな発想がお好きですし。まあ、このあたりの話は同じ会社の五味さんの方がお詳しいでしょうが」

板橋をナンバー2の座から引きずり落とし、自分がその地位に戻る。嫉妬する相手への嫌がらせに留まらず、新東京テレビに於ける権力を再び取り戻す。藤堂には確かにその思惑があったのかもしれない。

すっかり話し終わったつもりらしい山岡は、煙草をもみ消し腕時計を気にした。しかし、五味には、もう一つ確認することがあった。

「昨日は、どうしてあんなことになってしまったのでしょう」

山岡は、再び煙草の箱を手にした。しかし、そこから一本抜くことはせず、ポケットに仕舞い込んだ。

「藤堂さんから頼まれたのは、覚せい剤密売の顧客リストと少女の写真、そして不倫映像のテープの三件だけです。

昨日は偶発的な出来事でした。中国系マフィアのアジトのガサ入れでは、ああいう修羅場はたまにあることです。

でもレポーターの凜ちゃん、傷が浅くてよかったですよね。彼女は我々のアイドルだ。本当に心配しました」

五味は自分のカバンをテーブルの上に置いた。

「一つ、山岡さんに見てもらいたいものがあるんですよ」

そう言うと、鞄からパソコンを取り出した。

山岡は、何が始まるのだろうかと不思議そうに眺めている。五味は、画面を山岡の方に向け、中に取り込んである動画のプレイボタンを押した。

山岡はそれを凝視した。そして、次第にその表情が引きつり始めた。

動画は、昨夜のガサ入れの様子を撮影したものだった。再生されたシーンは、「虎頭」のアジトの中の模様。しかし、それは放送されたものとは違い、別のカメラで隠し撮りされた映像だった。

まるでメイキングのような質感の動画は、捜査員が数人映るくらいの引いたサイズから始まった。右の端に中継カメラマンの後ろ姿が、少しだけ見える。

そして画面は左端の男へとズームインした。腰から上のウェストサイズまで寄り続ける。カメラが捉えている男は、山岡修平だった。山岡は昨日も「虎頭」のビルの中にまで入り込んでいた。

山岡は、組織のリーダーの様子を窺っているようなそぶりをしている。周囲では、刑事とマフィアの男たちの小競り合いが始まり、怒号が飛び交っている。そして、隣の部屋から「銃器、発見！　トカレフと思われる拳銃発見！」という声がした。現場は機動隊員も突入し、修羅場と化していた。それでもカメラは、目の前の障害物を器用にかわしながら、冷静に山岡の様子を撮り続けていた。

山岡の右手がスーツの右ポケットに差し込まれた。と、次の瞬間、「パン」という銃声が鳴った。

カメラはズームアウトし、周囲の様子も写し出した。刑事と機動隊員たちは瞬時にかがんだが、カメラマンとフロアーディレクターの高橋、そして、凜だけは立ったままだった。部屋にいる誰もが、どこで発砲があったのかきょろきょろと探っている。

すると、その銃声に反応するかのように、中国人の男が小銃をポケットから抜き出し二発射った。その一発が凜の肩をかすめ、凜は床に倒れ込んだ。

それを見極めると、山岡は部屋からすっと姿を消していった。パソコンの動画はそこまでだった。

　五味が、パソコンを閉じながら尋ねた。

「いかがでしたか？」

　山岡は言葉を失った。

「この動画を厳密に調べれば、一発目の音の出どころがはっきり特定できるはずです。昨日の出来事、山岡さんが意図的に起こしたものと見て間違いないですよね」

　山岡は無言のままだった。ポケットの煙草をまた取り出し、落ち着かない様子で火をつけた。

「しかし、問題は、これまでの『イタズラ』とは、どう考えても性質が違うことです。確かに、銃弾は板橋凜の身体をかすめた。しかし、あの弾の行き先までは計算できない。となると、昨日の山岡さんの行動は、板橋の周囲をターゲットにしたものとは違ってくる。

　現場に行った上杉から聞いたんですが、警察は危険ドラッグの押収と共に、銃の不法所持も視野に入れていたそうですね。我々は知らなかったが、山岡さんはご存じだったのでしょう。いや、むしろそうしたガサ入れ先を探していた。

　今回は、なかなかガサ入れ先が決まりませんでしたよね。ひょっとすると、藤堂さんからの要求が難しすぎたんでしょうか。

　山岡さん……昨日の事件は一体何のために起こしたものなんですか？」

山岡は、目を閉じ口もつぐんだままだった。聞こえるのは空調の静かなノイズだけだ。五味はしばらく待ったが、山岡の意志は変わらなかった。

「いいでしょう。話の続きは、主犯の方に伺います」

五味は決め手になったパソコンを鞄に収めた。その間、山岡は少しも動かなかった。その心中は察することができる。山岡のプライドは、おめおめと証拠を撮られた自分を許すことができないはずだ。しかし、ドッキリの番組も多く手がけた五味は知っている。仕掛け人は、自分が狙われていることにはなかなか気づかないものなのだ。

山岡を追い詰めることができた五味だったが、心の中は決して晴れてはいなかった。人には、必ず表と裏の顔がある。しかし五味は、裏の顔から目を背ける癖がある。これほど事態が悪化するまで、山岡や藤堂の裏の顔に無頓着だった自分が腹立たしかった。

山岡の吸いさしのハイライトが、フィルターだけになり灰皿の縁からポトリと落ちた。

「この映像をしかるべきところに出すかどうかは、まだ決めていません。広島県警も大変な興味を持つことはわかっていますが」

山岡はようやく目を見開き、五味を睨み付けている。五味は冷静に言葉を続けた。

「あなたのこれからの行動にかかっていると、僕は思っていますよ」

そう言い残すと、五味は煙草臭い応接室を後にした。

同日　午前十一時二十分

赤坂の山岡の事務所を出た五味は、東京駅から広島行きの新幹線に飛び乗った。

飛行機も考えたが、移動中の緊急連絡に応えられるようにと新幹線を選んだ。

横の座席には、駅の地下街で購入したケーキ、ホームで買ったスポーツ新聞全紙と週刊誌が積まれている。

「世間を敵に回すって、こういうことなのか」

五味は新聞を手にため息をついた。どれも一面は、昨夜の『生激撮！』の放送中に起きた事件を扱ったものだった。その見出しは、概ね「生放送中に悲劇！　女子アナ撃たれる」。でかでかと印刷された写真には、放送された映像の中から凛が倒れているシーンが抜き取られ使用されている。

目をそむけたかったが、自分には目を通す責任があると思い、辛抱して読み続けた。記事の内容はこんなものだった。

「新東京テレビの情報バラエティ番組『生激撮！　その瞬間を見逃すな』の放送中、前代未聞のトラブルが発生した。昨夜の中継先は広島の中国系マフィア『虎頭』のアジトで、監禁されていた広域暴力団『木山組』の若頭を見つけ出すためのガサ入れだった。

若頭は警察の手で見つけ出されたが、まさに『その瞬間』は、放送が始まって二十五分を過ぎた頃にやってきた。現場でレポートしていたのは、この日二回目の出演となる新人アナウンサーの板橋凜さん。突然アジトの中でパンと銃声が響き、続いてパンパンと二発の銃声が鳴り響いた。その一発が板橋さんの肩口に当たり、板橋さんは意識を失ったまま広島市内の病院に搬送された。傷の詳細は不明。

今回の事故の原因は、中国系マフィアのアジトという不慮の事態が予測される場所を中継先に選んだことと、経験の浅い新人アナウンサーをそのような危険な場所に送り込んだことにある。バラエティ番組の中でこのような銃撃戦が生放送されたのは日本のテレビの歴史で初めてのこと。今後の番組制作に大きな影響を与えることは必至と思われる」

ほぼ全紙がテレビ局側に責任があるとし、新東京テレビを非難していた。

真犯人の特定に成功した五味だったが、その代償はあまりに大きかった。新聞から目を離し窓の外を見つめながら、今まで経験したことのない暗い気分を味わっていた。

そしてもう一人、同じように岐路に立つ男がいた。編成部長の板橋庄司だ。

五味は、この日発売された週刊誌を開いて驚いた。そこには、板橋の不倫映像がネットにアップされていたという記事が掲載されていた。五味自身、その事実を初めて知った。

藤堂の指示のもと、山岡がタレ込んだものに違いない。内容自体は、板橋がその動画によって『ノンスタイル映像』から、ゆすられようとしていたというでたらめなものだった。

新聞の記事で、十二分に苦汁を舐めた五味には、板橋の痛みが理解できた。

いま板橋は妻と共に凜の病院にいるはずだ。山岡が起こした様々な事件によってズタズタにされた板橋の家族。一体どんなことになっているのだろう。

東京駅で購入した見舞い用のケーキがみすぼらしく見えてくる。短時間だったが、凜の好みなどもイメージして選んだケーキだった。しかし、こんなものが何の役に立つのかと腹立たしかった。

そして、横にあるスポーツ新聞と週刊誌に目を移すと、不思議な気分に陥った。いずれも本当の仕掛け人の存在など知らず、惨劇を招いたテレビ局と破廉恥な行為をした編成部長を痛烈に批判している。今まで自分が目にしてきたスキャンダルにも今回のように仕組まれたものがあったのかもしれない。

敵は必ず、身近なところにいる。生まれて初めて胸に刻まれた教訓だった。

新幹線が大阪に差し掛かった頃、五味の携帯がメールの着信を知らせた。

携帯自体は、朝から休みなく振動を続けていた。それらの多くは広報部や制作局長からだったが、新聞や雑誌の取材なのだろうか見知らぬ番号も目立つ。

今回は、経理部の益田涼子からのメールだった。てっきり新聞記事に対する慰めのメッセージだと思った。

しかし、涼子のメールは怒りの文章から始まった。

『どうして百万円の入金のこと黙っていたの？　こんなに心配しているのに』

『MM＋α』から口座に入金があったことを、涼子に伝えたのは小野に違いない。必死で五味の身を守ろうとする涼子にとって、一つでも情報がこぼれていることが許せなかったのだろう。

神経の全てが『生激撮！』の中での出来事に向いていたが、涼子からのメールはもう一つ大きな問題があることを思い出させた。自分はいま、大惨事を引き起こしたプロデューサーのほかに、インサイダー取引の首謀者という、もう一つの顔を持っている。

涼子からのメールの最後には、こう書かれてあった。

『今日中に一度、どうしても会いたいの』

経理部はいま一週間後に控えた国税の査察に向けて、帳簿の整理に忙殺されているはずだ。恐らくインサイダー取引について、涼子には五味に伝えなくてはいけない新情報があるのだろう。

五味には夜、特に用事らしきものは入っていなかったので、広島からの帰りの時間を予測して涼子と会う約束を交わした。

広島駅に着いたときには、午後の三時を回っていた。

広島の空も、昨夜の雨が嘘のように晴れ渡っている。

凜が救急搬送されたのは、市内でも大きい広島医大病院だった。病院の前には、記者や他局のテレビカメラがずらりと待機している。嗅覚の鋭い彼らは、瞬く間に病院に入っていく五味に群がった。口々に『生激撮！』の関係者かと尋ねてきたが、地元の人間ですと繰り返し、記者たちをかき分けどうにか建物の中へと潜り込んだ。

上杉に聞かされていた個室の扉を開けると、ベッドの傍らには板橋と夫人が寄り添っていた。

「あっ、五味さんだ」

真っ先に気づいたのは、ベッドの上で上半身を起こしていた凜だった。

凜の明るい声に、五味は救われた気分がした。その声で、板橋と夫人も振り向く。板橋の視線に五味の足が止まった。板橋の顔は徹夜の運転のせいか憔悴（しょうすい）しきっていたが、眼鏡の奥のくぼんだ眼だけは、病室に紛れ込んできた外敵に闘争心を光らせていた。

「お前の来るところじゃない」

板橋の心の声が、五味には聞こえた。

それでも五味は、板橋が張った結界を潜るようにして、凜のいるベッドに近づいた。

「今回はお嬢さんを危険な目に遭わせてしまい、本当に申し訳ありませんでした」

五味は持ってきたケーキの箱を差し出した。夫人は、板橋の感情をわざと無視するかのように、それを微笑みながら受け取った。

「私たちは昨夜、番組の後すぐに車で東京を出たんですけど、着いたのは結局朝の十時くらいで。その時は警察の事情聴取など始まっていまして、いまさっき、ようやく落ち着いたところなんですよ」

板橋の夫人と会うのはこれが初めてだった。その言葉通り慌ただしく家を飛び出したのだろう、顔に化粧のあとはない。疲れを滲ませてはいたが、顔のパーツが凜にそっくりで美しい人だなと五味は思った。

「うちの両親が来るまで、上杉さんがずっと付き添ってくれたんですよ」

そう話した凜は、膝の上にあるプリンをスプーンで掬（すく）いながら五味にニコリと笑った。銃による傷は左肩のあたりだったはずだが、長袖の服でそれは隠れている。

プリンの器に左手が添えられていたが、動きを止めていることが気になった。

「本当に大丈夫？」

「ご覧の通りですよ。問題は広島に来て、まだお好み焼を食べていないことくらいかな」

五味に心配をかけないように、凜は精いっぱい気を遣っている。

両親は、まだ今朝の新聞を凜に見せていないのだろう。世間は昨夜の放送中の惨劇の話題で持ち切りであることを、凜は知らない。

凜はプリンをベッドのサイドテーブルに置いて言った。

「お父さんたち、ちょっと五味さんと二人にしてくれない？」

「なんで？」

板橋が強い口調で割り込んだ。

「私ね、五味さんに尋ねたいことがあるの。お母さん、お父さんを連れ出してくれない」

板橋が強情に首を振る。その様子を見て、凜は母親にもう一度告げた。

「いまお母さんの命令に、お父さんは絶対に逆らえないでしょ。さあ、喫茶店にでも行って少しだけ時間を潰してきて」

夫人に促されると、板橋はため息をつきながら病室を後にした。

完全にドアが閉まるのを待って、凜が続けた。

「これでいいですよね？」

「何が？」

「だって、五味さんはお見舞いが目的でここに来たわけじゃないでしょ？」

その言葉に五味は苦笑いをした。

「ベッドの横で、上杉さんが言っていたんです。現場で真犯人の証拠を押さえたって」

「上杉から、その証拠を見せてもらわなかったの？」

「疑いをかけられた本人が、見せるべきだって言っていました」

上杉の思いやりに溢れた言葉が嬉しかった。五味は、その証拠の収まったパソコンを鞄の中から取り出した。

「じゃあ、決定的瞬間をご覧に入れますか」

凜の膝の上に置いたが、少しためらった。

「でも昨日の現場のシーンだよ。まだ刺激的すぎやしないかい？」

しかし、凜は手で関係ないと合図した。五味は心を決めて、山岡に見せたものと同じ動画を再生した。

静かな病室に、昨夜の現場の物々しいノイズが流れる。五味は、凜の表情を気にし続けた。映像の中には、自分が銃で撃たれるシーンも入っている。その時の恐怖が脳裏に甦って（よみがえって）もおかしくはない。

しかし、凜はそれを食い入るように見つめ続けた。そして、全てを見終わると手を叩いて喜んだ。

「凄い！　これ上杉さんが撮ったんですか？」

「そうだよ。よく撮れたメイキング映像だろ」

「あんな現場で、冷静にカメラを回し続けた上杉さんて、本当に凄い」

「これを見て、あいつの根性を改めて知ったよ」

「私立探偵の人が、ポケットに入れていたのは何ですか？」

「恐らくモデルガンか何かだと思う。上杉の話では、警察のもう一つの捜査目的は銃刀法違反だったらしい。山岡はその情報も持っていたんだろうけど、俺たちにはふせていた」

凛は何も映っていないパソコン画面を愛おしそうに見つめながら言った。

「私はちゃんと囮の役目を全うできたってことですね」

そして、自分の左肩をまるで褒めるように優しく摩った。

五味は胸が熱くなり、不意に涙がこぼれそうになった。凛は新聞記事のことも知らず、純真に役に立ったことを誇りに思っている。無謀な賭けに凛を追い込んだのは間違いなく自分だった。

その顔を見て、凛はわざとはしゃいだ声で続けた。

「実行犯は山岡修平に決まりですね！　妹の写真と父の盗撮ビデオを現場に置いたのも、同一犯の仕業だったんですか？」

「そういうことになるね」

「ひょっとして……真犯人もわかったんですか？」

「もう一つお土産があるんだよ」

そう言うと五味は、ポケットから小型の録音機を取り出した。

それは山岡の前に差し出したものとは違う機種だった。五味は予め、二つの録音機を持って山岡のオフィスを訪ねていた。

生放送の時は、バックアップのカメラを必ず用意しておくこと。その心構えを、山岡と対決するときも五味は踏襲していた。

「この中に真犯人の名前が出てくる」

「わくわくしますね」

「それでは山岡被告の証言をお聞きください」

五味が再生ボタンを押すと、今朝録音したばかりの、山岡と五味が話す、生々しい音声が病室に流れる。五味は無駄な部分を早回ししながら、凜に聞かせた。

『五味さんの予想は当たっていますよ。板橋さんのお嬢さんの写真、そして不倫映像、全て私が現場で仕込んだものです』

（中略）

『なんでそんなことを？』

『それも見当を付けて、ここにいらっしゃったんでしょ？　藤堂さんが言っていましたよ。お前のやる「ヤラセ」くらい、五味はすぐに見破るはずだって』

（中略）

『躊躇する私に、藤堂さんは事細かく説明されました。番組を成立させたのは自分であること、ターゲットは板橋部長だけで、番組自体には決して迷惑がかからないということ、そして、……板橋部長は、藤堂さんと五味さん、共通の敵であること』

『なるほど。しかし、本当にそれだけだったんでしょうか。

（中略）

実はここに伺う前に、失礼ながら定款を拝見しました。山岡さんは警備会社を始められたようですね』

『さすが五味さんだ。私の方がお手伝いいただきたいくらいだ。（中略）

藤堂さんも私の計画に賛成してくださいました。それへの気遣いもあったんでしょう、番組のギャラとは別に、今回の件のアルバイト代を結構な額、用立ててくださいました』

そこで、五味はストップボタンを押した。

聞き終わると、凜はまた拍手をした。

「本当に腕のいいディレクターさんたち。上杉さんもだけど、五味さんも凄い。これって、そのまま番組になるじゃないですか」

「なるほどね。これは最高のドキュメンタリーだもんな」

「こういう人たちがいるから、『生激撮！』みたいな番組が出来上がったんですね」

凜は感慨深そうに言った。

「俺たちは活字の人間じゃないから、絵や音を撮ってなんぼだからね」

「五味さんは誘導尋問が本当にうまい」

五味は照れ笑いを浮かべた。

「ややっこしいタレントをいつも相手にしている成果が表れたのかな」

「タレントも山岡さんも落とし方は一緒なんですか？」

「大御所に無理な演出をお願いするとき、どうするかわかる？」

「どうするんだろう？」

「必ず相手の立場に立ってものを考える。この人はいまどういう状況にあるのか。何を望んでいるのか。気持ちが全てわかってから口説くんだ。番組の中で、いまこういう形で露出すれば美味しいですよってね」

「テレビのノーハウは、元警視庁警部に勝てたんですね」

凛は、自分の父親や家族を陥れた犯人には全く触れず、上杉や五味の仕事ぶりに感動している。この子は生まれながらにして、テレビ屋なのかもしれない。五味はそんな風に感じた。

「中に出てきた藤堂さんて、聞いたことがあるような気がするんですけど、思い出せなくて」

凛の口から、ようやくその話題が出てきた。凛は記憶を手繰り寄せることができず、眉間に皺を寄せている。

「うちの会社の取締役だよ」

「あっ、思い出した。フロアーディレクターの高橋さんが初めての出演のときに言っていました。『新東京ビジュアル』の役員も兼務しているんですよね。そんな人に父は恨まれていたんですか？」

「これまでお父さんとの間で色々とあったみたいだね」

するとと、凛が五味の顔を覗き込んで聞いた。

「五味さんは、いま父のことをどう思っているんですか？　やっぱり恨んでいますか？」

「お父さんと俺はADの頃、同じ釜の飯を食った仲だ。しかし俺のヤラセ事件以来、ちょっと疎遠になってしまった。そういう状況は、お互いに妙な妄想を生み出してしまうみたいだね。

　普通に、コミュニケーションを取っておけば、何の問題もなかったと思うんだ」

「前みたいに戻る？」

「約束するよ」

「よかった」

　凜は、声を小さくして続けた。

「うちの家庭のことも心配なんです。父の不倫映像が週刊誌に載っちゃったみたいですね」

「見たの？」

「いいえ。あとでこっそり売店に買いに行くつもりですけど。母から聞いたんです。一昨日、父の元にはそのゲラ刷りが届いていたようで、父は広島に来る車の中で、ずっと母に謝り続けていたんですって」

「心配」という言葉を使いながらも、凜の表情は晴れやかなものだった。

「父がこの部屋にいないときに母がこっそり聞いてくるんですよ。あなたはその映像を直に見たんだからわかるでしょ。付き合っていた女はどんな感じだったのって」

「お母さんも女性だからね」

五味は苦笑いした。

五味は、一回目の出演の後の心の葛藤について、凜からは何も聞いていない。

凜は中継現場でモザイクのかかっていない父の浮気現場の動画を目にしたが、それを母親には黙っていたのだろう。きっと母親に対して、自分が秘密を持っていることを後ろめたく感じていたのだ。父親が白状してくれたことで、凜はその重荷から解放されたのかもしれない。

凜が表情を曇らせて言った。

「『生激撮！』は終わっちゃうんですか？　さっき父が言っていました」

「あれだけの騒ぎを起こすと、なかなか難しいだろうな」

昨夜のうちに、上司である制作局長から、今後予想される流れを五味は聞かされていた。

「昨日の放送が最終回？」

「来週は総集編でしのいで、その翌週からつなぎの番組を始める予定みたいだね」

「全部私のせい……私がどんくさいから」

五味は、その言葉を聞いて笑い出した。

「鉄砲の弾を避けられたら、映画の『マトリックス』みたいになっちゃうよ」

凜も笑った。

「わかった。『生激撮！』が終わっても、私が編成になって復活させます」

「女子アナは引退？」

「あと二、三年は続けたいんで、そのあと編成に異動願い出します。だから、五味さん、少しの間待っていてくださいね」

無邪気な言葉だったが、五味の心を温かくした。

「うん。期待しているよ」

五味は、パソコンと録音機を鞄に仕舞いながら言った。

「じゃあ、これで東京に戻るよ」

「もう、行っちゃうんですか？　父や母より、五味さんと話している方が楽しいのに」

「東京でやり残したことがあるんでね」

寂しそうな顔をした凜だったが、すぐに笑顔に戻った。

「私も、明日くらいに東京に帰ります」

「待っているよ」

その時までに、病院の外で張り込みを続ける記者たちの輪が、消えてくれることを五味は祈った。出ていこうとする五味に、凜が声をかけた。

「『真犯人』のこと、父には私から話しますね。それを聞いたら、父も五味さんのことを、また好きになるんじゃないかな」

五味は笑顔を作りながら、ドアを閉めた。


病室を出ると、ドアの脇に板橋庄司が立っていた。

板橋は少し話があると、五味を病院の中庭に誘い出した。五味にも、板橋に伝えたいことがあったので、ちょうどいい流れだった。

中庭に出てみると、雲も見当たらない青空の下、初夏の穏やかな風が感じられた。木々に囲まれ、芝生が綺麗に敷き詰められており、入院患者たちが散歩を楽しんでいる。

二人は、ベンチに腰かけた。二人の視線の先には小さく原爆ドームが望めた。

病室に入ったときに感じられた警戒心は、すでに板橋の中から消えているようだ。

日光の下で見る板橋の顔は疲れ切っている。度重なるトラブルと徹夜の運転のせいだろう、顔全体がすっかりやつれていた。オールバックの髪には記憶にないほど多くの白髪が目立つ。

板橋は、まばらに生え始めた無精髭を手でいじりながら話し始めた。

「さっき、立ち聞きしていたんだ」

病室で凛に披露した「証拠品」を、扉の向こうで聞いていたのだ。板橋の様子の変化が納得できた。

「全部、藤堂がやったことだったんだな」

五味は頷いた。

「あのおっさんを敵に回しちゃいけなかったんだ」

「俺も、もっと早くに気づけばよかったよ」

「誰もかなわない。あの悪魔には、誰もね」

板橋は、深いため息をつきながら黒縁の眼鏡を外し、指の先で鼻の付け根をぎゅっと押した。

「うちの局は、もうおしまいだ」

その声には相手を威圧するような、いつものエネルギーが感じられない。

「インサイダー取引のことか？」

「小野から聞いたんだな、一億四千万円のこと。藤堂はとんでもない『爆弾』を自分の会社に仕掛けたもんだ」

「しかし、『MM＋α』の尻尾を捕まえるために、社長が金融庁のOBに頼んだんだろ」

「それは誰から？」

「益田涼子がメールで教えてくれた」

「なるほどね」

板橋は、五味と涼子が昔付き合っていたことを思い出したという顔をした。

「社長は、国税局の査察が入る来週の金曜日までに、絶対に見つけ出すと息巻いているが……俺は、無理だと思っている」

「どうして？」

「代理店を騙った『MM＋α』は、間違いなく金融ヤクザのような、その手のプロ集団なんだ。人から聞いた話だが、そういう連中は、大きな仕事の後はしばらく雲隠れするらしい。見つけ出すことなんて不可能だと言っていたよ」

これまで絶えず前向きな思考しか見せなかった板橋が、ネガティブな言葉ばかりを口にする。板橋は相当精神的に追い詰められているようだ。

「刑事告訴しても意味ないのか」

「藤堂をか？」

五味は小さく頷いた。

「こっちが何か証拠を握っていればな」

板橋は、上着のポケットから携帯を取り出して続けた。

「二時間ほど前に、益田涼子から俺に最新情報が入ってきたんだ」

五味も新幹線の中で、涼子からメールを受け取っていた。それはほぼ同じような時間だった。

「今日、益田は報道部長の小野を社まで呼び寄せて、一日中調査に協力させていた。俺には話さないことも、同期の益田に聞かれると小野は簡単に口を割るみたいなんだ。益田がリクエストすると、素直に自分のパソコンを開いたという。

するると、その中には『MM+α』とのメールのやり取りが残されていた」

五味はその内容が気になった。ひょっとすると自分たちの濡れ衣を晴らす何かが残っていたのかもしれない。

「いま、ちょっと期待しただろ。俺もそうだった。『MM+α』と藤堂を結び付ける証拠とか、タイアップと騙して〝入り中〟を差し込ませたことを示す証拠とか……」

五味の気持ちは一気に不安なものに変わっていく。板橋は携帯を指で叩いてメールの画面を開いた。

「放送の四日前のやり取りだった。内容を読み上げてやろうか。中に出てくるマツダという名前は、『MM+α』の人間だ。まあ偽名だろうけどね」

小野のパソコンの中身をコピペしたものだろう、涼子からのメールを板橋は読み上げた。

マツダ「お世話になっています。今週の『生激撮！　その瞬間を見逃すな』で、牛田自動車の新車発売に関するニュースを〝入り中〟という破格な扱いで取り上げていただきありがとうございます。クライアントも大変喜んでおります。

小野様に二つ質問があります。そのニュースが流れるのは何時頃になりそうでしょうか？　また、『生激撮！』のご担当者様も了承されていることでしょうか？」

小野「〝入り中〟を流すタイミングは、視聴率が一番跳ね上がるガサ入れの直前を予定しています。ガサ入れのタイミングですが、今までの傾向では八時五分から十分の間といったところでしょうか。担当プロデューサーは五味という者で委細了承済みです」

マツダ「早速のご返答感謝いたします。小野さんと五味さんのご尽力のお蔭で、海外での牛田自動車株も上がってくれそうです。お約束の金額を超える可能性は十分あります。ご期待ください」

小野「楽しみにしています。何卒宜しくお願いいたします」

「以上だよ」

五味は愕然とした。それは濡れ衣を晴らす証拠どころか、インサイダー取引に関する小野と五味への疑いをより深くするものだった。

「それだけだったのか？」

「これだけだ。あとは電話でのやり取りだったらしく、それを録音したものは残っていない。マツダと名乗る男は、証拠を小野のパソコンに残すために、わざわざこのメッセージだけメールしてきたんだ。

そしてこのメールは、査察にやってくる国税局の目に留まるのを、小野のパソコンの中で今か今かと待ちわびている。あいつらの手口は本当に巧妙だよ」

巧妙とはいえ、すでに「株」というキーワードまで登場している。しかし、この連絡事項だけが電話ではなくメールだったとき、普通なら違和感を持つはずだが。

「小野君はこれを読んだとき、怪しいと思わなかったんだろうか」

「思わなかったんだろうねえ。あいつは報道マン失格だ」

板橋は小野をバッサリと切り捨てた。同情的に考えれば、小野の洞察力を鈍らせたものは、藤堂への信頼感に他ならない。

「藤堂が、〝入り中〟をそそのかしたのはサウナの中だったんだろ。あいつはお前たちの何倍も慎重な男だったんだよ。状況証拠すら見当たらないいま、刑事告発してもお前たちの証言だけじゃ逃げ切られるのが落ちだ。

藤堂は、お前たちをはめるために色々とアイディアを捻り出していた。さっき益田から聞いたんだが、お前と小野の口座に百万が振り込まれていたそうじゃないか」

五味は頷いた。

「いよいよ、やばいぞ。癌が身体中に転移し始めている」

五味は、ずっと引っかかっていることを板橋に尋ねた。

「俺はともかく、小野君は藤堂の愛弟子じゃないか。なぜ、弟子に対してそこまで非情になれるんだ」

板橋は、五味の方をちらっと見た。まだ藤堂のことをわかっていないのかという表情だった。

「ふん、あの男は、小野なんて将棋の駒くらいにしか思っちゃいないよ。藤堂は自分の身の周りにいる、小野と五味という二人のお人好しをいけにえとして見繕っただけなんだよ」

板橋は藤堂のことを「悪魔」と表現した。「悪魔」は近くにいた手頃な二人を、今回のいけにえの対象に選んだということなのか。

「藤堂の本当の狙いは何なんだ？　なんで自分の会社にそこまでする必要があったんだ？」

「確かに藤堂は、取締役になった頃はまだ愛社精神もあっただろう。しかし、出世のラインから外れた頃から、豹変したんだと思う。

社長が手にした情報では、藤堂はずいぶん前から『マックスフォン』と連絡を取り合っていたみたいだ。向こうの会社の専務は、藤堂の大学時代の同期だ。そいつと結託して、内と外から新東京テレビを破滅に追いやったんだ」

「逆恨みで、新東京テレビを『マックスフォン』に差し出したということなのか？」

「もちろん、報酬ももらっているだろう。それも、退職金も含め、今後、新東京テレビからもらう金額をはるかに上回る金額だろうな」

藤堂に存在した二つの顔。五味はその一つしか目にしていない。もう一つの顔は、涼子から、板橋の口から、まるで別人の情報のように、五味の元にもたらされた。当初、全てを否定したかった五味の心は、すでに粉々に砕かれている。

「これで傘下になることは決まりか？」

「当初、『マックスフォン』の買収話に対し、世間は新東京テレビに同情的だった。しかし、そこにインサイダー取引と昨夜の銃撃戦の情報が加わると、その空気は一気に逆転することになる。

まあ、そこに俺の不倫動画も加わることになるんだけどね。藤堂はインサイダー取引だけじゃなく、多方面から波状攻撃をかけてきたんだよ」

板橋は黒縁の眼鏡を外すと、付着した脂をハンカチで拭き取りながら考察は続けた。

「昨日の『生激撮！』の銃撃戦を観て思ったんだ。五味の企画書を持って、上層部を説得して回り、『生激撮！』をゴールデンタイムに置いたのは藤堂だった。藤堂は、昨日のような修羅場を起こすことを想定して、お前の『生激撮！』の企画書を気に入ってみせたんじゃないのか」

板橋の言葉に、五味はドキッとした。

自分の番組が、藤堂に利用されたのはわかっていたが、そこまでは考えていなかった。藤堂の元に『生激撮！』の企画書を持ち込んだのは、ほぼ一年前。その企画書を見たとき、すでに藤堂の頭の中には様々な展開が湧き上がっていたのだろうか。板橋への嫌がらせ、『マックスフォン』の買収劇の後押しとなるトラブル。

藤堂は、決して番組の内容を気に入ったわけではなく、五味が作った企画書に政治的な利用価値だけを見出した。番組が始まるずっと前から『生激撮！　その瞬間を見逃すな』には二人の演出家がいたのだ。昨夜の銃撃戦も、その頃から予定されていたものだったのかもしれない。

「お人好しのお前にもう一つだけ伝えておいてやるよ。俺の不倫動画は、藤堂の指示のもと山岡っていう私立探偵が仕組んだ。そうだよな」

五味は頷いた。

「女を俺に紹介した芸能事務所の社長が言っていたよ。その社長と初めて会ったときの女の言葉、五味さんという人にここを教えてもらって来ましたってね。藤堂は、インサイダー取引だけでなく、あらゆるところで、お前を隠れ蓑として利用してきたんだよ」

五味は深いため息をついた。それでも心に充満した不快感を出し尽くすことなど叶わない。

板橋は上着のポケットから煙草を取り出して火をつけた。深く吸い込んで吐き出された煙を風が運んでいく。二人は、ぼうっとその行先を見つめていた。

「四年前、四十になると同時にやめたんだけどな」

「一緒だな。いつから再開したんだ?」

「一昨日から。煙草なんて、今のストレスに比べたら、ずっと小さい話だと思ってね」

板橋は再び、身体に蓄積した毒を追い払うように、肺いっぱいに煙を吸い込む。瞬く間に煙草の先に長い灰が連なり、板橋はそれを携帯用の灰皿に叩き落とした。

「一週間後には、うちの会社に国税が査察に入る。内部告発したのも、藤堂の仕業に決まっている。

国税は、一億四千万の入金にすぐに注目するだろう。金を生み出したカラクリも藤堂が伝えているだろうから、国税はすぐに裏取り作業に着手するだろうな。そして、インサイダー取引が会社ぐるみの犯罪だったと結論づける。

これでうちの会社は、間違いなく近い将来、『マックスフォン』の傘下に収まる。そうしたら、俺も社長の伊達さんもお払い箱だ。

五味、お前もやばいぞ。インサイダー取引の首謀者に祭り上げられたら、立派な犯罪者なんだからな」

覚悟を決めつつあった五味だったが、さすがに人から言われる「犯罪者」という言葉には衝撃を受けた。

「組織の中の人間なんて、所詮こんなもんだ」

板橋は悔しそうに呟いた。

「煙草もらえるか？」

板橋は、箱を揺すって五味のために一本取り出した。

「こっちと違って、編成部長まで上り詰めたんだ。組織のゲームを十分楽しめたんじゃないのか」

「ゴールまで、あとひと息ってところだったのにな。最後の最後でクラッシュしたって感じかな」

板橋は、本気で社長の椅子を狙っていたのだろう。同じ組織の人間として、二人は全く別の道を歩んできた。番組の中のワンカットに情熱を注いできたディレクターと番組を駒の一つとみる編成マン。ヤラセを犯したディレクターとそれを管理する編成マン。二人は組織の正反対の立場で生き、長く対立も続けてきた。

そんな二人がいま形こそ違え、ほぼ同時に終焉の時を迎えようとしている。

板橋は、次の煙草に火をつけながら言った。

「結婚していないお前にはわかりづらいかもしれないが、いま、うちの家庭はえらいことになっているんだよ。娘は父親の不倫映像を目の当たりにし、今日は写真入りでその記事の載った週刊誌が発売になった」

東京から広島まで、ずっと助手席の妻に謝り続けたよ。さすがに凜には、まだ見せていないけどな。藤堂に、仕事も家庭も粉々にされた感じだ」

二人は煙草を吹かしながら、しばらく沈黙を続けた。相変わらず二人の座るベンチに五月の暖かい日差しが照り付けている。二人の上空を一羽の燕がひゅんと通り過ぎていった。

五味が穏やかな口調で、板橋に語り掛けた。

「ADの頃、広島に一緒にロケに来たのを覚えてるかい？」

「そんなことあったかな？」

「ディレクターは、大酒飲みの角田さんだった」

「あの口髭の角田さん？」

「そう」

板橋は、少しの間過去を見つめる目をした。

「ああ、思い出した。広島に来たな。確か、芸能人の故郷を訪ねるみたいな企画だった」

「その時の写真がこれだよ」

五味がポケットから一枚の写真を取り出して、板橋に見せた。

そこには店員が撮影したものだろう、お好み焼の鉄板を前に、コテをかざす先輩の角田、ADの板橋、五味の三人が写っていた。五味はなぜか広島カープの帽子を被っている。

「会社に入って、三か月目くらいだと思う」

写真は二十年以上前のもので、かなり色あせていた。

「どこにあったんだ？」

「昨日、生放送で下手打って家に帰ったらさ、もうそろそろ会社での居場所もなくなる頃かなと思ってすっかり感傷的になった。独りで酒を飲んでいたら、いつの間にか昔の写真を押し入れの中から引っ張り出していたんだよ。

そうしたら、その中にこれを見つけたんだ」

五味は偶然を装ったが、本音はそろそろ板橋との関係を修復するときだと思っていた。凜のためにも。

「ずいぶん痩せていたんだな」

「お互いな」

「なんだか不思議な感覚がする。地球を一周して、いまお前と再会したような気分だよ」

「なんか板橋らしくない表現だな。俺も似たような気持ちになっているけど」

写真を眺めながら、板橋は意外なことを語り出した。

「本当はさ、五味が羨ましかったんだよ」

「えっ？」

「ADの頃、お前は勘どころが良くて、すいすい仕事をこなした。その点俺はディレクターの言っていることがさっぱり理解できなかった。だから、早々に制作から逃げ出したんだ。それからいろんな部署を渡り歩いたよ」

板橋の瞳は、疲れもあるのだろう、しゃべりながら潤んでいった。

「その後も、五味はヒット番組を次々と世に送り出した。お前は『テレビ屋』という商売を心の底から楽しみながら、同時に会社にも貢献していった。

その一方で、俺は何のためにこの仕事を選んだのか悩み続けたんだよ。そこで行き着いたのが編成という部署だった。そこには、やっと自分でも役に立つ『テレビ屋』の仕事があった。

その時、お前のヤラセ事件が起きたんだ。俺にとってヤラセの内容なんてどうでもよかった。これでお前を逆転できる、そんな気持ちしかなかったんだ」

板橋の頬を涙が伝った。次第に言葉にならなくなる。

「いま思えば、情けない話なんだ。男の嫉妬ほど厄介なものはない。今回のことだってそうだ。俺は……ずっとお前を疑い続けた。番組を使って俺を追い詰めているって、勝手に思い込んでいた。本当に自分が情けない。五味……申し訳なかった」

板橋は深く頭を下げた。

「もうよせよ」

五味は板橋の背中を優しく叩いた。身体を起こし、気まずそうに五味を見つめる眼は真っ赤だった。手で鼻をこすると板橋は続けた。

「不思議だったのは、凛の行動だ。お前への俺の憧れを、あの子は引き継いじゃったのかな。凛はどんどんお前に近づいていった」

「俺はね。こうして板橋と和解できたのは、凛ちゃんのお蔭だと思っているよ。あの子が俺たちを再び繋いでくれたんだ」

しばらく、二人の間に静かな時間が流れた。

するとと我に返った板橋が、辺りをきょろきょろと見回し始める。

「おい、どこかにカメラとか仕掛けてないよな」

「あれ？　ドッキリってわかっちゃったか？　今頃病室で、凜ちゃんが父親の情けない顔を見て、大笑いしていると思うよ」

「うそだろ」

「うそだよ」

五味は爽快に笑った。

「五味なら、やりかねないからな」

「それは、褒め言葉と思っていいか？」

「大絶賛だよ。五味は、テレビ業界を代表する名ディレクターだ」

「ただ言っておくけど、過去の写真を使って泣かせるなんて古典的な手口は俺は使わないよ」

五味は写真を板橋の前でちらつかせると、ポケットに仕舞い込んだ。

「五味は、これからどうするつもりなんだ？」

「わからない。もし首になっても退職金くらい、もらえるんだろ？」

「それは大丈夫だろ。減額はあるかもしれないけど」

五味はベンチからゆっくりと立ち上がり、広島駅を目指した。

板橋と和解したこと自体は心地いいものだったが、その板橋が話してくれた情報は、五味にとってシビアなものばかりだった。

五味は東京への帰途、新幹線の座席で缶ビールを片手に自問自答し続けた。

「俺は、これから一体どうなるんだろう」

水曜日に百万円の入金を知ったときから始まった悲劇の連鎖。平穏な生活がたった二日間でここまでの危機状態に達した。

全ては自分が作り出した『生激撮！』という番組が起こしたことだった。

五味は、『生激撮！』をこれまで制作してきたどの番組よりも気に入っていた。

日本のテレビディレクターやプロデューサーで、自分の満足がいく番組を作っている者がどれほどいるだろうか。みな放送の翌日突き付けられる視聴率や細かく決められたコンプライアンスのために、我を捨て番組に携わっている。そういう意味では、この半年余り自分は幸せなディレクターでありプロデューサーだった。

「世の中、ただ甘いだけのことなんてないんだよな」

すでに温くなっている缶ビールを口に流し込みながら思った。

今回の騒動で、仮に新東京テレビが『マックスフォン』の傘下に入っても、板橋は閑職に回される程度の話だろう。しかし、五味の場合は、それ以前に「犯罪者」として、首になる可能性は十分にある。

以前にも上司に腹を立て、こんな会社辞めてやると思ったことはあるが、いざ具体的な話になると、会社の有難さばかりが感じられる。板橋が語っていたように、組織はむごい仕打ちをすることもあるが、中で生活している間は、温室のように過ごしやすい場所だ。五味も組織というぬるま湯で、存分に甘えさせてもらってきた。その分、一度そこから放り出されると何もできない自分がいる。

五味は、空になったビール缶を握りつぶした。

同日　午後十時

経理部の益田涼子は、広島からの五味の帰りを待っていた。

場所は、原宿の会社の近くにある『鳥伝』という焼き鳥屋で、そこは五味の行きつけの店だった。

涼子は、長い髪の枝毛をいじりながら時間を潰した。仕事中は基本的に、髪をヘアクリップでまとめ上げているが、オフの時間は下ろしている。そういう意味では、ここ三日ほど、ヘアクリップはほぼ涼子の髪に留められっぱなしだった。

一昨日の国税査察の通知から、経理部は戦闘状態に突入した。査察の開始は来週の金曜日。そこまでに伝票や帳簿を整理し、怪しい金の出入りなどないか全てチェックしておく必要がある。

すでに入金リストの中から一億四千万という「爆弾」を発見して、局専属の会計士とも対応策を練っている。涼子はその大金の原資をインサイダー取引によるものだと確定し、今日はその情報を一番摑んでいるだろう報道部長の小野を会社に呼び出し、聞き取り調査を続けてきた。

昨日は、会社のソファで一夜を過ごした。目覚めたとき、肩や腰がパンパンで、四十歳を超えるとなかなか無理がきかないことを再認識した。

しかも、昨夜はプライベートでも大きな出来事があった。

朝、ソファから体を起こし会社の化粧室に行くと、鏡に映る自分に涼子はこんな言葉をかけていた。

「益田涼子、あなたはいま、人生の曲がり角に立っています」


携帯に表示されている時刻をちらっと見た。十時過ぎ。もうそろそろ、五味が東京駅を出て原宿に向かっていてもおかしくない。

自分以上に「人生の曲がり角」に立たされているのは、五味の方だ。そんな五味に会う約束をしたわけは、今日中に伝えておきたい三つの話があったからだった。

涼子と五味が、初めて会ったのはもう十年も前のことだ。

経理部と制作部が一緒になった飲み会で、携帯のアドレスを聞いてきたのは五味の方だった。

涼子は、父親を外交官に持つお嬢様で、高校までは海外での暮らしが続いた。小さい頃の一番の楽しみは、テレビで日本のアニメを観ることだった。帰国するとお堅い女子大に入り、新東京テレビでも最も地味な経理部に落ち着いた。三十歳を過ぎても男に対する免疫力に欠けていた……それが五味に魅(ひ)かれていった涼子の自己分析だった。

すぐに、五味から収録を見学に来ないかと誘われた。経理部の人間はスタジオに顔を出すことはほとんどない。その空間は新鮮なものだった。

収録は五味が総合演出を担当する、ものまね番組だった。本番が始まると、サブのディレクターズチェアに座る五味の様子は一変した。スタジオとサブはまるで祭りでも始まったかのような異様なテンションになり、涼子の目には、五味は神輿(みこし)の上で祭り全体を指揮する神がかった氏子のように映った。

話していても五味は、自分とは正反対の人種だった。理屈で物事を進める自分とは違って、五味は自分のやりたいことのためなら、本能のままに行動した。そして、自分の命をすり減らすかのように番組作りに没頭した。涼子は五味と同じテレビ局にいることが誇らしかった。

付き合っていた頃の思い出は楽しいものばかりだ。海外旅行にも何度か行った。そこで五味は涼子をビデオで撮り続け、編集までして見せてくれることもあった。知らぬ間に、五味との交際はあっという間に会社中に広まり、公認の仲になっていた。

しかし、その五味を涼子の方から振った。涼子は結婚をイメージしていたが、五味には全くその意識がなかった。別れてしばらくは、周囲に気まずい空気が流れたが直に元通りになった。

それ以降何人かの男性と付き合って、四十歳になったときに一つ年下の『マックスフォン』に勤める彼氏と出会った。仲が深まるきっかけは、共通の趣味がゴルフだったこと。料理も得意で涼子の前で何度も披露してくれた。今の彼氏は、タイプ的に言えば、五味とは正反対の男性だった。

しかし、二年ほど交際を続けていると『マックスフォン』による自分の会社への買収話が持ち上がった。

そして二日前から、その買収劇の主戦場が、涼子の所属する経理部に移ってきた。その調査に当たった涼子は運命的なものを感じた。なぜなら、その真ん中に深手を負った五味の姿を見つけ出したからだ。涼子は、五味を救おうと走り続けた。

奔走を続ける中で感じたことがあった。こうした極限的な状況の中だと、登場人物たちは、今まで見せたこともない本音を見せる。もちろん自分も含めて。「人生の曲がり角」という言葉は、そんな葛藤の中から出てきたものだった。

店内は、五味の席を残し満席だった。ほどなくして、五味が店の入り口をガラガラと開けて入ってきた。

「お待たせ」

横の席に座る五味に、涼子が尋ねた。

「剛君、煙草吸ったの？」

「よくわかったね」

五味は驚いた顔をした。

「ずっとやめていたのにね。まあ仕方ないか。これだけのトラブルに出くわしちゃったんだもんね」

涼子が予想した以上に、五味には覇気がなかった。五味はオフェンスの時は無限にエネルギーを放出するが、一度ディフェンスに回ると気力を失い脆さを曝け出す。そのことを涼子はよく理解していた。

「凜ちゃん、大丈夫だった？」

「うん、まあ」

その返答はそっけない。

「でも、精神的には来てたでしょ」

「たぶん、それも大丈夫だと思う。何飲む？」

「私は、ウーロン茶でいい」

「珍しいね」

「だって、仕事抜け出してきたんだもん。一週間後には国税が査察に来るから、経理部はパニック状態が続いているのよ」

飲み物の注文を済ますと、涼子は話を続けた。

「昨夜の放送は、デスクで観ていたんだけど本当に怖かった。私だったら中国系マフィアの人と目を合わすのも嫌だもん。アジトの中で怒鳴り散らしている男たちの横で、堂々とレポートできちゃうなんて、凜ちゃんは本当に凄いアナウンサーだよ」

涼子が一方的に話し続けるのはいつものことだった。それは二人が付き合っていたときも一緒だった。五味は昔と同じ感じで生ビールを飲みながら適当に聞き流している。

「私たちも、いま泊まりがけで必死になって帳簿を整理しているけど、中継現場で身体張っている新人社員がいるんだから、私たちのやっていることなんて全然大したことないよね。もっと頑張らなきゃいけないって思っちゃった。

最近は、会社が買収話でおかしくなっているでしょ。そんな中では凜ちゃんの頑張りは、みんなに勇気を与えたんじゃないかな」

五味は一日中会社の外にいて知らなかっただろうが、板橋凜はすでに社員たちの間で、ジャンヌ・ダルクのような存在になっていた。

世間は新東京テレビの放送事故というスキャンダルに沸いていたが、社内には凜の犠牲によって一致団結する空気が生まれつつあった。

「今日は一日、小野君から聞き取りをしていたの。一番見たかったのは彼のパソコンの中。インサイダー取引の証拠が何か残ってるんじゃないかって思ってね。

そしたら、その中に〝入り中〟間近の『ＭＭ＋α』とのやり取りが残されていたの。あまりいい話じゃないんだけどね……」

これが、五味に伝えたかった話の一つだった。

「それは、板橋から聞いたよ」

「えっ？」

「マツダって奴が、わざと残したメールだろ？」

「そう。それを伝えようと思って来てもらったのに、もう知ってたんだ」

涼子は、少しがっかりした。

「見舞いの後、板橋に呼び止められてね。そこで涼子からのメールを見せてもらったんだよ」

「へえ。剛君、板橋さんとちゃんと話せたのね」

五味は苦笑いをしながら頷いた。

涼子は、ヤラセ事件以来、五味と板橋との間に大きな溝ができたことを知っていた。最新情報を自分の口から伝えられなかったことは残念だったが、二人の関係が修復したことは涼子にとっても嬉しい知らせだった。

「百万円の入金とかそのメールとか、今は不利な証拠ばっかりだけど、まだ一週間あるから、絶対に『MM＋α』の尻尾を摑んでみせる」

涼子は目の前のウーロン茶に初めて口を付けた。

「小野君と一緒にいて、彼が剛君の番組のことで不思議なことを言っていたの」

「不思議なこと？」

「小野君に、藤堂さんが以前こんなことを言っていたんですって。

『五味は本当に優秀な演出家だ。この局でも一番優秀だと思う。しかし、それだけで『生激撮！』をゴールデンの番組にしたと思うか？　それほど俺もお人好しじゃない。『生激撮！』はあらゆる意味で役に立つ番組なんだ』って。

これって、番組を始める前から、インサイダー取引のことを予定していたってことなのかしら？」

五味は、じっとその話を聞いていた。そして、悔しそうに返した。

「板橋も、お前は藤堂に利用されたと言っていたよ。そんなに前からインサイダー取引を考えていたかどうかはわからない。でも、番組の中でいろんなことを試そうとは思っていたんだろうね。昨日の銃撃戦も藤堂が仕組んだものだった」

「そうなの？」

それは涼子にとって新しい情報だった。

「警察との直接の交渉は、山岡という私立探偵の男に任せてたんだ。そいつは藤堂と繋がっていた。その山岡が銃撃戦を起こしたんだよ。

『生激撮！』という番組にはさ、俺と藤堂の二人の演出家がいた感じなんだ」

五味は、ビールジョッキに両手を添えて、少し俯いた。

「俺はさ、藤堂のおっさんのことが結構好きだったんだよ。恩義も感じていたしね。でも、それは大きな勘違いだったんだ」

涼子にとって、五味の言葉は意外なものだった。藤堂とそれほど深い心の繋がりがあることを知らなかった。五味は、必要以上に周囲のスタッフに愛情を注ぐところがある。何度も裏切られて、傷つく姿を涼子は目にしてきた。

窮地に立たされている今の立場も深刻だが、そこに人間関係の破綻まで加わると、五味が受けた傷は相当深いものになる。

しかし、涼子には藤堂に関してもう一つ五味に伝えなくてはいけないことがあった。五味の反応が気がかりではあったが。

「その藤堂さんのことなんだけど……」

それは五味に伝えたかった、二つ目の話だ。

「新東京テレビが『マックスフォン』の傘下に収まったとき、その社長は藤堂さんと決まっているらしいよ」

「えっ？」

それまで気のないリアクションを続けてきた五味が、目を大きく見開いて涼子を見つめている。告げた情報は、五味の予想の範囲を大きく超えていたようだった。

「本当に？」

「それを前提に、藤堂さんは『マックスフォン』のために、会社の中で内部工作を続けていたみたい」

「それは……誰から聞いたの？」

五味は声を上ずらせながら尋ねてきた。

「うーん……」

そう聞かれるのはわかっていたが、涼子はなかなか言い出せなかった。その顔を見て五味は察したのか、もうそれ以上聞いてこなかった。

昨日、涼子にその情報を伝えたのは『マックスフォン』の彼氏だった。

彼氏から涼子の携帯に電話が入ったのは、『生激撮！』で銃撃戦が起こって少し経ってからのことだった。涼子は番組を自分のデスクで、仕事の手を休めて観ていた。

彼氏は『生激撮！』の放送を自宅で観ていたようで、こう話し始めた。

「銃撃戦、凄かったねー。テレビであんなものを観るの初めてだよ。でも、この事件で一つ山場を越えたかもしれないね」

「山場って？」

涼子は聞き返した。

「買収話のさ。リーチがかかったってところかな。あとはそちらの藤堂取締役が仕上げに入るだけだからね」

これまで彼氏は、「買収」というキーワードを涼子の前で口にしたことは一度もなかった。彼は、『マックスフォン』の経営戦略室に所属していたので、興味深い情報を持っていることは予測できたが、二人の恋愛には関係のないことと思い、涼子からも尋ねることはなかった。

しかしこの日に限って、涼子に電話をかけてきたのは、その話のためだった。山場を越えたという通り、彼は『生激撮！』の銃撃戦を観て、買収について具体的な話をしても問題のない段階に入ったと判断したのだろう。

その話の中で、「藤堂」という名前が出てきたことに涼子は引っかかった。

「藤堂さんのことを知っているの？」

「知っているさ。うちの経営戦略室の中じゃ、ヒーロー扱いだよ。優秀な工作員だってね」

涼子は驚きを隠せなかった。

一億四千万円の振込みを見つけてから涼子が続けてきたのは、全て藤堂が引き起こしたインサイダー取引の裏取り調査みたいなものだった。その藤堂のことを自分が付き合っている彼氏が口にした。しかも、「工作員」という呼び方で。

「工作員って、インサイダー取引を仕組んだってこと？」

「涼子ちゃんの質問でも、具体的なことはシークレットだね」

「オフレコってことでお願い」

「ダメダメ。上司に殺されちゃうよ」

彼氏は本気で口を割るつもりはなさそうだった。涼子は質問の方向を変えてみた。

「うちの藤堂は、なんでそんなに『マックスフォン』に肩入れをしたんだろ。そっちの会社の専務に大学の同期がいたためかな？」

涼子は、そのあたりのことは板橋から聞いていた。

「そんなんじゃないよ。自分のためさ。ここからは本当にオフレコだよ。もし『マックスフォン』が新東京テレビを傘下に収めた場合、その代表取締役社長の椅子には、藤堂さんが座る約束になっている」

「約束？」

「そうだよ。うちの専務とそういう密約を結んだうえで、藤堂さんは色々と奔走してくれたんだよ」

話を聞いて、涼子は情けない気持ちでいっぱいになった。しかも、それは板橋凜が銃で撃たれて間もない時間帯の電話だった。会社のために中継現場で身体を張る者もいれば、取締役という重職に就いていながら背任行為を続けた者もいる。涼子の瞳に、悔し涙が溢れた。

「もしもーし」

涼子が沈黙を続けると、彼氏が呼び掛けてきた。

「はい」

涼子は、泣いていることを悟られないように努めた。よほど気分がよかったのか彼氏は饒舌だった。

「しかし、あの板橋凜て子は見事だったね」

てっきりレポートについて褒めるものと思っていた。

「あそこで流れ弾に当たるなんて凄いよ。うちの会社からボーナス出してもいいくらいのファインプレーだよ。ただの銃撃よりも、被害者が出た方が新聞の扱いも大きくなる。今までは『マックスフォン』による買収に関しては、世間は新東京テレビに同情的だっただろ。この事件で一気にひっくり返せる。来週いっぱいでほぼ片がつくんじゃないかな」

涼子は耳を疑った。凛が傷ついたことをファインプレーと表現した。

自分の前ではいつも優しく紳士的に振る舞っていた彼は、こんな一面を持っていたのか。凛への思い入れの違いを差し引いても、決して許すことのできない言葉だった。

携帯を持つ手が熱くなった。そもそも彼は、買収のような「ゲーム」が好きな男だったのだろう。その「ゲーム」から立ち上る血の匂いに心をときめかせているに違いない。しかし、その顔を自分にだけは晒さないでほしかった。ずっと羊の仮面をつけたままでいてほしかった。

彼氏は、電話の向こうで声を弾ませ、続けた。

「そしたら僕も余裕が出るから、少し休みでも取って涼子ちゃんと海外にでも行きたいな」

涼子は携帯を耳に当てながら目を閉じた。閉じた目から涙がこぼれ落ちた。

「一言だけ言ってもいい？」

「旅行先のこと？　いいよ、言って」

「旅行先じゃないよ。言いたいのはさ……」

涼子は一つだけ言葉を発して、携帯を切った。


五味は、涼子の藤堂についての話を聞いてから、ビールにも手を付けず考え込んでいる。

涼子は、自分のためらいで中断した会話を元の流れに戻そうとした。

「さっきの話を教えてくれたのは『マックスフォン』の彼だったの」

五味は何も反応しなかった。しばらく続いた沈黙の後、五味が自嘲の笑いを浮かべた。

「どうしたの？」

「いや……つまらないことに気づいただけ」

「どんなこと？」

「銃撃戦は、私立探偵の山岡が起こしたって言っただろ。山岡は藤堂から報酬を受け取っていた。でも、わずかばかりのお小遣いで、あんな騒ぎを起こすかなとずっと引っかかっていたんだ。涼子の話を聞いてすっきりしたよ。

山岡はさ、最近、警備会社を始めたんだ。きっと『藤堂社長』は、山岡に新会社の警備の一切を任せるとでも約束したんだろうな。

なっ、つまらないことだろ」

涼子は首を横に振りながら微笑んだ。

「私もつまらない話、してもいい」

「いいよ」

涼子は、ウーロン茶に少し口を付けると話し始めた。

「彼から藤堂さんのことを聞いたって言ったでしょ。でも、その話には続きがあったの」

それは、この日五味に伝えたかった三つ目の話だった。

「彼は、凜ちゃんが銃弾に当たったことをファインプレーだったって言ったの。お蔭で買収話にリーチがかかったって。『マックスフォン』からボーナスを出してもいいくらいだって。その時、私の中に凜ちゃんや剛君の顔が浮かんで……『死ね』って言って電話切っちゃったの」

五味がちらっと涼子を見た。その目は、涼子を包み込むような優しいものだった。それだけで涼子の気持ちは温かくなった。

「私、間違ってないよね」

五味はにこりと笑って言った。

「涼子、ありがとうね」

ここのところの疲労も手伝って、涼子の涙腺は緩んでいる。昨夜電話を切ってから、ずっと尾を引いていた。自分の判断は本当に正しかったのだろうか。五味の眼差しと言葉は、彷徨い続けた自分を救い上げてくれた。

五味は、涼子の心が持ち直すまで、じっとその眼差しを注いでくれていた。

「私も、少しだけビール頂いちゃおうかな」

「飲んだ方がいいよ。俺も今日はすごく飲みたい気分だし」

涼子はビールの小グラスを注文した。

「番組はどうなるの？」

「『生激撮！』？」

涼子は頷いた。

「来週、総集編をやって、それで打ち切り」

「そうなんだ。悔しいよね？」

「気に入っていた番組だからね。でも、それを食い物にしていた奴がいたんだから、一緒に墓に埋めないとしょうがないのかもしれない」

涼子は、五味が自分の番組を大切にする男だということを知っている。その『生激撮！』が、藤堂の政治の道具に利用されていた。五味の悔しさが涼子には痛いほどわかった。

しかし、五味は生ビールを飲み干すと、意外なことを言い始めた。

「なんだか、頭の中がすっきりしてきた」

「本当に？」

「どん底もあるところまで行くと、気分が楽になるもんだね」

五味はお代わりを注文する。五味の中で、何かのスイッチが入ったことがわかる。

「番組が終わっちゃったら、剛君はどうするの？」

五味は、新たなジョッキのビールを半分ほど一気に飲んだ。

「番組終了はもう大した話じゃないよ。涼子が俺を守ろうとしてくれているのはわかっている。でも、もしインサイダー取引の主犯に確定したら、俺は会社を首になる運命だろ。そうなったら、俺と小野にはプータローの未来だけが開けているんだよ」

五味は不幸な将来を口にしながら、その表情はなぜか明るい。

「だから……」

「だから？」

「なりふり構わずいこうと……いま決めた」

「それって、どういう意味？」

「俺は最後の瞬間まで、テレビ屋でいたいからね」

その不思議な言葉を最後に、五味はそれ以上語ろうとはしなかった。

しかし、何かの展望が開けているのは確かなようだった。五味さえ前向きでいてくれたら何の問題もない。五味は思ったことには全精力を注ぎ、必ず形にする男だと涼子は思っている。

そして、涼子は闘い続ける五味の姿が何より好きだった。

「私もこれから夜暇になっちゃうから、いっぱい誘ってね」

「俺も暇になりそうだから、ちょうどいいんじゃない」

涼子は五味と別れた後、会社のデスクに戻った。

そこで五味の言ったことを思い返した。

「なりふり構わずいく」

その意味するところは何なのだろう。

インサイダー取引のスケープゴートにされ、会社を去るかもしれないという覚悟も決めていた。不幸な未来しかイメージできない五味は、一体どんな行動をとろうとしているのか。

応援できることは何でもする。涼子には、そんな言葉しか浮かんでこなかった。

五月十三日（土）

五味剛は、赤坂の編集スタジオにいた。

その26編集室には、所狭しとテープが積まれている。

来週、最終回を迎える『生激撮！　その瞬間を見逃すな』は、これまでの名場面を集めた総集編と決まっていた。その編集作業のためにここに籠もり続けているのだが、五味にとっては有難い避難場所でもあった。

木曜の放送中に起きた銃撃戦に続き、昨日は週刊誌に編成部長・板橋の不倫記事が掲載された。新東京テレビの周辺にはカメラマンや記者が多く張り付き、五味は自分の会社に出入りすることもままならない状態になっていた。

それでも、この日から週末を迎えたことは、世間の注目を鎮静化させるという意味では、新東京テレビにとってはわずかに救いになるはずだったのだが。

昼少し前、五味の携帯が鳴った。

かけてきたのは板橋庄司だった。何年ぶりかの電話だ。五味は編集室から廊下に出ると、応答のボタンを押した。

「大変なことが起こってしまったよ」

板橋の声は沈んでいた。五味は本能的に身構えた。

「小野が……自殺した」

「えっ？」

耳を疑った。いや、理解できない話ではなかったが、簡単に肯定することはできなかった。

「いつ？」

「発見されたのはついさっきだが、自殺したのは今朝早くみたいだな」

「自宅でか？」

「いや、報道センターのすぐ脇の非常階段の踊り場で……首を吊っていた」

小野とは一昨日会ったばかりだった。青白い顔をし、消え入りそうな声で話していた小野には、すでにその予兆が感じられた。

土曜日の社内は閑散としている。それがいま、救急、警察関係者などの対応に追われる社員でごった返していると板橋は説明した。一刻も早く五味に知らせるべきと板橋は判断したようだった。

話していると、五味の携帯にもう一本の着信があった。「益田涼子」の文字が画面に浮かんでいる。五味はそれには出ずに、板橋との会話を続けた。

「遺書とかは？」

「見つかってない。でも……これは憤死だ。間違いない」

最期の場所に報道センターの近くを選んだことが、それを物語っている。絶望とわずかばかりの反抗。しかし、それを遺書という形にはせず、小野は黙って死んでいった。

「お前は大丈夫か？」

「う、うん」

「こんなことを言っておいてなんだが、小野の自殺はお前の立場をより一層悪くしたぞ。もちろん、会社にとってもだが」

五味は、板橋の言葉がすぐに理解できた。

自殺という選択肢は、外から見れば、小野がインサイダー取引の容疑を認めた形になる。五味の中でやるせなさと共に、危機感も大きく膨らんでいく。

板橋の電話を切ると、涼子にかけ直した。涼子も小野の一報を聞き、かけてきていたのだが、

「私のせい……私のせいで……」

電話の向こうの声は震え、その言葉だけを繰り返した。

涼子は、前日の日中もインサイダー取引に関して小野からの聞き取り調査を続けていた。もちろん、涼子に小野への悪意など存在しない。むしろ小野や五味を救おうとして事実確認

を続けていたはずだった。しかし、涼子が見つけた証拠は、どれもが小野の立場を危うくするものばかりで、結果的に追い詰める形になってしまった。

小野は涼子にとって、新東京テレビの同期。自分を責める以外、小野の死を受け入れる術が見つからないのだろう。負の環境は、罪のない人の心まで容赦なく押しつぶしていく。

五味には涼子を慰める言葉が簡単には見つからなかった。涼子は長い時間をかけて、悲痛な思いを吐き続け、五味はそれにただ耳を傾けるしかなかった。

そして涼子は、最後にこう言い残した。

「剛君だけは……お願いね。もう限界は超えているけど、そんなことがあったら、私、本当にどうにかなっちゃう」

板橋も、涼子も、思いは同じだった。小野の末路が五味に重なって見えている。愛情から発せられた涼子の言葉だったが、五味の全身に戦慄が走った。避難場所だったはずの編集室が、あっという間に火の海に呑み込まれていくような感覚にとらわれる。

この炎上した状況から脱出することなどできるのか。

最後に会った小野は、五味の前で青白い顔をしていた。きっといま自分も同じ顔色をしているのだろう。ここまで五味は、小野と全く同じレールの上を進んでいる。

昨夜、涼子と話しながら、五味は自分の取るべき道を決めていた。決めるというより、それ以外の選択肢が見つけられなかった。そのためには、「なりふり構わない」行動を、自分に強いる必要がある。

それ以外、小野と末路をたがえる方法は存在しない。

自分の手元に残されたカードはたった一枚だ。

五味は、そのカードを握りしめ、編集室の廊下に呆然と立ち尽くした。

五月十八日（木）

朝六時半。

恵比寿の自室で目覚めた五味は、寝間着代わりのTシャツと半ズボン姿のまま、マンションの一階まで降りていった。集合ポストから朝刊を引き抜き、自室のリビングに戻ると、テーブルの上でテレビ欄のページを開く。

テレビ欄は、昔とは違うレイアウトになっている。在京の地上波民放テレビ局が五つから三つに減った分、空いたスペースにはBS局が入り込んでいた。

新東京テレビの夜八時の枠には、いつも通り『生激撮！　その瞬間を見逃すな』と書かれてあった。ただいつもとは違い、その横に「終」の文字が付いている。去年の秋に始まり、高視聴率を稼いできた五味の番組が、一年ともたずにその終焉を迎えようとしていた。

番組の内容の部分には、今までの名場面一挙公開となっている。いつもの五味なら裏番組を必ずチェックするのだが、今日に限ってその必要はなかった。

五味はここ数日、慌ただしい日々を送ってきた。先週の放送の後始末からインサイダー取引に関する聞き取り調査、小野の自殺に関しての情報提供。いずれも局内の様々な部署から呼び出しを受け、それだけで一日のスケジュールは埋まっていく。この日放送される総集編の編集は、ほとんどを上杉に任せ、自分の雑務が全て終わった時間から始めるしかなかった。

益田涼子を中心に経理部の部員たちは、この一週間、藤堂とインサイダー取引を結び付ける証拠を躍起になって探し続けたが、これといった新事実は摑めなかったようだ。社長の伊達も金融庁のOBを使って、『MM＋α』を捜し出そうとしたが、その気配にさえ近づけていないと聞いた。

明日には、国税局が査察にやってくる。そこで内部告発された「爆弾」が発見されれば、今の形の新東京テレビもまた「終」の瞬間を迎える。

そして、その時同時に、五味剛のテレビ屋人生の終止符も打たれることになる。

五味は、リビングのソファに腰かけたまま大きく深呼吸し、何も映っていないテレビモニターに向かって呟いた。

「予定通り……今日はなりふり構わず、やってやろうじゃん」


夜の七時半。

いつもなら第4スタジオの副調整室で、生放送の送出のタイミングを待ち続けている時間。その必要がなくなった五味は社屋からふらりと外に出た。

夜の原宿は閑散としている。ここはすっかり十代の人間の街になり、夜は客足の収まるのが早い。

　十分ほど歩いて到着したのは、スポーツジムだった。

　五味は、ビジターとして中に入ると、ロッカールームに向かった。全ての扉が木目調に統一されているロッカーは高級感が漂う。そこで、五味はタオル一枚の全裸になった。

　浴室のドアを開けると、湯船にも洗い場にも利用者は見当たらない。五味は、まっすぐサウナへと向かった。

「お待たせしました」

　会釈をしながら入っていった。待っていたのは、藤堂静雄だった。

「おお、今日は局にいなくてよかったのか？」

　藤堂は、すでに顔に少しばかり汗をかいている。

「ええ、今日は総集編ですから。もう完パケを納品済みです」

　大学時代、柔道部の主将を務めていた藤堂は、五十代後半の今も、がっしりとした筋肉質の体型を保ち、日サロで焼いたのであろう皮膚は黒光りしている。そのあたりは、以前ここで五味が目にした様子と変わっていないが、一つ大きな違いがあった。

　藤堂の表情は自信に満ち、強いオーラを感じる。企業の社長の座を目前にした男は、こんなにも大きな存在感を醸し出すものなのかと、五味は驚いた。

前回、藤堂とこのサウナで会ったのは四週間前のことだった。その時、あの〝入り中〟のことを依頼された。それはインサイダー取引の呼び水となり、新東京テレビの将来を決定づけようとしている。

「失礼します」

そう言って、五味は藤堂の横に腰かけた。

「先週の放送は大変だったたな。新人アナウンサーの女の子のことを心配していたんだが、不幸中の幸い、無事でよかった」

「ええ、かすり傷程度でホッとしました」

先週の『生激撮！』で起きた銃撃戦は、藤堂の指示によって、私立探偵の山岡が起こしたものだった。しかし、藤堂が発する言葉は、「新人アナウンサー」を心の底から気遣ったものに聞こえる。この男は表の顔と裏の顔を見事に使い分ける。改めてその隙のない態度に五味は目を見張った。

「いい番組だったのにな。編成が腰抜けだから、問題があるとすぐに終了になっちまう」

藤堂は、吐き捨てるように言った。五味は、藤堂が小野についても何かを語ると思っていたが、その言葉はいっこうに出てこなかった。五味の中に憤りの感情が湧き上がってきたが、この日の「目的」のためには、そうした正義感は隠し通さねばならない。

「それで相談というのは何なんだ？」

五味が、藤堂にアポイントを取ったのは四日前だった。国税局が新東京テレビに査察の連絡を入れた翌日から、藤堂は休暇を取り、会社の誰からも連絡の取れない状況が続いていた。

五味も、大きな期待をせずにメールを入れると、少しして返信が来た。それを見た瞬間、五味は藤堂の中にわずかばかりの良心の呵責（かしゃく）があるのかなと思った。

前回、この場所を選んだのは藤堂だった。タオル一枚では、録音機の隠し場所が見つからない。それが理由でこのサウナに決めたに違いない。

今回指定したのは五味の方だった。このサウナは藤堂のホームグラウンドのようなところで、本音で語り合うには一番ふさわしいと思い、ここを選んだ。

五味は、思いつめた表情でこう切り出した。

「噂で、もう新東京テレビは終わりだと聞きました。ついに、『マックスフォン』の傘下に入ると」

五味は、横に座る藤堂の方を向いて語り掛けたが、藤堂は目を合わせようとしなかった。

「そして、その社長に藤堂さんがなられると聞きました」

「そんな話は、根も葉もない噂だよ」

藤堂は、小さいタオルで顔の汗をぬぐいながら断言した。

「しかし、『マックスフォン』に組み敷かれたとき、あの会社と対等に渡り合えるのは、新東京テレビには藤堂さん以外にはいないと僕は思っています。

今日は……藤堂さんにお願い事があって、こうしてお時間を頂きました」

慎重に言葉を選びながら話し続ける。長い時間をかけて考え抜いた流れだった。五味は強い決心のもと、この場に臨んでいた。

「藤堂さんには以前、ヤラセで干されたときに一度救っていただきました。それだけでも一生のご恩を受けたと思っています。これ以上、藤堂さんに助けを求めることは、本当に厚かましいことだと重々承知しています。しかし……」

五味は突然立ち上がり、座っている藤堂の前に回ると、土下座してひれ伏した。

「しかし、先週の『生激撮！』の放送で、僕は新聞の一面を騒がすような大失態を起こしました。もう、テレビ屋として現場に立ってはいけない前科者になってしまいました。新しい姿になった新東京テレビには、不必要な人材だと重々承知しています。

でも……まだやりたいんです。まだテレビの仕事を続けたいんです」

五味の声は、興奮のあまり震えている。

「どんな番組でもやります。是非、藤堂さんの下で働かせてください。お願いします」

土下座の状態で大声を張り上げる五味を見ながら、藤堂は困った顔をしている。入り口の方も気にしていた。この時間帯なら、他の客がサウナに入ってきても不思議はなかった。

「五味君、立ちたまえ。君はサウナの中で何をやっているんだ」

「無茶なことをしているのは十分わかっています。土下座するのは人生で初めてです。しかし僕には他に手立てが思いつかない。お願いできる人は、藤堂さんを措いて他にはいないんです」

「わかった、わかった。だから立ってくれ」

藤堂は、五味の腕を取って無理やり横に座らせた。五味の顔は汗びっしょりになっている。

「とにかく落ち着け。君が言っている、新東京テレビが『マックスフォン』の傘下に入ることなど、まだ何も決定していない話だ。

ましてや俺がその社長に納まることなんかあるはずがない」

藤堂の話を、五味は逸る気持ちを抑えながら聞いていた。

「そうだ。もう『生激撮！』の最終回が始まったんじゃないか」

そう言うと藤堂は、近くにあったリモコンを手にした。

サウナの壁には、ガラス窓に収まる形で小さなモニターが設置されている。藤堂がスイッチを押すと、モニターに『生激撮！　その瞬間を見逃すな』の最終回が映し出された。その内容は、この半年余りの名場面を繋いだものだった。

藤堂が、興奮状態の五味を落ち着かせるためにつけたモニターだったが、すぐに画面は報道センターの絵に切り替わった。

「なんだ？　〝入り中〟か？」

藤堂が眉をひそめた。

報道センターでは板橋凜が中継用のデスクに一人座っている。そして、頭を深々と下げるとニュース原稿を読み始めた。

「ここで臨時のニュースをお伝えします。

新東京テレビに於いて、金融商品取引法の違反行為があったことが判明しました。

明日から国税局による査察が予定され、その準備のために新東京テレビは先週から社内調査を進めていました。その調査の過程で、重大な違反行為が発覚したのです。

五月四日、当社のレギュラー番組『生激撮！　その瞬間を見逃すな』の放送中、速報という形で牛田自動車の新車発売のニュースが流れました。その直後、海外に於ける牛田自動車の株価が高騰し、その株価を利用してインサイダー取引が行われたのです。

そのインサイダー取引には、新東京テレビの制作部と報道部の一部の人間が関与し、それぞれ百万円の報酬を受け取っていました。新東京テレビはこの事態を重く受け止め、第三者委員会を立ち上げ実態調査に乗り出します。

視聴者の皆様には多大なご迷惑をおかけしています。実態調査の結果は後日、皆様にご報告申し上げます。

以上、報道センターから臨時ニュースをお送りしました」

板橋凜がニュースを読み終えると、画面は『生激撮！』の総集編の絵に切り替わった。

「いや驚いたな。国税が入る前に放送で白状しちまうとはな」

藤堂がモニターのボリュームを下げながら言った。

「これで新東京テレビは終わりです。そして、僕にも……もう未来はありません」

五味は俯き、唇を噛みながら声を絞り出した。涙が汗に混じって頬を伝う。板橋凜のニュース原稿に綴られていた「制作部の一部の人間」とは、間違いなく五味のことを指していた。

顔を歪ませる五味とは異なり、臨時ニュースを観てから、藤堂の表情には余裕のようなものが現れ始めていた。

「五味君は、インサイダー取引のことはいつ気付いたんだ？」

「先週の金曜日です」

「誰から聞いた」

「編成部長の板橋です」

「板橋？　君と板橋は、距離を置いていたんじゃないのか？」

「先週、板橋凜の見舞いに広島の病院に行きました。その時、板橋も夫人を伴って病室にいて、そこでインサイダー取引の話を聞きました」

「板橋は、他には何か言っていたか？」

「国税が査察に入り、インサイダー取引の件が露見すれば、新東京テレビは株主や民放連から見捨てられる。そして、総務省の行政指導も入る。

自分は、藤堂さんに完敗したと言っていました」

「もう降参と言っていたのか」

「はい」

「その時の板橋の表情はどうだった？」

「疲れ果てて、いつもの覇気は微塵（みじん）も感じられませんでした」

五味の話を聞きながら、藤堂はニヤニヤ笑い続けている。

「板橋は週刊誌の記事の一件で、減俸処分になったみたいだな」

「はい。板橋の挫折は僕にとって、どれも心地いいものでした。しかし、時間が経つにつれ、事態は僕の足元にまで迫ってきたんです。経理部から長時間にわたる聞き取りが続き……自分の置かれている立場をようやく認識しました」

「経理部に、五味君はどう答えたんだい？」

「タイアップとして流す予定だった〝入り中〟の情報が、知らぬ間に社外に漏れてしまったのだろうと言いました。しかし、その言葉を信じてくれる人間は誰一人いませんでした。もちろん、藤堂さんの名前は出していません」

その言葉を聞いて、藤堂がじろりと五味の方を見た。

「本当です。信じてください」

全てが方便だったが、ここで藤堂を刺激しても意味がない。五味は服従の態度をとり続けた。

「そうか。〝入り中〟の件じゃ、五味君には迷惑をかけたな」

「とんでもありません。板橋を窮地に追い込めたし、藤堂さんの今後の展望にも一役買えただけで光栄だと思っています」

五味の「演技」を、藤堂も察しているはずだった。恐らく藤堂は、自分を呼び出した五味の出方を気にしていたはずだ。しかし、五味は、反抗的な態度など微塵も見せず、自分の将来と生活のために「割り切った」態度をとり続けていた。力ある者に全ては従う。満足そうな表情を浮かべる藤堂はそう思い始めているに違いない。

五味は休まなかった。なりふり構わず、藤堂に尻尾を振り続けた。

「正直に言えば、少し藤堂さんを疑った瞬間もありました。でも、冷静になれば、藤堂さんの判断は決して間違ったものじゃなかった。

藤堂さんが仕掛けたインサイダー取引という奇策は、本当に見事だったと今なら思えます」

「あれはな……酒を飲んでいるときに思いついたんだよ。奇策なんて言われると、おもはゆい。ちょっとした、イタズラ程度のものだ」

藤堂は満面に笑みを湛えながら、五味に少しずつ裏話を語り始めた。

「あの『MM＋α』という会社も、藤堂さんが見つけてこられたのですか？　凄いプロの仕事だなと思いました」

「あれは山岡修平から紹介されたんだ。ヤクザの資金繰りとかもやっている仕手戦のプロで、会社名を次々と変えて証券業界を渡り歩いている、ごろつきどもだよ」

そのごろつきどもに、五味と小野の口座に百万ずつ振り込ませたのも、藤堂の指示によるものに違いない。もちろん、この場でそれに触れるつもりはないが。

「イタズラとおっしゃいましたが、大局を睨んだ見事な一手だったんじゃないでしょうか。僕も以前から、この会社に未来はないと思っていました。でも、何もできなかった。藤堂さんの先を読む眼力と実行力はとても真似できません」

「もう、持ち上げなくていいから」

「いいえ、心の底から思っていることなんです。『生激撮！』の企画書をお持ちしたときからそうです。藤堂さんの言動は、僕にしてみれば全てが目から鱗といったものでしたから。一つ伺ってもいいでしょうか？　藤堂さんが、携帯会社の『マックスフォン』に目を付けたのは、ずいぶん前からなんですか？」

「そうだな。今回のクーデターは俺が時間をかけて仕組んだものだ」

藤堂は自ら「クーデター」という言葉を使った。そして、藤堂はその「クーデター」のシナリオを説明し始めた。

「みんな『マックスフォン』が自発的に、うちの会社を買収しにやってきたと思っているが、それは間違いだ。伊達も板橋もそれを勘違いして、俺の前に専務の肩書というエサをぶら下げて、『マックスフォン』と交渉してほしいと言ってきた」

「伊達社長が、そんなことを頼みに来ていたんですか？」

「そうだ。伊達も板橋も、決定的に情報収集能力に欠けている。

あっちの会社の専務には、大学時代の柔道部の同期がいて、俺はずっと前から、そいつを介して『マックスフォン』と連絡を取り合っていた。『マックスフォン』に新東京テレビを獲りに行けとそそのかしたのは、実は俺なんだよ」

「ほおー」

「あの会社も、最初はそれほど乗り気じゃなかった。だが、俺が色々と根回ししてやったら、やっと重い腰を上げたんだ」

「藤堂さんが『マックスフォン』を動かしたなんて、全く知りませんでした」

「そりゃそうだ。伊達もいまだに気づいていないだろうからな」

五味は、ただただ驚きながら聞いている。

「しかしそこからが大変だった。テレビは行政が監督する世界だ。そっちの方も動かさなきゃならん。

今の総務大臣の亀山史郎は、俺が報道部で永田町担当だった時代に、よく飲んだ仲なんだ。まだ、あいつが衆議院議員になりたてのぺーぺーだった頃だがな。

俺は、その亀山を動かした」

「僕は会社に入ってから、ただ番組を制作してきただけで何のネットワークも作れていません。その点、藤堂さんは政界にもしっかりコネクションを培ってきた。素晴らしいと思います」

「君は、優れたインタビュアーだな。俺も自分では一流の太鼓持ちと思っているが、君の方が上かもしれない。俺は自慢話が苦手だが、ついつい五味君に聞かれるとしゃべってしまう」

「いえ、僕は素直に、自分に足りないものを藤堂さんから吸収したいと思っているだけなんです」

「いま思えば、俺はついていたな。面白いようにドラをツモってくる感じだ。

俺が『マックスフォン』に亀山を紹介すると、事態はすいすい動き出した。あの会社は資金だけは馬鹿みたいにある。『マックスフォン』は、金をこれでもかと亀山に貢ぎ始めたんだよ。

大臣は、よく伊達からも接待を受けていたみたいだが、その情報も俺には筒抜けだった。面白い話をしてやろうか。あの牛田自動車のインサイダー取引だが、大臣にも教えてやったんだ。あいつにも、結構儲けさせたと思うぞ」

次々と明かされる新事実。それらは全て、五味にとって想像もしていなかった話で、サウナの中だというのに鳥肌が立った。

「本当に勉強になります。藤堂さんがトップに立った新東京テレビは大きく飛躍するでしょうね」

「まあ、ここまで仕事をしたんだから、俺が社長になっても文句をいう奴はいないだろうな」

藤堂は、これまで否定していた「社長」という言葉をついに口にした。

　そこで、藤堂の表情が一転暗くなった。

「小野には、悪いことをしたと思っているんだよ」

　絞り出すような声だった。

「藤堂さんの口から、それを聞けてほっとしています」

「クーデターには犠牲はつきものと思っていたが、小野があんな行動をとるとは予想していなかった。生きていれば、小野の人生を俺が保証してやったのにな」

　藤堂はげんこつで自分の膝を叩いた。人間味を取り戻した藤堂に、五味はここぞとばかりに、もう一度深々と頭を下げた。

「僕を藤堂社長の下に置いていただくことはできないでしょうか？　不肖の身ですが、何でもお手伝いします」

　すると、藤堂が言った。

「そうだな。君はテレビ界の宝だからな。このまま喪失してはもったいないかもしれないな。しかも、今回のクーデターで君は大きな役割を担ってくれた。

　小野の分も、君に報いる必要があるよな」

「ありがとうございます。感謝いたします」

「しかし、君は変わったな」

藤堂は、しげしげと五味の全身を見回した。

「どういうことでしょう？」

「いや、五味君はいい意味でも悪い意味でも、頑固な男だと思っていたんだ。しかし、今日の君は見事に成長した。

今回のことが、応えたということなのかな？」

「ええ、ちょっとばかり」

五味は照れ臭そうに笑った。

「それはいいことだと思うぞ。硬軟取り混ぜた方が人間強くなる。俺としても、頼もしい人材を手に入れたような気がしている」

「ありがとうございます」

五味は、立ち上がって藤堂にもう一度お辞儀をした。藤堂も心の重荷を一つ降ろせたせいか、朗らかな表情を浮かべている。

「もう一つだけ宜しいでしょうか」

「なんだ？」

「ここ最近、『生激撮！』では不思議なことが起こり続けました。先週の銃撃戦もその一つです。それらの出来事も、今回の『クーデター』の一部だったと思っていますが、合っていますか？」

それは、五味が藤堂本人の口からどうしても確認したいことだった。

「山岡を使って、君の番組を少し利用させてもらったよ。今回の『クーデター』は、同時に色々な方向から攻撃する必要があったんだ」

藤堂は少し申し訳なさそうな顔をした。

「そんな顔をしないでください。『生激撮！』で僕はやりたいことをし、同時に藤堂さんにも役に立った。結果的にそれでよかったと思っているんです」

「君とは深い繋がりができてしまったな。今日会えて本当によかった」

そう言うと藤堂は立ち上がった。

「もうそろそろ出るか。君の熱気でサウナの温度も、ずいぶん上がったんじゃないか？」

五味は笑いながら、藤堂を引き留めた。

「ちょっとだけ待ってもらってもいいですか？　裏幕の全てを話してくださった藤堂さんにお礼がしたいんです。あのモニターをご覧ください」

五味は、サウナの壁にあるモニターを指さした。

「何なんだ？」

藤堂は、怪訝（けげん）な表情をしながら再び腰かけた。

モニターには、相変わらず『生激撮！』の総集編が映し出されている。そして、五味が音量を元の大きさに戻した瞬間だった。

「なんだ、この絵は？」

藤堂が尋ねたのも無理のない話だった。モニターの画像が突然切り替わり、このサウナの室内の俯瞰映像が映し出されたのだ。

「これは、ここの監視カメラかなんかの映像だぞ。入力が切り替わったんじゃないのか？」

藤堂は、カメラがありそうな方向と画面を代わる代わる見ながら言った。五味は、その藤堂の様子を眺めながら、

「いえ、合っています。これは実際にいま放送されているものです。その証拠に、サイドテロップも載っかっていますよ」

小さな画面をよく見ると、確かに右上に文字があった。

そこには「取締役が生激白！　テレビ局乗っ取りの全貌を明かす」と書かれていた。

それでも、藤堂はなかなか状況が理解できない様子だった。

「意味がわからない。どういうことなんだ？　教えてくれ。暑さで頭が働かないようだ」

五味は藤堂の前にしゃがみ込んで、両手を膝の上に乗せた。そして、藤堂を見上げるように語り始めた。

「藤堂さん、この部屋での会話は、全て生放送で日本中に伝わっていたんですよ。僕がこの部屋に入った八時から、ずっと放送は続いています」

「今日は、総集編じゃないのか？」

「ええ、あれはラテ欄の上だけのことで、今日も生放送です」

五味から説明されても、藤堂は事態を摑みかねている。

「しかし、今の今まで総集編が放送されていたし……そう、臨時ニュースも報道センターから流れたぞ」

「日本にある五千万世帯の中で、総集編が放送されていたのは、この部屋だけです。報道センターからのニュースも今日の昼間、僕が収録してきたものです。

全ては……」

五味はにやりと笑った。

「藤堂さんから真実を聞き出すために」

藤堂は、ようやく事態が呑み込めたようだった。モニターを観ながら、震える声で五味に尋ねた。

「俺をはめたということか？」

画面の中の藤堂も、電波が衛星へと往復する分だけ遅れて「俺をはめたということか？」

と言う。

「中継車は、ジムの横の路上に駐まっています。このサウナの中には、六台の隠しカメラと三つのマイクが仕掛けてあるんです。

元警視庁の山岡さんが、警察を動かしてくれなかったら、高級スポーツジムにこれだけの仕掛けはできなかったでしょうね」

「これには、山岡も噛んでいるのか？」

藤堂は、悔しそうに呟いた。

「ちょっとした交渉をしたら、快く協力してくれました。

せっかくですから、ネタバラシしましょうか。

隠しカメラは、サウナの高温にも耐えられるものをわざわざ購入したんですよ。俯瞰のカメラは、あそこの木目の黒い節の部分、テレビの上にも一台。

テレビの上に仕掛けたカメラは、『ＣＮ－９６０ＭＸ』というもので世界で最軽量なんですけど三百万画素ですからね、遠くからでも細かいディテイルが撮影できます。

まだありますよ。タイトツーショットは足元の観葉植物の中、僕のワンショットは誰かが忘れていったような、そこのタオルの下」

藤堂は、五味に大きな声を上げた。

「このヤラセ野郎が！」

「いいえ、これはヤラセではありません。単なるドッキリです。藤堂さんのためだけに、僕が考えに考え抜いた番組です。

もう一つカメラがありました。藤堂さんのワンショット用が……ほら見てくださいよ、この湿度計にピンフォールカメラが入っているでしょ」

五味が指さす方向を藤堂が覗き込むと、モニター画面は、広角レンズによって鼻が異様に大きく映っている藤堂のどアップの映像に切り替わった。

新東京テレビ、第4スタジオの副調整室の大きなメインモニターにも同じ映像が映し出されていた。

藤堂の鼻の大きな映像を見ながら、部屋にいる全員から大きな拍手が巻き起こった。

「この絵、最高っすね」

そう言ったのは、いつも通りディレクターズチェアに座る上杉だった。

「五味は、本当に美味しい絵がわかっているよな。あいつは本当に優秀だ」

上杉の肩を叩きながら、興奮しているのは編成部長の板橋庄司だった。

「そりゃ、そうですよ。なんてったって、五味さんは、私の師匠なんですからね」

板橋凜がその横で胸を張る。

「剛君は本当によく頑張った。たった一人で、たった一人で身体を張って会社を救っちゃった」

益田涼子は、涙で声を詰まらせた。その後ろには若手編成マンの木村が立っていた。木村もポロポロと涙を流しながら呟いている。

「先輩は本当に凄い。勉強させてもらっています」

メインモニターの一番前にしゃがみ込み、食い入るように二人のやり取りを観ていたのは社長の伊達だった。伊達も眼を真っ赤にし、「よくやった、よくやった」と呟いている。

板橋は、社長に語り掛けた。

「社長、大逆転ですよ」

「本当だな。もう負けたと思っていたが、こんな形で救ってもらうとは。うちの会社には凄いディレクターがいたんだな」

そう言うと、涙交じりの洟(はな)を啜った。

上杉が、中継車と繋がる目の前のマイクに指示を出す。

「長沼、五味さんのイヤモニ（イヤーモニター。ヘッドホンの一種）に、放送の残り時間を伝えてくれ」

「了解です」

「いよいよ、壮大なエンディングを迎えるぞ」

上杉が大きな声を上げると、サブから一斉に拍手が巻き起こる。

全員が見守るモニターでは、五味と藤堂の会話が続いていた。


「藤堂さん、これで全ておじゃんになっちゃうんじゃないですか？　インサイダー取引の内情に加え、大臣がそれで儲けちゃったことまでバレてしまった」

藤堂は、全身から尋常ではない汗をかき続けている。

「これで、『マックスフォン』による買収話も、藤堂さんの社長になる夢も、ちょっと厳しい状況になったかもしれませんね。

いや、ひょっとすると藤堂さんの行動は、背任罪に問われるかもしれないですしね」

藤堂は、凄まじい形相で五味を睨み付けた。

「いつからだ。いつからこんな茶番を考えた？」

「全ての事情を知った日からです。

しかし、藤堂さんの裏工作の証拠を我々は何ひとつ握っていない。藤堂さん本人に、自白してもらうしか手がなかったんです。

そこで、まず中継場所に藤堂さんが一番気を許すだろう、このサウナを選びました。ここなら僕が録音機を持って入ることはできない。そうですよね。

しかし、今回はそれが藤堂さんにとっては裏目に出たかもしれませんね。お知り合いが放送を見ても、サウナの中では携帯をお持ちでないから、藤堂さんに知らせることができない。今頃着信履歴は大変なことになっているんじゃないですかね」

藤堂は、苦々しい表情を続けている。

「明日には国税が査察に入る。すぐにインサイダー取引のことが見つかって、もはや虫の息の新東京テレビは、完全にとどめを刺されていたことでしょう。勝負どころは、『生激撮！』の最終回がある、今日を措いて他になかった。

これは僕にとって、新東京テレビにとって、最後のチャンスだったんです」

藤堂の眼は充血し、身体も小刻みに震えている。

「しかし、ぶっつけ本番の生放送。うまくいく保証など何もなかった。もし失敗すればとんでもない社会問題になる。

僕も今までの放送で一番緊張しました。藤堂さんが証言を始めたとき、涙が出そうになるくらい嬉しかった。これでテレビを観た日本中の視聴者が証人になってくれます。

大変な賭けでしたが、最後はテレビ屋らしいやり方で、事態を解決できて本当によかったと思っています」

「くだらんことをやりやがって。これが、干されていたお前を拾ってやった恩人にすることなのか？　どうなんだ、五味」

五味はニヤニヤと笑った。

「ごめんなさいね。テレビ屋の性で、視聴者が面白いと思うものは何でも放送しちゃうんですよね。

でも藤堂さん、ご安心ください。股間にはモザイクシステムで、ちゃんとぼかしを入れていますから」

そう言うと五味は、一転して真面目な表情に戻った。

「藤堂さん、本当はこんなことはしたくなかったんですよ。あなたがおっしゃる通り、僕には一宿一飯の恩義がある。いや、それ以上にテレビというものを教えてくれた恩人だとも思っている。そして、今日も僕を救ってくれようとしていた。でもね……」

五味は藤堂の横に座り直し、強い口調で続けた。

「あなたが『マックスフォン』に肩入れしようが、そんなことは僕にはどうでもいいことです。好きにおやりになればいい。

でも、あなたはテレビの番組をその政治の道具に使った。これは決して許されることじゃない。

僕もそうだし、いま中継を受けているサブの連中も、いつも現場で撮影をしているカメラマンもディレクターも、レポーターの板橋凜も命がけで番組を作っている。

それは視聴者への礼儀みたいなものだ。

だから、あなたが許せなかった。

あなたも以前はそうやって番組を作ってきたはずだ。素晴らしい番組も数多く残して、誰もが尊敬するテレビ屋だった。僕は悔しかったんですよ。

そして、一番それを悲しんでいた人がいた。わかりますよね」

藤堂は、口をぎゅっとつぐんでいる。なかなか答えようとはしない。その態度に五味は苛立った。

「小野勇気だよ」

五味の大きな声に藤堂はびくっとした。

「小野君はあなたを師と仰いでいた。自殺する直前だって、あなたをかばい続けていた。

何がクーデターには犠牲はつきものだ、よ。

一番大切な部下を切り捨てる男に、会社のトップに立つ資格なんてあるはずがない。小野に謝れ。謝ってくれ」

五味の顔には、汗と涙が混じり合っていた。逆に藤堂は全身を硬直させ、汗はピタリと止まっている。相変わらず口を真一文字に閉じたまま、藤堂は少しだけ頭を下げた。

五味は息を整えながら続けた。

「テレビだって会社組織です。政治だって必要でしょう。でも、それは視聴者には関係のないことです。

あなたはさっき、僕のことを『ヤラセ野郎』と言いましたよね。

藤堂さん、ヤラセの前科者の僕が言うのもなんなんですけど、僕はヤラセ自体にさほど問題があるとは思ってないんです。問題は、視聴者に対して誠実に番組を作り続けているかどうかなんじゃないでしょうか。

あなたがやった行為は、ヤラセなんて次元じゃなかった。

視聴者との関係を守り続ける。それは客商売のテレビがこの世の中から消滅するまで絶対に変わっちゃいけないことなんですよ」

藤堂はがっくりとうな垂れた。

「いいぞ、カタツムリ！」

サブにいる凜が、目にいっぱい涙をためながら大きな声を上げた。

みな「カタツムリ」が何を意味するのかはわからなかったが、それに応じるようにサブにいる全員が立ち上がって拍手を続けた。

五味の言葉は、サブにいるもの全ての心に広がっていった。

五味は、わずかに残った放送時間を使って藤堂に伝えた。

「以前、僕に語ってくれたことがありましたよね。藤堂さんが柔道を始めたきっかけについて。オリンピックで日本選手が活躍している中継を観て柔道を始めたって言っていましたよね。

今だって、テレビの前には藤堂少年は沢山いるはずだ。そんな子たちに、大人の手で汚した番組は見せたくないですよね」

その瞬間、藤堂の目から、涙が溢れ出した。

こうして『生激撮！　その瞬間を見逃すな』の最終回は、一時間の放送を終わらせた。

五月二十五日（木）

夜八時。新宿歌舞伎町。

ネオンが眩い空撮の映像から、オーバーラップすると一転、遊歩道のような裏路地へと変わる。

「こんばんは、レポーターの板橋凛です。

先週、ご覧のチャンネルで木曜夜八時にレギュラー放送を続けていた『生激撮！ その瞬間を見逃すな』が終了しました。その直後、新東京テレビには、視聴者の皆さんから終了を惜しむ声が沢山寄せられました。

番組スタッフを代表して、厚く御礼申し上げます」

凛は深々と頭を下げた。そして、顔を上げるとニコリと微笑んだ。

「皆様から届いた応援の声。私も胸が熱くなりました。スタッフ一同もみな同じ気持ちです。それならばということで、今週からは『大激撮！ その瞬間を見逃すな』という番組をお届けすることになりました」

凛は少しいたずらっ子のような顔をした。

「何が変わったんだというご指摘もあるかもしれませんが、先週の放送をご覧になった方には、ああ、大人の事情があったんだなとお察しいただけると思っています。タイトルは微妙に変わりましたが、スタッフも、内容も全く変わっていませんので、これからもこの番組を可愛がっていただけると幸いです。

また、私のことでも視聴者の皆さんに大変ご心配をおかけしました。二週間前に中継先で起きた惨劇。本来あってはいけないことと多方面からお叱りを頂きましたが……私はあれでよかったと思っています。

『報道命』などと粋がっているつもりはありません。ただ取材先で身体を張ることは当たり前のことだと思っているだけです。

私の肩の傷は、テレビ屋の勲章です」

凜は、左肩に右手を当てながら、意志の強い目でカメラに語り掛けた。

凜の言葉に、新東京テレビ、第4スタジオのサブは静まり返った。

東京に存在する弱小局の、ごく一般的な女子アナウンサーの一言だったが、ここにいるスタッフには歴史的なスピーチのように聞こえていた。

中でも五味は、いつもの立った状態で、凜の言葉を一つ一つ心に刻み付けた。

この一週間、五味の周囲は目まぐるしい動きを見せた。

もちろんそれは、先週の『生激撮！』の放送が起爆剤になって起こったことだった。視聴率は三十一・五パーセント。上半身裸の中年男二人が会話を交わすだけの内容で、これだけ多くの視聴者の興味をそそったことに、テレビ業界は騒然となった。

編成部長の板橋は、生放送中の藤堂による、銃撃戦も自ら仕組んだことだったという証言を受け、翌日にはタイトルを差し替えた状態での『生激撮！』の継続を発表した。

この放送の翌日、藤堂静雄は辞表を会社に提出した。それで全てが解決するはずもなく、社長の伊達は背任罪で提訴する構えだ。インサイダー取引に関しても証券取引等監視委員会（SESC）による本格的な捜査が始まる一方で、その関与が取りざたされた亀山総務大臣は、今週の月曜にすでに辞任を表明している。

山岡は、五味に一通の手紙を送って寄こすと、そのまま姿を消した。手紙には、これまでのことに対する謝罪の言葉と共に、最終回の放送の中に自分の名前が何度か出てきたことに対しての恨み節が綴られていた。ただ、その手紙で五味を喜ばせたのは、山岡が自分の仕事を引き継ぐ、警視庁のOBを一人紹介していたことだった。それがなかったら、今週の放送は間に合わなかったはずだ。

「さあ、前置きはこれくらいにして、私はいま新宿歌舞伎町の片隅にいます。

こちらをご覧ください」

メインモニターの中では、凜がレポートを続けていた。

凜は自分の立ち位置の脇にある、道端の紫陽花の株を指さした。

「季節はもう梅雨入り間近。昼夜を問わない繁華街、歌舞伎町にもこんな季節感は残っているんですね」

カメラが寄ると、紫陽花の葉の上にはカタツムリの姿があった。

「もう、梅雨が近いんだなー」

上杉は素直な感想を口にしたが、五味は凜の言葉に、にやりと笑うと心の中で呟いた。

「あいつ、カタツムリ置きやがったな」

流れとは一切関係のないこのシーンは、凜から五味へのメッセージだった。

凜はコメントを続けた。

「そんな街でまさにこれから、社会の悪に警視庁がメスを入れます。現場は私がいま立っている場所から百メートルほどのところ。捜査員たちが息を潜めて取り囲み、その緊張感を高めています。

今晩のガサ入れも、ユーチューブで観た方が、ああ生放送で観ておけばよかったと後悔するような、刺激的なものになることをお約束します。

いよいよその時が来たようです。皆さんも、その瞬間をお見逃しのないように」

そう言うと、凜はカメラに背を向け走り出した。その後ろ姿に、新しい番組タイトル『大激撮！　その瞬間を見逃すな』のテロップが載った。

この日のガサ入れは、歌舞伎町で営業を続ける違法カジノの摘発だった。

雑居ビル地下の一室に、刑事とカメラ、凜が乗り込むと、そこにはバカラに興じる十四、五名の客の姿があった。

しかし、この日の捕物はあっけないものだった。客も含め、従業員、カジノのオーナーが刑事にあっさり確保されてしまったのだ。

その展開を見て、サブの上杉がうなり声を上げた。

「参りましたね。警察さんも巻きすぎだよなあ。放送時間が二十分くらい余っちゃいましたよ。五味さん、過去のガサ入れ映像流します？」

生放送のガサ入れは、その展開自体予想がつかない。すぐに容疑者が確保され一件落着となってしまうこともあれば、放送時間内に収まらない場合もある。時間が余ってしまったときのために、サブには絶えずロケで撮影した逮捕劇が準備してある。

しかし、五味はメインモニターを覗き込みながら言った。

「いや、ちょっと待て。凜ちゃん、何か始めようとしているぞ」

凛がカメラを手招きしながら、小走りを続けていた。

その先には、カジノのオーナーが乗せられようとしている黒いワンボックスの警察車両があった。

「今回の逮捕、どう思われますか？」

凛は、オーナーの男にマイクを向けた。

モザイクはかかっていたが、動揺しているのは十分わかる。

その様子を見ながら五味が上杉に言った。

「凛ちゃん、時間稼ぎに入ったな」

「本当にそういう意味の行動ですか？」

「間違いないね。サブに気を遣っているんだよ」

「だとしたら、凄い成長ぶりだ」

番組開始以来、容疑者にインタビューを試みるのはこれが初めてだった。凛はアドリブでそれをこなしている。

ここまでは五味の見立て通りだったが、次の展開までは想像できなかった。

マイクに向かって、オーナーがこんなことを言い始めた。

「あっ、銃弾が当たった板橋凛さんですよね。僕、ファンなんですよ」

その言葉に凛は明らかに戸惑っている。オーナーの男はしゃべり続けた。

「何でも答えますよ。今回のことは反省しています。もう二度と繰り返しません。お騒がせしました。こんな感じでいいですか？　もっとしゃべった方がいいですか？」

やり取りはここまでだった。男は刑事に車内へと押し込まれ、走り去る車を凛は複雑な表情で見送った。


夜十時。

第4スタジオのサブに、中継先から凛が戻ってきた。手には、缶ビールが入ったコンビニ袋をぶら下げている。五味は凛と番組再開をささやかに祝う約束をしていた。

しかし、サブの扉を開けたときから、凛はさえない顔をしている。

「五味さん、申し訳ありませんでした」

コンビニ袋を持ったまま、頭を下げた。

「勝手なことをして、番組の雰囲気を台無しにしてしまいました」

ディレクターズチェアに座っている五味は尋ねた。

「台無しにしたと思っているの？」

「はい。『生激撮！』の魅力は、普段カメラが入らない場所に潜入して、社会の裏側を覗き見すること。そして、容疑者はテレビに出ることを当然嫌がっているのがわかっていますから、視聴者は余計ワクワクする。

それなのに私が余計なインタビューを試みたせいで、現場は一転ウェルカムな空気になってしまいました」

局へと戻る途中、凜はずっと反省を続けていたのだろう。そこでまとめた言葉を一気に吐き出した。

全てを聞くと、五味はニコリと笑った。

「その考え方はとても正しいと思う。俺が企画書を作っているときのテーマもそれだったしね。でもね、番組って生き物なんだよ。放送している間に、演者と視聴者が好き勝手に育てていく。スタート時点の面白がり方が途中で変わっていくことももちろんあっていい。

俺はさ、今日の展開を興味深く見ていたよ」

凜は五味の話をキョトンとした顔で聞いている。

「これから番組は、以前ほど迫力のあるガサ入れは放送できなくなると思っていたんだ。それは山岡修平という優秀なコーディネーターを失ったことと、銃撃戦の放送を見て警察の方も自粛傾向になるという読みからね。

実は、番組再開に当たって、それが頭痛の種だったんだよ。でも、今日の中継を見てヒントをもらった」

「ヒントですか？」

「どうやら、番組は新しいキャラクターを手に入れたようだね」

「それって、私のことを言ってます？」

「そうだよ。視聴者の興味は迫力あるガサ入れ映像にもあるけど、今では板橋凛というレポーターがどんな事件に関心を抱き、どうやってそれと対決していくのかも含まれるようになっている」

「ちょっと待ってください。私まだ番組に三回しか出演していませんよ」

凛は顔を赤くして否定した。

「凄い奴が現れるときって、そんなもんだよ。今日は時間が余ってとっさに思いついた展開だったと思うけど、これからはどんどん容疑者をインタビューで追い詰めていった方がいい」

凛の表情がやっと和らいだ。

「五味さんは、本当に褒め上手ですよね。私は、帰り道でずっとどうやって謝ればいいか考えていたのに……」

少し涙目の凛に、五味がおどけて言う。

「もうビール飲ませてもらっていいかな？」

二人は、ようやく番組再開の祝杯を挙げた。

「ゆうべ、父が言っていたんですけど、『マゴマゴキング』は諦めたみたいですよ」

「そうなんだ」

その情報は五味も知っていた。『マゴマゴキング』は、朝帯のニュース番組『ベストモーニング』に代えて、板橋が秋の改編で置こうとしていた企画だった。

「それを聞いたとき、父にも少しはテレビ屋の心が甦ってきたような気がして、嬉しかったんです」

確かに凜の言葉は間違っていなかった。最近の板橋の言動には、制作現場への配慮が目立つ。特に『ベストモーニング』を続行するという判断の裏側には、殉職した小野勇気に対する板橋の思いやりがあると五味は思っていた。

「もう一つ、いい情報を摑んできたんですよ」

満面に笑みを湛えて凜が言った。

「何だい？」

「これも父が言っていたんですけど、会社を救ったご褒美に、五味さんに深夜番組をひと枠準備するって」

「本当に」

「何やります？」

「そうだね……」

「前に言っていた番組は？　観た視聴者の百人のうち三人だけが面白いという番組。そこから口コミで視聴者がじわじわ増え続ける番組」

「いいかもしれないね」

「その時は私も使ってくださいね」

「もう営業かい？」

凜は缶ビールを飲みながらしみじみと言った。

「本当に私は恵まれていますよね。父を編成部長に持って、この業界にすんなりと入れてもらうと、そこで五味さんみたいな優秀な人のもとで勉強させてもらっている」

五味は、目の前にいるたくましい後輩の顔を穏やかに見つめていた。

新東京テレビは、瀕死の状態から奇跡的に生還した。しかし、新東京テレビを取り巻く基本的な環境は何ひとつ変わってはいない。新東京テレビだけではない。それは全てのテレビ局に共通する悩みだ。今も若い視聴者はネットに流出し続け、広告収入が将来V字回復する見込みもない。

しかし、観る者と作る者がいる限り、五味たち現場の人間がなすべきことはさほど変わらないのかもしれない。そして、その技術は後輩たちに脈々と受け継がれていく。


その翌日。

五味は自宅のリビングで朝刊を開くと、ある記事に目を見張った。そこにはこんな見出しが躍っていた。

「外資系ネット通販会社『ファイアー・コム』が、『ライフＴＶ』の買収に乗り出す」

『ライフＴＶ』とは、在京キー局の東亜テレビと日刊テレビが昨年合併して作り上げた新しい民放局だった。一方の『ファイアー・コム』は音楽配信でのし上がった、日本でもお馴染みのアメリカの通販サイトで、欧米を中心に十五か国で展開する巨大な企業だ。

記事にはこう書かれていた。

「『ファイアー・コム』は、ネット通販のほか、ケーブルテレビ局も所有する所謂コングロマリット（他業種を集めた複合企業）で、初めて日本のテレビ局買収に乗り出していることが本紙の調べでわかった。テレビ局の買収といえば、携帯会社『マックスフォン』による『新東京テレビ』を傘下に収めようとした動きが記憶に新しい。『ライフＴＶ』は『ファイアー・コム』の今後の動向に神経を尖らせている」

負の連鎖が、テレビ業界を覆い始めていた。

新聞をテーブルに置くと、一つため息をつき、五味は何も映っていないテレビモニターをじっと見つめた。

謝辞

本書の執筆に当たり、
松本方哉氏に貴重なアドバイスを頂きました。
ここに深く感謝の意を表します。

二〇一五年四月　田中経一

解説――天才テレビマンが描く魂の小説

トニー片岡

今、読者諸氏は濃厚な連続ドラマの大クライマックスを、それとも臨時ニュースでの決定的瞬間を、目にしたような感覚だろうか？　とにかくすごい小説だったというのはお分かりいただいただろう。その余韻に酩酊しながら、駄文にしばらくお付き合い願いたい。

本書は新東京テレビの人気番組「生激撮！　その瞬間を見逃すな」のプロデューサー兼総合演出である五味剛が主人公。テレビ局には編成や営業など様々な部署、社長をはじめ偉い人たちもいるが、放送が始まればこの番組に関するすべての権限は五味の手中に収まる。彼の一声でカメラマン、スイッチャーや音声などの大勢のスタッフ、出演者が動く。五味はこの番組の最高責任者であり、けっして大げさな表現でなく「神」として差配している。その五味が今、おのれのすべてをかけて制作している番組が「ナマゲキ」(通常、テレビ番組は人気が出てくると自然に4文字に略される。本文中には出てこなかったが、おそらくこのように略されただろう)だ。とにかくこの企画がすごい。毎週、ガサ入れや容疑者逮捕の瞬間を生中継するという荒唐無稽な番組だ。そりゃ数字(視聴率)取るよって話だ。通常、報道陣がガサ入れや容疑者連行を撮る場合は、事前にある程度の段取りを警察側から知らされている。そうすることによって警察はメディアスクラムといった混乱を防げるし、報道側も「いかにもニュースらしい」映像が労せず手に入る。もちろん、外側からしか撮れないから、抵抗する容疑者に手錠を掛ける瞬間まで撮る「ナマゲキ」のインパクトとは雲泥の差だが、テレビ界は良くも悪くもそういった「お約束」で成り立っている。

ちなみにその「お約束」の真意は単行本刊行時のタイトル『歪(ゆが)んだ蝸牛(かたつむり)』にも隠されている。五味は言う。「梅雨の映像」のお約束といえば「アジサイの葉に載るカタツムリ」だと。したがって、制作側は雨に濡れるアジサイと、本来はそこにいないカタツムリをわざわざセットして撮影することになる。視聴者が日常目にするそんな「お約束」をテレビマンである五味がどう守り、どう破壊するかも本作の大きな裏テーマとなっている。

ストーリーは覚醒剤密売犯のガサ入れから始まる。混乱する現場でカメラが偶然不審なメモを撮った。そのシーンは実際の放送には乗らなかったものの「イタバシ・自由が丘」とあった。前後の文脈から、イタバシは人名、自由が丘は地名だとわかった。ふと、五味は思い出す。あの板橋は自由が丘に住んでいたよなと。板橋とは、同期入社の男で今は編成部長まで出世した人物。共にADだった頃は親しくしていたが、五味の起こした「ヤラセ事件」をきっかけに疎遠になっていた。時同じくして、社内に不穏な噂が流れる。その板橋が覚醒剤依存症だと。折しも、国内第二の携帯会社「マックスフォン」が経営不振の新東京テレビの買収に食指を伸ばしているという情報も駆け巡った。そして、翌週の「ナマゲキ」。今度のガサ入れは「連続少女暴行殺人事件」の容疑者宅だ。放送開始早々、カメラは容疑者に手錠をかける瞬間を捉える。視聴率が期待できる瞬間だ。だが、撮ったのはそれだけではなかった。容疑者がこれから誘拐しようと目星をつけていた少女の写真も映り込んでしまった。その少女は、なんと小学校6年生になる板橋の娘だった。誰がこんなことをしたのか？　覚醒剤疑惑も娘の写真も偶然なのか？　すべては番組の神様、五味が仕込んだことなのか？　そして、次の生放送でもさらなる事件が起きて……。

と、たっぷり書いたつもりだが、まだ序盤だ。スピード感とてんこ盛り感。この小説は貨物をたっぷり積んだトラックが、フェラーリ並みのスピードで最後まで走って行く、そんな作品だ。

ここで少し、私のプライベートな話を。

私は学生時代、ADから3段階くらい下層のスタッフとして某テレビ局の報道局でアルバイトをしていた。生放送の副調整室（サブ）は緊張感が漂っていて、張りつめた空気が私は好きだった。卒業後はテレビ局を目指したものの、全部落ちた。仕方なく潜り込んだ出版社で、偶然なのか当時全盛だった「テレビ誌」に配属された。社会人になってから数年間は記者として各局のサブに出入りしていた。

さて、前述した通り、五味剛はこの番組の神様だ。本作にはもう一人の神がいる。著者の田中経一だ。伝説の番組「料理の鉄人」の名ディレクター。サブでキューを出すその田中本人を、私は見たことがある。料理人同士が、課題となる素材を使って真剣勝負を行なうこの番組は、キッチンでの動き、料理人がスタッフに出すとっさの指示、制限時間内に仕上げるというプレッシャーの中での料理人たちの表情、すべてが一瞬で、撮り直しは一切できない。スタジオもサブも戦場のようだった。そこでの田中は気安く口を利けないどころか、目すら合わせるのも憚らせるオーラを全身にまとっていた。彼の天才ぶりは前作『ラストレシピ　麒麟の舌の記憶』の金光修の解説に詳しいので、ここでは触れない。そんな天才ディレクターとして名を成した田中が書いたのだから、五味は刃物のように鋭く革命的だ。そしてとてつもなく孤独だ。だから社内で軋轢も起こすし、プライベートでは失敗もする。自らをテレビ屋と揶揄し、社内政治や出世にはまったく興味を持たない。あるのは視聴者の信頼だけは絶対に裏切らないという太い背骨だけ。こんな五味像は、誰がどれだけ取材して書いても書けない。書けるのは田中ただ一人だ。

生放送のプレッシャーと緊張、トンでもない映像が撮れたときの高揚、数字がはじけたときの達成感、失敗したときの挫折感……。それらすべてを体験してきた田中が描くテレビの本物の世界に読者は引きずり込まれていくのだ。田中が五味に言わせる言葉がいい。「最近の番組は置きに行くものばっかりだろ。（中略）俺が、もし自由にやっていいと言われたら、置きには行かない」。

こんな男がものした小説だ。置きに行った凡百の小説ではない、魂の小説なのである。

――書評家

この作品は二〇一五年四月小社より刊行された『歪んだ蝸牛』を改題したものです。

生激撮（なまげきさつ）！

田中経一（たなかけいいち）

平成29年10月10日　初版発行

発行人――石原正康
編集人――袖山満一子
発行所――株式会社幻冬舎
〒151-0051東京都渋谷区千駄ヶ谷4-9-7
電話　03(5411)6222(営業)
　　　03(5411)6211(編集)
　　振替00120-8-767643
印刷・製本―株式会社 光邦
装丁者――高橋雅之

幻冬舎文庫

ISBN978-4-344-42656-6　C0193　た-59-2

幻冬舎ホームページアドレス　http://www.gentosha.co.jp/
この本に関するご意見・ご感想をメールでお寄せいただく場合は、
comment@gentosha.co.jpまで。